# 이 책에 쏟아진 찬사

"이 책은 생각과 느낌 등의 내면 세계와 외부 물질 세계의 균형을 맞추는 법을 꼭 배울 필요가 있는 엠패스들을 위한 실용적 지침서이다. 아니타 무르자니는 우리 자신을 해방시켜 더 의미 있는 삶을 살게 해주는 지식과 도구들을 제시한다. 이 책은 '느낄' 용기를 가진 사람들 모두를 위한 책이다."

— 조 디스펜자Joe Dispenza, 《당신도 초자연적이 될 수 있다Becoming Supernatural》 저자

"인류가 살아남는 비결은 우리가 더 무자비해지는 데 있지 않다. 우리의 친절과 공감, 지혜와 협력에 달려 있다. 무르자니는 새로운 의미의 '강함'이 무엇이고 왜 그러한지를 알려준다."

— 메리앤 윌리엄슨Marianne Williamson, 《사랑으로 돌아가다A Return To Love》 저자

"무르자니는 당신에게 자신의 민감함을 기꺼이 받아들이고 그것을 강점으로 보라고 가르친다. 또한 스스로에게 힘을 실어주고 자기 삶의 리더가 되는 법을 보여주면서, 우리 모두에게 민감함이 앞으로 우리 미래에 얼마나 소중하고 필요한 요소인지를 알려준다. 모든 엠패스들과 그들의 사랑하는 사람들에게 이 책을 강력 추천한다."

— 잭 캔필드Jack Canfield, 《내 영혼을 위한 닭고기 수프》 시리즈 저자

"이 책은 엠패스로 살아가는 것이 어떤 것인지 완벽하게 그려 보이며 우리의 타고난 민감함이 골칫거리가 아니라 강점임을 이해하도록 해준다. 더 강해지라거나 그냥 털어버리라는 식의 말을 들어본 적 있다면 이 책은 바로 당신을 위한 책이다. 내가 보기엔 엠패스가 바로 '뉴 노멀new normal'이다. 이제는 늘 우리 안에 있어온 그 특별한 능력을 쓰는 법을 배울 때이다."

— 크리스티안 노스럽Christiane Northrup, 《여성의 몸, 여성의 지혜Women's Bodies》 저자

"아주 특별한 존재인 엠패스들이 가슴으로 살아가는 법을 알려주는 훌륭한 통찰이 담겨 있다. 육감의 삶이라든지, 자신을 인정해 주며 건강하게 살아가는 것에 관한 아니타의 관점은 정말이지 뛰어나다. 이 보물 같은 책은 사랑 이야기, 바로 당신에 관한 사랑 이야기이다."

— 마이크 둘리Mike Dooley, 《무한한 가능성들Infinite Possibilities》 저자

"아니타 무르자니가 또 한 번 해냈다! 이 책은 오늘날의 이 거친 세상을 살아가는 엠패스들에게 너무나 멋지고 강력한 지침서이다. 다른 많은 사람들처럼 당신도 감정 조절이 어렵고 건강한 경계를 유지하기가 힘들다면, 진실로 공감받을 준비를 하라. 그리고 당신이 갖고 있는지조차 몰랐던 재능을 힘 있고 우아하게 표현하는 법을 배우라."

— 로라 버먼Laura Berman, 《양자 사랑Quantum Love》 저자

"당신이 예술가든 기술자든 주부든 정치인이든 이 책은 삶에서 직관과 공감이 가질 수 있는 의미에 대한 일상적인 추측을 훌쩍 뛰어넘어, 당신이 경험할 수 있는 가장 내밀한 관계를 바로 지금 시작해 나가도

록 그 실용적인 단계들을 알려준다. 바로 당신 자신과의 관계, 그리고 당신이 가진 개인적 힘과의 관계 말이다."

— **그렉 브레이든**Gregg Braden, 《**갓 코드**_The God Code_》 저자

"이 책에는 엠패스들이 맞닥뜨리는 어려움을 이해하도록 돕는 획기적인 정보와 도구, 연습이 들어 있다. 당신은 자신의 에너지를 보호하고 키우는 법을 배울 수 있다. 엠패스와 그들이 사랑하는 사람들이 반드시 읽어야 할 책이다."

— **닉 오트너**Nick Ortner, 《**태핑 솔루션**_The Tapping Solution_》 저자

아니타 무르자니의
《그리고 모든 것이 변했다Dying to Be Me》에
쏟아진 찬사

"나는 먼저 이 책의 내용에 아주 깊이 감동받았고, 신성한 섭리가 짜놓았다고밖에는 할 수 없을 우연의 연속에 의해 내 인생에 나타난 아니타 무르자니와 개인적 친분을 쌓아가면서는 더욱 큰 감동을 받고 있다."

— 웨인 W. 다이어Wayne W. Dyer

"자신의 임사체험을 명징함과 확장, '존재의 상태a state of being'라고 묘사한 무르자니는 이곳으로 돌아오는 쪽을 선택했고, 이후 기존의 의학적 이해를 모두 거스르며 신속하게 건강을 회복했다.…… 지금까지도 계속되고 있는 그녀의 심리적·영성적 치유의 핵심은 자기 자각, 즉 자신이 장엄한 존재이며 우주 에너지 및 온 우주와 하나라는 것을 깨닫는 것이었다. 이 진솔한 회고록은 모든 사람이 장엄함과 치유의 능력을 지녔음을 보여주는 명쾌한 증거이다."

—《퍼블리셔스 위클리Publishers Weekly》

아니타 무르자니의
《나로 살아가는 기쁨*What If This is Heaven?*》에
쏟아진 찬사

"죽음이 너무 두려워서 삶을 최대치로 살기를 겁내는 사람들이 참으로 많다. 아니타 무르자니는 먼저 주술과도 같은 우리 사회의 학습된 믿음들을 깨뜨린 뒤, 지금 이 삶 안에서 다시 태어날 수 있는 실용적인 도구들을 제시함으로써 삶과 죽음이 진짜로 무엇인지를 훌륭하게 드러내 보여준다. 이 책은 당신의 영혼을 해방시키고, 꼭 죽어야만 천국에 가는 게 아님을 가르쳐줄 것이다."

— 조 디스펜자Joe Dispenza,《당신도 초자연적이 될 수 있다*Becoming Supernatural*》저자

"임사체험에 관해 다른 어떤 책보다 풍성한 내용을 담은 이 책은 단순히 사후의 삶을 설명하는 데 그치지 않는다. 이 책이 주는 최고의 지혜는 어떻게 하면 이 삶을 가장 충만하게 살 수 있는가 하는 것이다. 이 책에서 아니타 무르자니는 오늘날 세계 곳곳의 문화에 깊이 뿌리박힌 거짓 신념들을 살펴본다. 그녀는 훨씬 깊어진 지혜로 독자들이 더욱 건강하고 조화로운 삶을 살 수 있도록 힘을 실어준다. 인생의 난관에 부딪쳤을 때에도 진정으로 자신을 사랑하는 것이야말로 이 지구에서 충만한 삶을 살고자 하는 모두에게 꼭 필요한 일이다."

— 이븐 알렉산더Eben Alexander,

《나는 천국을 보았다*Proof of Heaven and The Map of Heaven*》저자

# 두려움 없이, 당신 자신이 되세요
민감한 영혼 엠패스를 위한 풍요와 건강, 사랑에 관한 안내서

2022년 3월 31일 초판 1쇄 발행. 2022년 5월 6일 초판 2쇄 발행. 아니타 무르자니가 쓰
고 황근하가 옮겼으며, 도서출판 샨티에서 박정은이 펴냅니다. 편집은 이홍용이 하고,
표지 및 본문 디자인은 김경아가 하였으며, 이강혜가 마케팅을 합니다. 제작 진행은 굿
에그커뮤니케이션에서 맡아 하였습니다. 출판사 등록일 및 등록번호는 2003. 2. 11. 제
2017-000092호이고, 주소는 서울시 은평구 은평로3길 34-2, 전화는 (02) 3143-6360,
팩스는 (02) 6455-6367, 이메일은 shantibooks@naver.com입니다. 이 책의 ISBN은
979-11-88244-87-4 03800이고, 정가는 16,000원입니다.

민감한 영혼 엠패스를 위한
풍요와 건강, 사랑에 관한 안내서

# 두려움 없이, 당신 자신이 되세요

【샨티】

우리 속에 섞여 있는 순한 영혼들에게, 본인의 욕구는 생각하지 않고 끊임없이 자신을 내어주는 민감하고 이해심 많은 사람들에게, 받을 줄 모르고 자기를 희생하는 이들에게.

"싫어요"라고 말하고 싶을 때도 "좋아요"라고 하고, 자신만 빼고 모두에게 퍼주며, 자기를 돌볼 때 죄책감을 느끼고, 희생양이 되거나 괴롭힘을 당한 적이 있으며, 스스로의 가치를 전혀 모르는 사람들이 바로 그런 순한 영혼들이다.

당신은 지금까지 자신의 목소리를 묵살하고, 다른 이들이 더 커 보이도록 자신을 깎아내렸으며, 너무 오랫동안 스스로의 빛을 막아 와서 이제는 그 빛을 내뿜는 법을 잊어버릴 지경이 되었다.

당신은 수많은 영성 서적을 읽고 자기 계발서를 읽었다. 기도하고, 명상하고, 만트라를 읊고, 당신에게 잘못한 이들을 모두 용서하고 또 용서했다. 그러나 당신이 그렇게 열심히 하고 있는 동안 바깥세상은 더 목소리 크고 공격적인 이들에게 장악되었을 뿐이다.

이 책은 그런 당신을 위한 것이다. 당신의 목소리는 없어서는 안 되고, 당신의 빛은 꼭 필요하다. 이제는 당신의 진실에 발을 내딛고, 당신의 영혼과 당신의 삶 그리고 당신의 세상을 되찾아올 때이다.

## · 들어가며 ·

넘어져서 무릎이 까진 어린아이를 보며 마치 자기 무릎이 까진 것처럼 느낀 적이 있는가? 불안해하거나 괴로워하는 친구와 함께 있는데 자신도 똑같은 불편함을 느낀 적이 있는가? 특정 사람들 주변에 있을 때 기운이 빠지는 느낌이 드는가? 많은 사람들 속에 있으면 불안한가? 누군가 진실을 말하고 있지 않을 때 그게 느껴지는가? 누군가의 부탁에 온몸의 세포가 "싫어!"라고 외치는데 "좋아"라고 말한 적이 있는가? "넌 너무 민감해" "너무 감정적이야" "너무 약해" "너무 신경을 많이 써" 같은 말을 들어본 적이 있는가? "왜 그냥 다른 사람들하고 똑같아질 수 없는 거야?"라는 요구를 받아본 적이 있는가?

만일 이 질문들에 '그렇다'고 대답했다면, 당신도 나처럼 또는 내가 매일 이야기 나누는 많은 사람들처럼 타인의 생각과 감정, 에너지를 잘 느끼고 흡수하는 매우 민감한 사람highly sensitive person, 즉 엠패스empath일 가능성이 높다.

엠패스들이 세계를 보고 느끼는 방식은 독특하다. 우리는 모든 걸 훨씬 깊게 느끼며, 직관이 매우 발달되어 있다. 우리는 모든 사람들이 세상을 우리처럼 볼 거라고 생각하지만 대부분의 사람들은 그렇지 않다. 바로 그래서 우리는 자신이 남들과 다르고 이상하다고 느낀다. 타인과 우리의 경계는 자주 흐릿해지고, 그래서 우리는 혼나고, 괴롭힘을 당하고, 어딘가 결함이 있다고 느끼거나 수치심을 느낀다. "얼굴이 좀 두꺼워져야 한다"거나 "더 강해져야 한다"는 말을 곧잘 들으며, 혹시 남자라면 "남자답게 굴어" "남자는 우는 거 아냐" 같은 말도 들어봤을 것이다.

비난과 거부는 우리에게 무엇보다 큰 상처가 된다. 고통을 피하고 주변 사람들과 어울리기 위해 우리는 종종 무리를 해서라도 남들이 우리에게 원한다고 믿는 대로 행동한다. 그 결과 우리는 남의 비위를 맞춰주는 '기쁨조people-pleaser'나, 내가 애정 어린 의미로 부르는 이른바 '호구doormat'가 될 수 있다.(이 두 가지 모두 일시적인 것일 뿐 당신의 본모습은 아니다.) 그리고 비웃음을 사거나 괴롭힘을 당하거나 아니면 그저 어울리지 못할 거라는 두려움 때문에 우리의 재능을 숨기고, 그렇게 함으로써 우리의 진짜 모습도 숨기다가 결국 자신이 누구인지도 모르게 되어버린다.

나는 우리가 하는 모든 결정과 선택은 우리를 한 발 앞으로, 즉 우리의 가장 진실한 모습을 표현하고 받아들이는 쪽으로 이끌 수도 있고, 아니면 한 발 뒤로, 즉 자기 자신을 잃어버리고 스스로를 깎아내리며 결국에는 질병dis-ease(질병이라는 뜻의 영어 단어 'disease'는 '반대'를 뜻하는 접두사 'dis-'와 '편함'이라는 뜻의 명사 'ease'의 합성어로, 편치 않은 상태라는 의미이기도 하다—옮긴이)을 얻는 쪽으로 데려갈 수도 있다고 생각한다. 나는 맞서지 않고, 눈에 뜨이지 않으며, 남을 기쁘게 해줄 때 칭찬받는 문화에서 자랐다. 나는 나 스스로를 낮추고 낮추다가 결국 나를 찾아볼 수 없을 정도까지 되었고, 그저 내가 존재한다는 사실 자체로 미안해해야 할 것 같은 기분마저 느끼곤 했다. 나와 이야기 나눠본 정말 많은 엠패스들도 비슷하게 느낀다고 말한다. 큰소리 내지 않고 남의 기분을 맞춰주어야 칭찬받는 세상에서 살면서, 우리 스스로에 대해서든 주변의 부당함에 대해서든 소리 내 말할 수 없다는 느낌은 굉장히 큰 좌절감으로 돌아올 수 있다.

세상에는 많은 치유가 필요하다. 세상은 위험에 처해 있다. 날마다 뉴스를 보거나 소셜 미디어를 자주 사용하는 사람이라면, 이러다 인간이 멸종하는 건 아닐까 두려움을 느낀대도 이상할 게 없다고 여길 것이다. 언론에 보도되는 것들을 한번 보라. 총기 난사 사건이나 살인, 정치적 공방, 서로를 헐뜯고 비난하는 사람들 이야기로 온통 도배되어 있다. 사람들은 점점 더 분노하고 있고, 스트레스는 쌓여만 간다. 대화를 나누다 보면 사람들은 다들 정치적이 된다. 내가 이 글을 쓰고 있는 지금 우리는 코로나 19 유행병을 겪고 있다. 인터넷은 우리 삶에 많은 유익함을 가져다주기도 하지만, 동시에 주변에서 벌어지고 있는 갖가지 일들을 너무 자세히 보여주기도 한다. 마치 지구 곳곳에서 일어나는 온갖 사건사고들이 하루 종일 생중계되는 것 같다. 행위의 규칙도 규범도 없는 이 세상이 숨 막히고 버거운 곳이라고 느껴지기도 한다.

엠패스들에게 오늘날의 세계는 지뢰밭이다. 우리 엠패스들은 종종 권력을 쥔 자들, 즉 '적자생존'을 옹호하면서 정상에 이를 수만 있다면 어떤 수단도 마다하지 않는 사람들을 향해 이제 그만 두려움을 퍼뜨리고 대신 연민을 퍼뜨리라고 소리라도 치고 싶지만, 소리 내 말하는 것 자체가 우리가 지금껏 학습해 온 바와는 반대되는 일이다. 터놓고 자기 목소리를 내려면 엄청난 용기가 필요할 뿐 아니라 노골적인 공격에 노출될 수도 있는데, 우리는 그런 것에 어떻게 대처해야 할지 잘 모른다. 그렇다 보니 대화에 자신의 목소리를 더한다는 생각만으로도 어디론가 도망쳐 숨고 싶어진다.

그러나 지금이야말로 엠패스들이 모습을 드러내야 할 때이다.

엠패스들은 우리 문화에서 서서히 사라지고 있는 특징들, 즉 민감성sensitivity과 공감 능력empathy, 친절함, 연민compassion을 여전히 지니고 있다. 엠패스들은 항상 존재해 왔으며, 세상이 변하면서 엠패스들에게 도움이 되는 책들이 점점 더 많이 나오고 있다. 그 결과 더 많은 사람들이 자신이 엠패스임을 알아가고 있고, 그 숫자도 상당히 늘어나고 있다.

《그 사람은 왜 나를 아프게 할까Dodging Energy Vampires》(한국어판 제목—옮긴이)의 저자이자 그 자신도 엠패스인 크리스티안 노스럽Christiane Northrup 박사는 "엠패스들은 지금의 대변환 시기에 암흑 속으로 빛을 비추기 위해 몸을 입고 속속 지구로 오고 있는 매우 진화된 영혼"이라고 말한다.[1]

바로 이것이 내가 "민감함이 새로운 강함이다"(Sensitive Is the New Strong)라고 말하는 이유이기도 하다.

내가 엠패스임을 깨달았을 때 나에게는 이를 더 깊이 탐구해 볼 도구나 도움받을 방법, 읽어볼 지침서 같은 것이 전혀 없었다. 내가

'보이지도 않는' 존재에서 '명확한 존재감을 가진' 단계로 넘어가도록 도움받을 만한 것이 전혀 없었다는 말이다. 나는 곧 그런 도구 상자가 필요하다면 내가 직접 만들어야 한다는 것을 깨달았다. 그래서 그렇게 했다.

내가 이 책에 담은 제안과 방법은 여러분이 전에 읽어본 것들과는 다를 수 있다. 나는 어떻게 튼튼한 경계를 세워서 남들로부터 자신을 보호할 수 있는지 이야기하지는 않을 것이다. 이 책은 벽이나 경계, 보호를 다루지 않는다. 스스로를 보호하려고 벽 뒤에 숨는다면 우리는 결코 세상에 나가서 우리의 빛을 비추지 못할 것이다.

이 책은 확장과 해방, 그리고 자신의 신성神性과의 연결을 다룬다. 소리 내 말하고, 스스로를 존중하며, 자신을 사랑하는 법을 다룬다. 자기의 온 존재를 받아들이는 법, 자신이 아닌 것을 서서히 버리는 법에 대해 이야기한다. 뭔가를 하는 것이 아니라 기존에 했던 것을 해제하는 것에 관해 이야기한다. 나는 당신이 엠패스로서 가진 독특한 재능을 존중하고 키워주는 법을 익혔다면, 그 다음은 밖으로 나가서 엠패스로서의 빛을 비추고, 지도자의 역할을 맡으며, 역할 모델이 되라고 용기를 불어넣을 것이다!

나는 이 책을 '엠패스의 세계' '자기 자신과의 관계' '세상과의 관계'라는 세 부분으로 구성했다. 각 장에는 삶의 시련들과 씨름했던 이야기에서부터 결국 오늘의 나를 규정짓는 민감성을 받아들이기까지 나 자신의 여정이 담겨 있으며, 또한 역시 자신만의 여정을 거친 나의 학생들과 독자들, 친구들 그리고 가족의 이야기도 들어 있다.

이런 이야기들이 영감과 길잡이가 되어, 당신 역시 더 이상 스스로를 하찮게 여기지 않고 자신만의 방식으로 리더, 치유자, 변화의 주역이 될 수 있음을 깨닫게 되기 바란다.

이 책에는 이러한 이야기뿐 아니라, 내가 가진 재능을 받아들이고 오롯한 내 모습을 존중하는 데 도움이 되었던 정보와 연습법, 도구 들도 실려 있다. 당신은 엠패스라는 게 어떤 것인지 알게 될 것이고, 엠패스들이 갖고 있는 재능이나 특별한 능력은 물론 이들이 직면하는 장애물에 대해서도 살펴보게 될 것이다. 그렇게 함으로써 당신은 자신에게 아무런 문제도 없음을 이해하게 될 것이다. 자신의 장점도 깨닫게 되고, 희생양이나 호구에서 벗어나 당당한 존재가 되는 법도 안내받을 것이다. 나아가 자신의 독특한 민감성 때문에 지장을 받고 피해를 입는 것이 아니라 그 민감성을 수용하고 더 키워나가는 법을 배울 것이다.

이 책을 읽으면서 당신은 자신의 바깥이 아니라 안으로 들어가 안내를 구하는 법을 배우게 될 것이다. 이른바 '호구'가 어떻게 만들어지는지, 어떻게 하면 거기서 벗어날 수 있는지 알게 되고, 당신의 온 존재가 "싫어"라고 외치는데 "좋아"라고 말하지 않는 법, 또 자신을 병에서 보호하고 스스로 치유하는 법도 알게 될 것이다. 우리는 돈에 대해서도 살펴볼 것이다. 받아야 할 만큼 돈을 받는 것이 곧 자신의 힘을 회복하고 자기 자신과 자신의 일을 귀하게 여기며 또한 다른 이들을 돕는 방법이기도 하다는 사실을 받아들이게 될 것이다.

각 장의 시작 부분에는 요점을 집약 내지 통합하는 만트라를 적어두었고, 그 끝에는 각 장의 교훈들이 독자의 더 깊은 잠재의식 속에 통합되도록 짧은 명상을 만들어 붙여놓았다. 20분 정도 명상할 수 있는 고요한 공간을 찾아보기 바란다. 네 번 심호흡을 한 후 거기에 적혀 있는 말을 마음속으로 혹은 소리 내어 천천히, 조용하게 모두 여덟 번 따라 읽는데, 한 번 다 읽을 때마다 네 번씩 심호흡을 하고 다시 읽는다. 다 했다면 명상의 내용이 스며들도록 5분에서 7분 정도 눈을 감고 가만히 있는다.

이 과정에서 뭔가 깨닫는 바가 있거든 일기장에 적어도 좋다. 명상을 처음 몇 번 했는데 아무것도 떠오르지 않는다고 해서 조바심 낼 필요는 없다. 대부분 사람들이 오랫동안 자신의 직관을 막아두었기 때문에, 그 근육을 다시 사용하려면 운동이 조금 필요할 수 있다.

자신이 엠패스라는 것은 알고 있지만 그 재능을 장점으로 바꿔낼 방법은 잘 모르겠다면, 자기가 엠패스인 것 같긴 하지만 더 확실히 알고 싶다면, 왠지 이 주제에 끌렸지만 스스로 엠패스라고 생각해 본 적은 없다면, 혹은 사랑하는 사람이 엠패스라고 생각된다면, 이 책은 바로 당신을 위한 책이다.

두려움 대신 사랑, 위축 대신 확장, 고립 대신 연결의 상태에서 자기 자신과 세상을 완전히 새롭게 경험한다면 어떨지 상상해 보라. 자신의 가장 깊은 목적과 직관에 완전히 연결된 힘 있는 모습으로 더 당당하게 자신을 드러낸다면 과연 어떨까?

준비되었는가? 그럼 이제 뛰어들어 보자!

1부

# 엠패스의 세계

# ·1·
# 당신은 엠패스입니까?

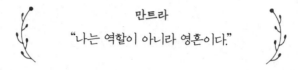

만트라
"나는 역할이 아니라 영혼이다."

요가 매트에 누워 공기 중의 유향乳香과 네롤리 오일 향을 들이마시면서 나는 천천히, 지금 벌어지고 있는 의식儀式을 엿볼 수 있을 정도로만 살짝 눈을 떴다. 샤먼이 원주민 언어로 만트라를 읊으며 통나무집 안의 마흔 명쯤 되는 다른 참가자들 주변을 돌고 있었다. 그의 목소리가 높은 아치형 천장에서 튕겨져 나오며 울렸다. 몇 분 동안 그는 불붙은 세이지(정화 효과가 있는 것으로 알려진 식물—옮긴이) 가지를 참가자들 위로 원을 그리며 흔들었고, 그러는 동안 조수는 내가 집에서 쓰는 식물성 아로마테라피 오일과 비슷한 향이 나는 액체를 허공에 뿌렸다. 또 다른 조수가 자욱한 세이지 연기 속에서 사슴 뿔 같이 생긴 막대를 패턴을 그리며 흔들었다. 이 의식은 우리가 자기도 모르게 지니고 다니는 몸속의 원치 않는 에너지를 모두 정화해 주는 의식이라고 했다. 도시 생활로 인해 축적된 이런 에너지들은 기운을 소진시키고 스트레스와 우울증을 유발할 수 있다고 했다.

내가 눈을 감고 누워 있는데, 잠시 후 샤먼이 춤을 추면서 북을 치고 향을 흔들며 뒤따르는 조수들을 대동하고 내게 다가오는 소리가 들렸다. 그가 나를 내려다보는 게 느껴졌다. 이윽고 숨 막히도록 매캐하고 강한 세이지 연기 속에서 낮고 굵은 목소리가 내 귀에 속삭였다. "일어나서 나와 같이 갑시다."

하얀 깃털들이 꽂힌 흰색 옷을 입은 샤먼이 조수 두 명을 양 옆에 세워두고 나에게 일어나서 자기를 따라오라는 손짓을 했다. 나는 주위를 둘러보았다. 모두들 아직 요가 매트 위에 누운 채 트랜스 상태에 빠져 있었다.

사람들이 트랜스 상태를 유지할 수 있도록 조수 두 명이 일정한 박자로 계속 북을 치고 챈팅(짧은 기도문을 단순한 음조에 맞추어 읊조리는 것—옮긴이)을 하는 동안 나는 샤먼을 따라 앞쪽으로 갔다. 그곳은 깜빡거리는 촛불 몇 자루만 있을 뿐 어두웠다. 이 행사가 밤샘 행사라는 건 알고 있었지만 나는 시간 감각을 잃어버린 것 같았다. 새벽 두 시쯤 되었을까? 아니면 세시? 그리고 내가 왜, 여기 이 코스타리카 정글 한복판의 통나무집에서 난생처음 해보는 의식에 참여하고 심지어 뽑혀 나가기까지 하는 건지 알 수 없었다.(원래는 그저 숲속에서 편히 쉬다 가려던 것이, 어쩌다 보니 두 친구의 강권으로, 그리고 나도 호기심이 동해서 여기까지 오게 된 것이었다.)

샤먼은 공작새 꼬리처럼 등받이가 높이 쫙 펼쳐진 커다란 고리버들 의자에 앉았다. 그리고 나더러 자기 앞의 바닥에 앉으라는 손짓을 했다. 자리에 앉으면서 나는 불안하면서도 기대가 되었다. '이 사람이 뭐라고 말하려나?'

"당신한테는 특별한 치유가 필요한 것 같군요. 내가 해드리겠소." 그가 말했다.

'아니 왜 나를?'

"당신은 좀 달라요." 그가 내 마음을 읽기라도 한 듯 말했다. "당신한테는 여기 온 특별한 목적이 있는데, 내가 보기엔 도움이 약간 필요한 것 같네요."

그는 나에게 눈을 감으라고 하더니 내 머리에 손을 얹고는 다시 챈팅을 시작했다. 그러고는 나를 바닥에 눕게 하고, 내 위로 유향과 네롤리 오일을 뿌리는 의식을 20분 정도 더 했다. 마침내 그가 나에게 일어나라고 말했다. 나는 약간 어지럽고 얼떨떨했다.

"당신한테는 특별한 목적이 있어요." 그가 다시 한 번 말했다. "하지만 당신의 능력을 최대로 끌어올리지 못하고 있군요. 당신 것이 아닌 에너지를 너무 많이 흡수하고 있어요. 말해봐요, 당신 삶에서 좀 특별한 일이 일어난 적 있지 않나요? 당신은 달라요. 당신 에너지는 다른 이들과는 다릅니다. 당신에게는 재능이 있는데, 그걸 묻어두고 있군요."

사실 내 삶에서는 좀 특별한 일이 일어났었다. 나는 샤먼에게 여러 해 전에 암으로 거의 죽을 뻔한 이야기를 했다. 그리고 내 삶을 구한 임사체험 이야기도 들려주었다. 또 내가 임사체험을 마치고 여기로 돌아온 뒤에 그 체험에 대해 말을 하고 글을 쓰게 된 과정도 자세히 이야기했다. 이제는 작고한 웨인 다이어Wayne Dyer 박사가 내 이야기를 어떻게 알고 내게 글쓰기를 독려해 첫 책《그리고 모든 것이 변했다Dying to Be Me》(한국어판 제목—옮긴이)가 나왔고, 나는 그렇게 해서 2011년에 세계 무대에 서게 되었다.(이 이야기는《그리고 모든 것이 변했다》에 자세히 소개되어 있다—옮긴이) 내 가슴 깊은 곳에는 내가 알게 된 것을 온 세상에 나누는 것이 내 소명이고 운명이라는 앎이 있었다. 내가 꼭 전달해야 한다고 느꼈던 '자기 사랑' 메시지의 핵심은 스스로에게 진실하며 두려움 없이 자신의 진실을 말하는 것, 그리고 당당하게 자기 자신이 되는 것이 얼마나 중요한가 하는 것이었다. 우리는 결국 모두 신성의 표현들이니까 말이다.

하지만 첫 책이 나온 후 나는 갑자기 전 세계 사람들로부터 엄청난 주목을 받기 시작했고, 전에는 상상도 해보지 못한 삶이 펼쳐졌다. 내가 잘 해나가는 것 같기는 했지만, 그러니까 이게 내게 예정된 대로 사는 것 같기는 했지만, 이는 또한 내가 한 번도 감당해 본 적이 없는 사교적인 삶이기도 했다.

임사체험을 겪기 전의 나는 누구의 눈에도 뜨이지 않는 사람이었다. 나는 다른 이들의 기분을 맞춰주려고 내 감정을 억눌렀고, 나 자신의 욕구를 부정했으며, '싫다'고 말하고 싶을 때도 '좋다'고 말했다.

그렇게 다른 이들의 인정을 받기 위해서, 혹은 그들에게 실망을 안겨 주지 않기 위해서 나 자신의 빛을 희미하게 누그러뜨렸다. 나는 또한 굉장히 민감한 사람이었다. 너무 민감해서 다른 이들의 감정적 아픔이나 신체적 고통을 내 몸에서 경험하는 일이 많았다. 가끔은 내 느낌보다 다른 이들의 느낌을 훨씬 더 민감하게 감지했는데, 나라는 존재 자체를 미안해할 정도로 나의 느낌은 늘 등한시했다!

숨을 데도 없었고 숨을 이유도 없었지만, 책을 낸 이후의 경험은 내가 상상할 수 있는 것보다 훨씬 더 복잡했다. 엄청나게 많은 이들이 내게서 치유에 대한 정보를 얻고 싶어 했다. 그들은 지혜와 위로를 원했고, 나와 연결되기를 바랐다. 나는 정말이지 나에게 손을 뻗는 한 사람 한 사람을 다 도와주고 싶었지만, 그것은 가능한 일이 아니었다. 나라는 사람은 하나였으니 말이다. 그리고 어떤 식으로든 내가 누군가의 기대에 부응하지 못하거나 실망시킬 수 있다는 사실이 나를 더 고통스럽게 했다.

"당신은 다시 태어날 기회를 얻었군요. 치유라는 선물도 받았고요." 그 통나무집 안에서 샤먼이 내 얼굴을 찬찬히 뜯어보며 말했다. "임사체험으로 당신 주변에 어떤 에너지가 조율되었어요. 그것 덕분에 당신이 나은 거기도 하고요. 이건 커다란 선물입니다. 하지만 또한 도전거리이자 책임감이 따르는 일이기도 하죠. 당신은 강력한 치유 에너지에도 아주 민감하지만 동시에 당신의 안녕well-being에 해로운 에너지에도 아주 민감하니까요. 다른 이들의 에너지를 흡수해 들이는 건 당신이 할 일이 아닙니다. 당신을 희생해서까지 남을 구하

는 것도, 당신 말을 믿지 않는 사람들을 설득해서 믿게 만드는 것도
당신 일이 아니에요. 당신이 할 일은 그저 당신 자신에게 힘을 실어
주는 것, 당신 중심에 늘 연결되어 있는 것, 당신이 거기 있음으로써
다른 이들을 고무시켜 어떻게 하면 치유가 가능한지 그들이 알도록
하는 겁니다. 그럴 운을 타고난 사람들이라면 말이죠."

나는 거기 앉아서 샤먼이 하는 말 한 마디 한 마디를 놓치지 않
고 들었다. 나에게 내 존재 상태에 대해 그렇게 명료하고 확신 있게
말해준 사람은 그때까지 한 명도 없었다.

샤먼이 말했다. "만일 의식적으로 중심을 잡고 있지 않으면, 다른
이들을 도와줄 때마다 당신은 그들의 에너지를 다 흡수하고 말 겁니
다. 조금 전 내가 당신의 에너지를 정화해 주었어요. 그대로 두었다
면, 당신은 전처럼 또 중병을 얻을 수도 있었어요." 그때 일을 생각하
자 눈이 번쩍 뜨였다. 그가 말을 이었다. "스스로를 보호해야 합니다.
당신한테는 여기서 이뤄야 할 중대한 목적이 있어요. 지금 당신이 알
고 있는 것보다 훨씬 큰 거예요. 당신에게 주어진 이 두 번째 기회는
선물이었어요. 당신은 이해와 기회라는 재능을 받은 거죠. 그 재능
을 낭비하지 마세요."

그의 말이 내 안에 힘 있게 울려 퍼지면서 긴박한 삶의 질문들
이 올라왔다. 내가 받은 이 재능이 축복이자 저주라는 양날의 검 같
은 것이라면, 어떻게 해야 내가 나에게 힘을 실어주고 중심을 유지할
수 있을까? 어떻게 해야 내가 임사체험 중에 알게 된 것들을 진정으
로 살아낼 수 있을까? 어떻게 해야 나를 보호하면서도 가슴을 늘 열

어놓고 나 자신은 물론 다른 이들까지 도울 수 있을까? 나처럼 삶에 민감한, 때로는 스스로도 감당 못할 만큼 민감한 사람들이 자신만의 힘을 지니려면 어떻게 해야 할까? 나로서는 아무것도 알 수가 없었다. 내게는 아무런 도구가 없었다. 하지만 그 샤먼이 뭔가를 본 건 분명했다.

임사체험 당시 내게 일어난 일은 이랬다.

2006년 2월 2일은 내 인생의 마지막 날이 될 것이었다. 그날은 의사가 내 가족들에게 내가 림프계 암의 일종인 호지킨 림프종의 마지막 단계에 다다랐다고 알린 날이었다. 내 온 몸을 초토화시킨 암이 두개골에서부터 가슴까지, 팔 밑을 지나 복부까지 온통 전이되어 있었다. 폐에는 수액이 가득 차 있었고 나는 더 이상 영양분을 흡수하지 못하고 있었다. 장기들이 활동을 멈추면서 나는 혼수 상태에 빠졌다. 죽음이 가까이 다가와 있었다.

그런데 죽음이 진행되고 있는 와중에, 그러니까 의료진의 다급한 움직임과 가족들의 격렬한 감정, 의사가 하는 말("아내분의 심장은 아직 뛰고 있을지 모르지만, 목숨을 구하기에는 너무 늦었습니다") 같은 게 고스란히 다 인식되면서 나는 갑자기 어떤 무한하고 환상적인 것을 경험했다. 나중에 《그리고 모든 것이 변했다》에서 한 장의 제목(이 책 8장의 제목—옮긴이)을 그 말대로 "무한하고 환상적인 어떤 것"이라고 붙였을 정도로 말이다. 그 외에는 그것을 설명할 방법이 없다. 한마디로 내 육체가 죽는다 해도 '나', 내 영혼, 내 본질, 내 존재Being는 죽지 않는다는 것이다! 너무나도 놀라운 느낌이었다. 가볍고 자유로웠다. 고통과 두려움은 사라지고 없었다. 내 몸을 파괴하고 있는 그 병이 주는 두려움, 그리고 죽음이 주는 두려움이 모두 사라지고 없었다.

내 주변에서 일어나는 모든 일들이 얼마나 넓고 복잡하고 깊은지 느껴졌으며, 동시에 내가 무한하고 지극히 환상적인 어떤 것, 즉 보이고 들리는 것을 넘어 계속 펼쳐지고 있는 거대한 태피스트리의 일부라는 것도 자각되었다. 그곳에서는 모든 것이 명료하고 모든 것이 이해되었다. 나는 우리 모두가 연결되어 있으며 똑같은 의식의 일부라는 것을 근본적으로 이해하고 느낄 수 있었다. 또한 내가 그때까지 살면서 해온 모든 생각과 결정이 나를 그 순간으로, 즉 병원 병상에 누워 암으로 죽어가고 있던 바로 그 순간으로 이끌었음도 이해할 수 있었다.

마침내 나는 이 초월적 상태에서 결정을 내려야 하는 순간에 도달했다. 이 육체로 돌아갈 것인가, 아니면 여기 이 다른 영역으로 계속 가볼 것인가? 처음에는 내 존재의 어느 한 구석도 육체로 돌아가기를 원하지 않았다. 이 놀라운 곳을 왜 떠나고 싶어 한단 말인가? 그런데 갑자기 10년 전에 돌아가신 아버지의 존재가 느껴졌다. 아버지가 이 변환transition의 과정(죽어가는 과정을 말함—옮긴이)에서 나를 도와주려고 거기 계셨다. "아직은 네가 돌아올 때가 아니란다." 아버지가 말했다. "너를 기다리고 있는 선물들이 있어. 그러니 네 몸으로 돌아가야 한단다."

"하지만 무엇 때문에 내가 병들어 죽어가고 있는 저 몸으로 돌아가고 싶겠어요?" 나는 항변했다.

그 다른 영역에는 신체라는 것이 없으므로 우리는 물론 언어로 소통하지는 않았다. 물리적 영역에서 보낸 그 어린 시절 아버지와 내가 그렇게 가깝지는 않았지만, 지금 아버지의 순수한 본질과 나의 본질 사이에는 아무런 경계도 없었다. 나는 아버지가 내게 알려주려고 하는 것이 무언지를 그냥 '알' 수 있었다. '텔레파시 소통'이라는 표현조차도 아버지와의 소통 방식을 다 설명해 주지는 못한다. 이제 진정한 내가 누구인지 경험했고 무엇이 암을 유발했는지를 분명히 알았으니, 내가 몸으로 돌아간다면 암이 나으리라는 것을 아버지는 알려주고 싶어 하셨다. 내가 이 물질 차원으로 돌아오기로 선택하자 그 순간 아버지가 말했다. "돌아가 두려움 없이 네 삶을 살려무나."

나는 내 몸으로 돌아왔고, 눈을 떠 혼수 상태에서 깨어났다. 그 뒤로 5주 만에 의사들은 내 몸에서 암의 흔적조차 찾을 수 없게 되었다. 그들도 이건 기적이라고 인정할 수밖에 없었다.


## 엠패스들은 다르다


나는 코스타리카 여행에서 돌아와 나 자신을 보호하고 경계를 세우는 좋은 방법이 뭐가 있을지 찾아보았다. 그때 한 단어가 자꾸 떠올랐다. 바로 '엠패스empath'라는 단어였다. 나는 그 단어를 알고는 있었지만 딱히 관심을 두어본 적은 없었다. 전에 몇몇 사람이 내가 엠패스인 것 같다고 알려줬을 때도, 그런 건 꼬리표일 뿐이라며 일축해 버렸다. 나는 옳은 것이든 그른 것이든 꼬리표 붙이는 걸 좋아하는 편이 아니다. 하지만 이제는 호기심이 일었고, 그래서 세상에서 가장 재미없는 방식으로 내가 엠패스인지 아닌지 알아보았다. 온라인 테스트를 해본 것이다! 그런데 맙소사, 나는 30점 중에 29점을 받았다. 온라인 테스트라니 그다지 과학적이지 않다고 생각할 수도 있지만, 믿을 만한 출처에서 나온 자료라면 자신의 약점과 강점을 알아나가는 데 유용한 언어가 되어줄 수 있다. 물론 이 책에서는 상업적인 테스트보다 훨씬 깊이 있게 살펴볼 테지만, 그래도 이렇게 간단하고 쉬운 방법으로 가볍게 시작해 볼 수도 있다. 이 장 끄트머리에 (그리고 내 웹사이트에) 엠패스인지 확인할 수 있는 테스트를 소개하니 당신도 해보기 바란다.

이런 테스트 결과를 받고 나니 나는 엠패스에 대해 더 찾아보지 않을 수 없었다. 엠패스에 대한 책과 글 들을 읽어나가면서 나 자신으로 사는 게 왜 그렇게 힘들었는지 처음으로 깊이 이해되기 시작했다. 엠패스는 내가 되고 싶지 않다고 해서 되지 않을 수 있는 게 아니기 때문에, 나 자신을 판단하며 왜 이렇게 생겨먹었냐고 비난하지 말아야 한다는 것도 이해되었다. 그보다는 엠패스인 나를 받아들이고 사랑하며 그 사실과 함께해 나아가는 법을 익혀야 했다. 또한 세상과 어울려 살아가기가 왜 그렇게 힘들었는지도 이해가 되었다. 그건 바로 세상 사람들 대다수가 내가 경험하는 방식으로 세상을 경험하지 않기 때문이었다.

이런 점들이 이해되자 나 자신과 다른 이들을 완전히 다르게 바라보는 눈이 열렸고, 그러자 내 책에 이끌리는 많은 이들 역시 엠패스라는 사실이 깨달아졌다. 나는 강연하는 자리에서 자신이 엠패스라고 생각하는 사람은 손을 들어보라고 묻기 시작했는데, 대개 청중들의 80~90퍼센트 가량이 손을 들었다. 그런 용어를 들어보지 못했거나 그 뜻을 모르는 이들도 많았기 때문에, 내가 엠패스의 특징들을 쭉 읊어주고 다시 질문을 해보면 손을 드는 이들이 더 늘어나곤 했다. 나는 깜짝 놀랐다. 그리고 엠패스로 살아가는 것과 엠패스로 사는 데 필요한 도구들을 개발하는 일에 대해 더 많이 알아봐야겠다고 굳게 다짐했다. 그것은 나 자신을 위한 것일 뿐 아니라 세상의 모든 엠패스들을 위한 것이기도 했다.

엠패스의 세계로 들어가 그들의 특징을 깊이 살펴보기 전에, 먼저 이런 능력을 일깨우기 위해 나처럼 죽음을 경험할 필요는 없다는 점을 말해두고 싶다. 당신은 살면서 언제든 이런 재능을 발견할 수 있다. 개중에는 평생을 엠패스로 살았으면서 그것을 알지 못한 사람도 있고, 그런 특성을 뭐라고 불러야 할지 몰랐던 사람도 있다. 그런가 하면 백 퍼센트 엠패스는 아닐지 모르지만, 다른 사람들과 매우 다르다고 할 수밖에 없는 민감성 특징들을 여럿 보이는 사람도 있다.

"다른 이들과 매우 다르다." 나는 이 문장을 쓰는 것조차 어려운데, 초월적 차원에서 우리는 모두 동일한 본질로 이루어졌다는 것이 내가 임사체험에서 얻은 심오한 깨달음이었기 때문이다. 이 육체를 벗어나면 우리는 모두 순수한 본질, 순수한 사랑, 순수한 신성, 그리고 순수한 영성spirituality이다. 우리는 모두 연결되어 있다. 그러나 이 육체 속에서 그러한 연결을 진실로 느끼려면 우리는 우리만의 이런 차이점을 받아들여야 한다. 우리가 서로 다르다는 점을 받아들이는 것이 곧 만유all that is의 다면적 의식을 존중하는 것이다.

나는 이러한 상호 연결이 우리의 원래 본성이지만, 몸을 입고 이 지구 차원에 살아가는 동안 우리가 이 진실을 잊어버리는 것이라고 생각한다. 이 물리적 세계에 태어나는 우리 한 사람 한 사람은 저마다 특정한 환경들을 경험할 것이다. 가족과 문화, 자라난 배경, 무수한 삶의 경험 등 이런 서로 다른 환경들이 우리의 성격과 심리에 영향을 미친다. 나는 그 핵심에서 우리가 모두 근본적으로 선하며, 자신이 아는 한에서 최선을 다하고 있다고 생각한다. 나는 우리가 고의적으로 남을 해치거나 아프게 하지는 않는다고 생각한다. 우리는 오직 무지나 두려움 속에 혹은 살아남아야 한다는 생존 모드에 있을 때 남에게 해를 끼칠 뿐이다. 바로 그럴 때 우리는 (그게 맞든 틀리든) 직면한 상황에 달리 대처할 방법이 없다고 생각하고, 그리하여 자신의 의지나 신념을 강요하며 다른 이들의 대처 방식에 제한을 가한다.

이러한 삶의 환경들을 통해 우리는 두려움과 분노, 사회적 학습을 한 층 한 층 쌓아가는데, 이는 개인적으로도 집단적으로도 우리가 진정 누구인지 망각하게 만든다. 엠패스들에게 이러한 망각은 대단히 해로울 수 있다. 우리의 남다른 민감성은 그 샤먼이 말했던 양날의 검, 즉 축복이자 저주가 되기 십상이다.

그냥 민감한 것과 엠패스인 것은 다르다는 점을 반드시 알아야 한다. 일찍이 일레인 아론Elaine Aron 박사가 '매우 민감한 사람highly sensitive person'의 세계에 대해 설명한 바 있는데, 후에 이러한 사람들은 아론 박사의 획기적인 저서《타인보다 더 민감한 사람The Highly Sensitive Person》(한국어판 제목―옮긴이)에 쓴 표현대로 'HSP'라는 약어로 알려지게 된다. 아론 박사에 따르면 전체 인구의 15~20퍼센트가 HSP로서, 이들은 생물학적으로 상이한 신경 체계를 가지고 있다고 한다.[1] 그리고 이들 HSP 중에서도 소수의 사람들이 엠패스에 해당한다. 엠패스들은 HSP의 특징을 전부 가지고 있지만 그것을 훨씬 더 강렬하게 경험한다. 주디스 올로프Judith Orloff 박사는 나중에 자신의 저서《나는 초민감자입니다The Empath's Survival Guide》(한국어판 제목―옮긴이)에서 엠패스들의 세계를 깊이 탐구하면서, 엠패스들은 주변의 긍정적 에너지와 부정적 에너지를 그저 느끼는 것에서 그치지 않고 흡수해 들인다고 설명했다. "우리는 다른 사람들이 외부 자극을 차단할 때 쓰는 것과 똑같은 필터를 쓰지 않는다.…… 우리는 매우 민감해서, 가령 한 손으로 뭔가를 잡고 있다고 하면 그것을 다섯 손가락이 아니라 쉰 개의 손가락으로 잡고 있는 셈이다."[2]

HSP와 엠패스의 차이는 내 삶에서도 확인된다. 내 남편 대니는 지극히 직관적이며, 다른 이들에게 뭐가 필요한지 그들이 말하기도 전에 쉽게 감지할 수 있다. 그는 남을 보살펴주는 능력을 타고났다. 그러나 타인의 에너지를 자신의 에너지 장場으로 흡수하는 것 같지는 않으니, 엠패스는 아니다. 그는 주변 사람들이 전부 편안하게 느껴야 자신도 편안해한다거나 하지 않지만, 나는 주위 사람들이 편안하게 느껴야 비로소 편안해진다. 그들이 나의 편안함 여부에 영향을 미치는 것이다. 이것이 엠패스들이 쉽게 남의 기분을 맞춰주는 기쁨조가 되는 또 다른 이유이다. 그들은 주변 사람들이 편안하게 느껴야 본인도 편안해지기 때문에, 끊임없이 사람들을 도와주고 구해준다.

내가 내 소셜 미디어에서나 강연회 청중들에게서 늘 듣는 말이 있는데, 자신들이 끊임없이 남을 도와주거나 구해주고 있고 싫다고 거절도 잘 못해서 감정적으로 너무 지치고 힘들다는 것이다. 그들은 또 남들의 요구가 늘 더 급하고 중요한 것 같기 때문에 정작 자신에게 필요한 것은 잘 챙기지 못한다.

실제로 엠패스들은 다른 사람들의 에너지 장을 경험할 수 있다. 그것은 마치 여러 개의 라디오 채널에 주파수를 동시에 맞출 수 있는 것과 같은데, 다만 무엇이 '내' 방송국이고 무엇이 남의 방송국인지, 즉 무엇이 나의 '북극성'에서 송출되는 방송인지를 잘 분간하지 못한다. 우리가 다른 이들에게 필요한 것을 우리 자신의 필요보다 우선시하고 남의 진동수와 에너지를 흡수함에 따라, 이것은 잡음과 혼란, 에너지 고갈까지도 야기한다.

이에 더해, 자신의 문제로 하소연할 데를 찾고 있는 사람들이 엠패스들에게 몰려드는 경우가 많다. 우리가 드문 종족, 즉 그들의 말에 진심으로 귀 기울이고 그들의 아픔을 이해해 주는 지극히 민감한 존재들이기 때문이다. 우리 엠패스들은 구조해 주는 사람, 내어주는 사람, 치유하는 사람이다. 다른 이들이 고통스러워하는 것을 볼 때 우리는 마음이 너무나 아프다. 우리는 그들이 느끼는 것을 말 그

대로 '느낀다.' 이러한 재능의 단점은 자신이 얼마나 민감한지 잘 알지 못할 경우 자신의 힘을 다 써버려서 감정적·신체적 자원이 고갈된다는 것이다. 그 결과 우리는 다른 이들에게는 최고의 치유자가 될지 모르지만 자신에게는 최악의 치유자가 된다.

임사체험에서 얻은 통찰들을 통해 나는 내가 엠패스들에게 필요한 지침을 만들 독특한 임무를 맡고 있다는 사실을 분명히 알 수 있었다. 내가 엠패스로서 어떻게 살아야 하는지를 몰랐고(심지어 내가 엠패스였다는 것조차 몰랐다!), 나를 희생하면서까지 다른 이들의 에너지를 흡수하고(그리고 진짜 내 모습을 숨기고) 있었음을 몰랐던 것이 나를 죽음으로 몰고 갔다고 나는 확신한다. 나는 자기 자신에 대한 판단과 의심을 모두 놓아버릴 때, 더 이상 나의 바깥에서 사랑과 인정을 구하지 않을 때 어떤 일이 벌어질 수 있는지를 직접 체험했다. 또한 핵심은 바로 자신의 온 존재를 끌어안는 것, 자신의 삶을 충만하게, 두려움 없이, 거침없이 사는 것이란 점도 알게 되었다. 바로 이것을 엠패스들이 많이들 어려워하지만 말이다. 그리고 나는 그렇게 할 때 놀라운 삶을 누릴 수 있다는 것도 직접 체험했다. 나는 내가 신성神性의 표현이며 우리 모두 그러하다는 것을 깨달았다. 전에는 이것을 까맣게 몰랐고, 그래서 한 번도 나 자신을 완전하게 표현해 본 적이 없었다. "내가 뭐라고 당당하게 내 뜻을 밝히겠어? 내가 뭐라고 원하는 걸 갖겠어? 내가 뭐라고 관습을 깨겠어?"라고 생각했다. 나 자신에 대해 이러쿵저러쿵 비난하기도 했다. 다른 이들을 우선에 두고 모두가 나보다 더 중요하고 훌륭하다고 생각했다. 임사체험은 내가 신성의 표현으로서 여기에 와 있는 목적이 있음을 깨닫게 해주었고, 스스로를 표현하지 못하게 막는 것은 곧 신성의 한 단면이 이 현실 속에서저 자신을 표현하지 못하게 막는 것이라는 사실도 일깨워주었다.

자신이 진정으로 신성의 한 측면임을 깨달을 때 우리가 어떤 삶을 살 수 있을지 상상해 보라. 자신이 만유의 한 단면이라는 것을 알고 살아가는 삶을 상상해 보라. 그것을 알고서 살아가는 삶을 상상해 보라. 우리 모두 그럴 수 있다.


## 오감의 세계에서 육감을 가진 존재로 사는 것

나는 우리 모두가 육감六感을 갖고 태어난다고 본다. 즉 보통의 오감의 지각으로는 설명되지 않는 직관적 인식 능력 말이다. 이러한 인식 능력으로는 투시력clairvoyance(오감으로는 분명하게 알 수 없는 대상을 인식하는 것)이나 예지력precognition(미래에 일어날 일을 예견하는 것) 등이 있고, 무엇보다 엠패스인 것도 이런 능력에 속한다. 삶의 환경들로 인해많은 이들이 이 같은 선천적인 육감을 잃어버린다. 우리는 모두 어떤일이 일어나기 전에 미리 그걸 알았다거나, 특정 상황에서 눈에 보이는 것 이상의 뭔가가 일어나고 있다는 걸 안 경험이 있다. 이것을 보통 직관이라고 하는데, 무엇이 진실인지 아는 능력을 가리킨다. 엠패스들이 가진 능력의 기반이 되는 것이 바로 이것이다. 그러나 많은이들이 이러한 직관 능력을 잃어버린다. 이 같은 육감을 갖고 있는 이들은 자신이 다른 사람들과 연결되어 있고 우주와도(3장에서 더 자세히 설명한다) 연결되어 있다는 것을 가슴 깊이 아는 상태로 이 세상에 오지만, 자라면서 자신의 직관을 신뢰하지 않도록 배우고, 결국엔 그것을 묵살하거나 억누르게 된다.

이런 이유로 많은 엠패스들이 자신에게 육감이 있는지조차 모른다. 나 역시 그랬다. 그러나 임사체험이 내 육감을 다시 활짝 열어주었고, 나는 그것이 진짜이며 나에게 늘 있어왔다는 것을 깨달았다. 나의 이런 측면을 까맣게 잊고 있었지만, 한번 되찾고 나자 그것은 너무도 익숙하게 느껴졌다. 심지어 내가 어떻게 지금까지 이것을 쓰지 않고 살아왔는지 의아해지기 시작했다.

당신 역시 육감이 활짝 열리는 경험을 했을지 모른다. 그런 일은 필요에 의해서 일어날 수도 있고(누군가가 도움을 필요로 할 때, 혹은 당신이 스스로를 도와야 할 때), 트라우마에 의해 일어날 수도 있다. 그러나 때로는 그저 아침에 눈을 떴는데 육감이 회복되어 있는 것을 알거나 처음으로 그것을 느끼게 되는 경우도 있다.

우리는 주변의 모든 사람들, 모든 것과 직관적으로 깊이 연결된 채 태어나지만, 우리가 사는 세상에서는 육감을 거의 인정해 주지 않는다. 그러나 간혹 내면의 앎이 청각이나 시각 같은 다른 감각들만큼 또는 그보다 훨씬 더 강한 사람들도 있다. 아기들을 생각해 보라. 아기들은 눈을 뜨기도 전부터 엄마의 존재를 바로 감지하지 않는가. 반려 동물 역시 반려자가 가시거리나 가청거리에 들어오기 한참 전부터 반려자가 곧 집에 도착한다는 것을 감지한다.

나에게는 코스모라는 개가 있었는데, 녀석은 매번 내가 문을 열고 들어오기 정확히 5분 전부터 현관 문 앞에 자리를 잡고 앉아 있곤 했다. 무엇을 하고 있든지, 집 안 어디에 있든지 코스모는 내가 집에 도착하기 5분 전 거리가 되면 있던 곳에서 문 앞으로 와 자리를 잡았다. 집에 있는 이들은 누구나 5분 있으면 내가 문을 열고 들어오리라는 것을 알 수 있었다. 여기서 5분 거리라 함은 차로 5분 거리, 즉 1마일(약 1.6킬로미터─옮긴이)을 말한다. 그러니 녀석이 내 냄새를 맡았거나, 나를 봤거나, 내 소리를 들었을 리는 없었다. 우리는 아파트 건물에 살았는데, 내가 1층에서 엘리베이터에 타면 코스모는 아파트 현관문 뒤에 앉아 있다가 꼬리를 흔들기 시작했다. 대니와 나는 코스모의 놀랍도록 예리한 직관에 감탄하면서 정말로 재밌어하곤 했다.

문화적으로 우리는 우리의 직관이 진짜가 아니라고, 상상의 일종이라고 믿도록 배웠다. 당신은 아이였을 때 아마 상상 속 친구가 있었을 것이다. 그 친구는 당신에게는 실제로 있는 진짜 존재였지만, 가족들은 웃으면서 그건 그냥 당신의 상상 속 존재일 뿐이라고 했을지 모른다. 혹은 부모가 당신을 어떤 친척이나 친구에게 가서 안아주라고 하는데 그 사람한테서 뭔가 좋지 않은 느낌이 들어 당신이 피하자, 부모가 당신을 그 사람 앞으로 끌어다놓으면서 부끄러워하지 말라거나 무례하게 굴지 말라고 말했을 수 있다. 그럴 때 스스로가 어떻게 느껴졌는가? 나에게도 그런 일이 있었는데, 나는 창피하기도 하고 내가 좀 별나다는 느낌이 들거나 혼란스러울 때가 많았다. 결국 나는 그 일과 함께 내 직관까지도 마음속 깊은 곳에 묻어버렸다. 이 글을 읽고 있는 많은 이들이 공감하는 경험일 것이다. 나에게 메일을 보내는 많은 사람들도 자기가 그런 걸 표현했을 때 그건 그저 상상일 뿐이라는 말을 듣고 자신의 그런 부분을 억눌러왔다고 털어놓는다. 또 남들과 다르다는 이유로 또래들한테 놀림을 받거나 따돌림을 당하기도 하고, 집이나 학교에서 혼나기도 해서 자기를 감추기 시작했는데 그것이 얼마나 고통스러웠는지 이야기하는 사람도 있다.

우리의 육감은 다른 다섯 가지 감각처럼 진짜로 존재한다. 잠시 이 점을 좀 더 살펴보자. 만일 당신에게 오감 중 하나가 없다면 당신은 그 빈자리를 명확히 알아챌 것이다. 태어났을 때부터 쭉 눈을 감고 살아야 한다고 들었다고 상상해 보자. 눈을 떠서 주변을 둘러보는 건 위험하다고 말이다. 그 결과 비록 시각 대신 그것을 보완해 줄 직관, 즉 내면의 눈은 대단히 발달했지만, 눈으로 지각되는 이 아름다운 세상을 보는 선물은 누리지 못한 채 살아간다. 색깔이나 하늘, 무지개를 본 적도, 강이나 산, 나무, 별, 구름을 본 적도 없다. 그런데 어렸을 때 눈을 감고 있어야 한다는 걸 깜박해서 이따금씩 세상이 어떻게 생겼는지 흘깃흘깃 본 일이 있고 그렇게 본 것을 주변 어른들에게 말했다고 해보자. 그들은 당신 말을 묵살하며 이렇게 말했다. "그건 네 상상이야. 이 세상을 알고 싶다면 눈을 꼭 감고 있어야 해!" 그렇다면 그 세상은 얼마나 다를지 상상해 보라. 모든 발명품과 테크놀로지도 우리가 눈을 감은 채 세상을 알아가는 것을 도와주는 쪽으로 발달했을 것이다.

당신은 남들과 잘 어울려 살아가고 싶어 눈을 감고 지내는 법을 익힌다. 당신은 남들을 실망시키고 싶지 않다. 그래서 시각을 제외하고 직관과 청각, 후각, 촉각, 미각이라는 다섯 가지 감각을 가진 존재로 자랐다. 학교를 다닐 때도 모두가, 심지어 교사들조차 눈을 감고 있다. 당신은 졸업을 하고, 일자리를 구하고, 눈을 감은 사람으로 직장 생활을 시작한다. 당신은 시력이 없는 이들이 시력이 없는 사람들을 위해 만든 세상에서 살고 있고, 사람들은 직관은 매우 강하지만 여전히 눈은 감은 채로 있다. 물론 볼 수 있기는 하다. 시각 능력이 있다는 걸 믿기만 한다면, 눈을 뜨기만 한다면 말이다.

이제 상상해 보자. 어른이 된 어느 날 당신은 아이였을 때 봤던 세상이 기억났다! 또 다른 감각이 당신에게 있었지만 사람들이 그건 상상에 불과하다고 말했던 것이 기억난 것이다. 당신은 바깥세상이 어떻게 생겼는지 어렴풋하게 기억났고, 그 감각을 다시 찾고 싶어졌다. 뭔가 훨씬 멋진 것을 슬쩍 봤던 그 경험을 다시 하고 싶은 마음이 간절했다. 그래서 실험을 해보기로 했다. 어렸을 때 경험한 세상으로 돌아가 보기로 말이다.

당신은 밖에서 놀고 있다. 잔디가 당신이 기억하는 것보다 더 푸르다. 졸졸 흘러가는 개울이 소리만 들리는 게 아니라 이제 보이기도 한다. 길가에 있는 돌멩이와 덤불도 보이기 때문에 이제는 다치지 않고 쉽게 피할 수 있다. 저 멀리까지도 내다볼 수 있고, 그래서 눈으로만 봐도 산이 얼마나 멀리 있는지 가늠할 수 있다! 지금까지는 바다가 얼마나 멀리 있는지를 냄새로만 알 수 있었는데, 이제는 실제로 볼 수도 있다. 해변에서 멀어질수록 바닷물 색깔이 어떻게 달라지는지도 보이고, 가까이 가보니 모래와 바다가 만나 뽀얗게 빛나는 부분도 보인다. 전에는 결코 이해할 수 없던 개념이다.

이렇게 보는 세상이 얼마나 선명할지 생각해 보라. 이 새로운 감각을 가지고 경험할 때 세상이 얼마나 다르게 느껴질지 생각해 보라.

이제 당신이 발견한 것들을 사람들에게 말하고 다니는 모습을 상상해 본다. "눈을 떠요. 정말 놀라워요! 우리에게는 육감이란 게 있어요. 어려서부터 억눌러왔죠. 하지만 그건 진짜예요! 당신도 그걸 쓸 수 있다고요! 겁낼 게 하나도 없어요. 오히려 삶이 더 멋지고 쉬워질 거예요."

당신은 이걸 발견하고 너무나 들떠서 그것을 온 세상에 소리쳐 외치고 싶을 지경이다. "사실은요, 여러분도 눈을 뜰 수 있어요. 삶이 더 쉬워질 거예요." 하지만 사람들은 이렇게 말한다. "아뇨, 눈을 뜨면 안 돼요. 그건 몹쓸 짓이에요. 우리가 지금까지 배운 모든 것에 어긋난다고요." 사람들은 현재 개발 중인 각종 테크놀로지와 거기서 창출되는 수익과 일자리에 당신이 위협이 된다고 말한다. 사람들은 당신에게 다시 눈을 감으라고 종용한다. 결국 당신도 의구심이 든다. '어떻게 이렇게 많은 사람들이 틀릴 수가 있겠어? 저렇게 권위 있는 사람들이 하나같이 내가 틀렸다고 말하고 있잖아. 그건 내가 상상으로 지어낸 게 틀림없어. 난 위험을 감수하고 싶지 않아!' 당신은 다르다는 이유로 배척당하는 위험을 감수하고 싶지는 않다.

여기에는 미지未知에 대한 두려움도 있다. 다른 누구도 눈을 뜬 사람이 없기 때문에 당신에게는 눈을 뜨고 살아갈 경우 어떤 위험이 닥칠 수 있는지 참고할 만한 정보가 전혀 없다. 그리고 이런 식으로 세상을 경험하는 사람이 오직 당신뿐이라면 당신은 외로워지기 시작할 것이다. 당신이 본 것을 적절히 표현할 말도 없을 것이다. 언어는 우리가 내는 소리에 특정한 의미를 부여하기로 상호 합의하여 만들어지는데, 모두가 눈을 감고 있다면 시각적으로 식별될 수 있는 속성들에 붙일 말은 존재하지 않을 것이다. 가령 아무도 색깔을 본 적이 없다면 각각의 색깔들을 명명할 방법이 없을 것이다.

당신은 결국 눈 감은 사람들이 눈 감은 사람들을 위해 만든 세상에서 살고 있음을 다시금 깨닫게 될 것이다. 아무도 당신을 이해하지 못할 것이다. 당신은 그 누구도 인식해 본 적 없는 것을 인식하고 있고, 당신이 인식하는 것을 설명할 언어도 없다. 당신은 그게 당신만의 상상은 아니었는지, 당신이 착각했던 게 아닌지 의구심이 들기 시작한다. 결국 당신은 세상에 적응하기 위해 다시 눈을 감을 것이다.

내가 볼 때 이 상상 속 시나리오는 많은 엠패스들이 힘들어하는 이유를 아주 잘 보여준다. 우리는 스스로 오감만을 가진 존재라고 믿는 사람들이 만든 세상에서 오감만을 가진 존재라고 믿도록 교육받은 육감을 지닌 존재들이다. 물론 우리가 닫아버린 감각은 시각이 아니라 우리의 직관이다. 직관은 다른 감각들과 똑같이 강력하지만, 우리는 그것이 혹시라도 고개를 들면 그것을 한갓 상상으로 치부하고 무시하라고 배운다.

우리의 그 부분, 즉 우리가 가진 감각의 6분의 1을 부정할 때 우리는 우리 자신의 일부분을 부정하는 것이다. 그리고 바로 그래서 엠패스들과 지극히 민감하고 직관적인 사람들이 이 세상에서 살기가 그토록 어려운 것이다. 그들은 세상을 헤쳐 가는 데 도움될 자신의 기본 감각 중 하나를 억지로 부정하게 되고, 그렇게 함으로써 결국 당혹스럽고 혼란스러워진다.

엠패스들은 정말 다르다. 이 점을 이해했을 때 내 마음이 얼마나 편해졌는지 모른다. 차이점을 깨닫고 받아들인 것이 바로 그 비결이다. 지난 몇 년 동안 자신의 경험을 들려준 나의 학생들과 독자들의 도움으로 나는 우리 모두가, 특히 나의 동료 엠패스들이 가고 있는 이 여정을 더 깊이 이해하게 되었다. 진짜 자기 자신이 되는 여정, 스스로의 행복을 해치면서까지 주변 사람들을 보호하고 챙겨주려고 전력을 다하는 것을 멈추는 여정 말이다.

내 경우에는 엠패스로서의 능력을 온전히 펼치기 위해 굉장히 극적인 경험, 즉 임상적 죽음이 필요했지만, 당신은 엠패스의 힘을 다루는 법을 배우고 그에 따른 문제들에서 자신을 보호하는 법을 배우기 위해 죽을 필요까지 없다. 앞으로 이 책에서 나는 내가 써온 방법들, 내 경험, 나와 함께 작업한 사람들의 이야기를 소개할 것이며, 그것들은 당신이 진짜 자기 자신이 되는 데, 즉 육감을 가지고 있으며 공감적이고 장엄한 자기 자신을 그대로 드러내는 데 도움이 될 것이다. 이 책을 다 읽고 나면 당신은 엠패스가 보통과는 다른 능력을 가진 존재임을 깨달을 것이다!

# 테스트: 당신은 엠패스인가요?

당신의 엠패스 성향이 어느 정도인지 알고 싶은가? 아래 질문들에 '예, 아니오'로 대답하고 점수를 계산해 보자.

1. 상대방의 아픔이 느껴지기 때문에(심지어 그런 감정을 당사자보다 훨씬 더 크게 느낄 수도 있다) 그들의 기분을 상하게 하거나 실망시키면 어떡하나 걱정한다.

2. 때로는 자기 잘못이 아닌 것에 대한 비난까지 감수할 정도로 자신의 행동에 전적인 책임을 지고자 한다.

3. 다른 이들에게 잘 속아 넘어가고, 때로는 이용당했다는 기분이 들기도 한다.

4. 다른 사람들로부터 칭찬이나 선물, 도움, 혹은 친절한 대접을 받는 게 힘들다. 즉시 갚아줘야만 할 것 같다.

5. 다른 이들에게 깊이 연민을 느끼며, 다른 이들의 약점과 불안함, 실수에 관대하다. 상대가 그만한 자격이 있든 없든 모두를 친절하게 대한다.

6. 다른 이들이 자기 스스로를 이해하는 것보다 그들을 더 잘 이해해 줘서, 사람들이 자주 문제나 고민거리를 갖고 당신을 찾아온다. 이것 때문에 지치는데도 당신은 상대방의 아픔이 느껴져서 상대를 절대 내치지 못한다.

7. 매우 직관적이며, 어디서 들은 바가 없는데도 어떤 것을 그냥

안다. 단순한 감을 넘어서는 깊은 앎이 있다.

8. 누가 입으로는 뭐라고 말하면서 속으로는 다른 뜻을 품고 있을 때 쉽게 알아챈다.

9. 사람들에게, 그리고 지구에게 함부로 행동하지 않는다.

10. 전인 치료holistic therapy를 비롯해 모든 형태의 치유 기법들에 끌린다.

11. 약자를 도와주는 성향이 있으며, 어떤 집단이나 공간에서 그런 사람을 아주 금방 알아본다.

12. 다른 사람이 입던 옷은 예전 주인의 에너지가 느껴져서 입기 힘들다. 스스로가 그 옷을 입고 있는 게 싫다.

13. 백일몽 즐기기를 아주 좋아하며, 내면 세계가 깊고 풍부하다. 대단히 창의적이며, 선견지명이 있고, 무언가를 창조할 수 있는 공간을 가져야 한다.

14. 판에 박힌 방식, 역할, 통제를 극도로 답답해하며, 자기가 원하는 때에 원하는 일을 자유롭게 하고 싶어 한다.

15. 형이상학적이고 영적인 것이라면 무엇에든 끌린다.

16. 남을 위해 봉사하려는 경향이 아주 강하다. 사람들을 도울 때 굉장히 기쁘다.

17. 자기 성장, 자기 발전에 굉장히 관심이 많다. 더 나은 존재가 되고 싶어 한다. 배우고 싶어 하고, 성장하고 싶어 한다. 자기 자신만 성장하는 게 아니라 인류 전체의 성장과 그것을 돕는 일에도 깊은 관심이 있다.

18. 영적인 성지聖地, 전쟁터(심지어 아무 표시도 안 되어 있는 경우에도), 역사적 인물의 생가 등 특정한 곳에 있을 때, 전에 거기 있던 사람들의 감정이 물밀듯이 밀려드는 일이 종종 있다.

19. 자연 속에 있을 때 커다란 평화와 평온함을 느낀다.

20. 식물들을 아주 친근하게 여긴다. 딱히 눈에 보이는 징후가 없을 때도 식물에게 무엇이 필요한지—어떤 영양소나 물, 특정 위치로 옮겨주는 것 등등—그냥 안다.

21. 음식의 에너지가 느껴지고, 그것이 당신에게 에너지를 줄지 아니면 고갈시킬지를 안다.

22. 동물들과 깊이 연결되어 있다. 동물들이 그냥 당신에게 자연스럽게 끌리듯 다가온다.

23. 사회나 세상에 순응하려고 노력하는 게 언제나 힘들다. 그래서 삶에서 벌어지는 일들 대부분을 마치 TV 광고를 보듯이, 그런 일들이 당신과는 무관하거나 당신에게는 해당 사항 없다는 듯이 바라본다.

24. 몸이 안 좋은 사람 근처에 있을 때 메스꺼움, 두통, 오한 등 해당 증상을 당신도 느낀다. 대개의 경우 그들이 멀어지면 그런 증상도 사라진다.

25. 사람들이 주변에 있을 때 편안하게 이완하기가 힘들다. 신경 쓰지 않고 자유롭게 자신을 놔둘 수 없다. 다른 에너지들로부터 떨어져 혼자 있으면서 마음을 가다듬을 수 있는 공간이 필요하며, 그런 공간을 가질 수 없을 때 안 좋은 상태가 된다.

26. 쇼핑몰 같은 붐비는 공간은 특히 더 힘들다.

27. 다른 이들은 음악을 제대로 들으려면 크게 들어야 한다고 생각하지만, 당신에게 그것은 당신 신경에 융단 폭격을 퍼붓는 것과 같다.

28. 누군가의 옆에 서 있을 때—그가 누구고 거기가 어디든—가끔 그 사람의 생각을 자신의 생각으로 착각한다.

29. 누군가와 이야기하면서 그 사람을 이해하려고 노력하고 있을 때, 그의 사고 과정에 폭 빠져서 자신의 생각을 놓치는 경우가 있다.

30. 가끔 자신의 것이 아닌 느낌들에 압도된다. 멀쩡하게 길을 걸어가고 있는데 갑자기 슬픔이 밀려온다든지, 걷잡을 수없이 짜증이 난다든지, 심지어 기쁨이 솟구칠 때도 있다.

31. 다른 이들의 에너지, 심지어는 전 세계에서 발생하는 에너지까지 흡수하기 때문에 두려움과 불안을 쉽게 느낀다. 아주 사소한 것에도 두려워하거나 불안해하거나 당황하거나 스트레스받는 일이 많다.

32. 무섭거나 슬프거나 우울한 영화 또는 그런 책을 보거나 읽기가 힘들다. 실제로 몸이 아플 수도 있다.

33. 무엇에든 쉽게 주의가 분산되기 때문에(당신은 모든 것을 감지하므로), 수업 시간이나 회의, 파티 중에 집중하기가 힘들다. 보고서를 쓰거나 프로젝트를 최종 검토하거나 블로그에 올릴 글을 후다닥 여러 편 써서 올려야 할 때 커피숍에 가는 일은 절대

없다.

34. 감정적으로나 신체적으로 고갈되었다는 느낌을 자주 받는다. 여덟 시간 잠을 잤고, 물을 충분히 마셨으며, 현재 당신을 괴롭히는 감정적 문제들이 전혀 없음에도 그저 누워서 쉬고 싶다.

결과를 한번 보자.

- '그렇다'는 대답이 1개에서 9개 사이라면, 당신은 부분적으로 엠패스 성향을 갖고 있다. 다른 이들의 에너지를 상당히 잘 차단하는 편이지만, 가끔 경계를 세우기가 어려울 때도 있다. 극성 요법polarity therapy(몸의 전자기장을 변화시켜 질병을 치료하는 에너지 요법의 하나―옮긴이), 기공氣功, 시아추shiatsu(일본식 지압으로, 경혈을 자극해 경락을 열어줌으로써 기의 흐름을 원활하게 하는 수기 요법―옮긴이), 프라닉 힐링pranic healing(생명 에너지인 프라나를 이용해 에너지를 정화하는 기 치료의 일종―옮긴이), 레이키靈氣 등 에너지 작업을 받으면 도움이 될 수 있다. 직관 능력이 상당히 좋다. 특히 본인 삶의 영역과 관련해서는 직관이 더 발달해 있으며, 대개 곤란한 상황이 발생하기 전에 미리 감지하는 편이다. 스스로를 잘 돌보는 편이지만 특정 음식이나 성분, 오염 물질에 민감할 수 있다. 다른 엠패스들과 달리 도시 생활에 쉽게 적응할 수 있다. 전반적으로 볼 때 엠패스 본성 때문에 직장 생활이나 여타 원하는 것을 하기 힘들 정도는 아니다. 자신의 경계를 잘

지키며, 타인과 자신을 잘 구별할 수 있다.

- '그렇다'는 대답이 10개에서 19개 사이라면, 당신은 중간 단계의 엠패스이다. 당신은 직관 능력이 상당히 뛰어나며, 아마도 자연이나 물가에서 보내는 시간이 많을 것이다. 이따금씩 도시 생활도 즐기지만, 자연으로 나가서 에너지를 재충전하는 것을 좋아한다. 자신의 오라aura와 에너지 공간을 상당히 잘 보호하는 편이지만, 이따금씩 다른 이들의 에너지에 영향을 받는다. 위에서 언급한 에너지 작업들 가운데 한두 가지를 받으면 유익할 수 있다.

- '그렇다'는 대답이 20개에서 28개라면, 전체 결과에서 당신의 점수는 상당히 높은 편에 속한다. 당신은 거의 확실히 엠패스이다. 당신은 굉장히 직관적이며, 사람들이 거짓말을 할 때 대개 잘 알아챈다. 에너지 작업을 하는 사람이나 에너지 힐러가 되고 싶어 할 수 있는데, 그건 당신이 그런 재능을 타고났기 때문이다. 자연 속에 있는 것을 좋아하며, 물가에 있는 것을 특히 선호한다. 자연의 치유적 성질을 경험하는 것을 굉장히 좋아한다. 주변 사람들의 기분과 에너지, 분위기, 환경에 영향을 미칠 수 있는 재능이 있다.

  당신은 다른 이들의 에너지와 자신의 에너지를 구분하는 작업을 할 필요가 있다. 당신에게는 다른 이들과 그들의 에너지를 거울처럼 되비쳐주는 경향이 있을 수 있다. 이 정도 점수를 받았다면, 에너지 운용법(막힌 부분들을 풀어주어 몸 구석구석의 에너지를 흐르게 하는 것), 스스로를 그라운딩하는 법(땅과 연결되는 것), 자신의 오라(메리엄 웹스터 사전의 정의에 따르면 '오라aura'란 "모든 생물체에서 뿜어져 나오는 에너지 장"이다)를 보호하는 법을 배울 경우 크게 도움이 될 수 있다. 이런 방법들에 대해서는 3장에서 자세하게 다룰 것이다.

당신은 다른 이들을 도와주고 구해주고 세상을 치유하기를 좋아한다. 그러나 서두르지 않고 천천히 할 필요가 있으며, 그에 앞서 스스로에게 먼저 그렇게 해줄 수 있어야 한다! 스스로에게 에너지 치유를 해주면 도움이 될 것이다.

- '그렇다'는 대답이 28개 이상이라면, 당신은 완전한 엠패스이다. 이런 부류의 사람들을 나는 신비가mystic라고 부른다. 매우 직관적이며 사람들이 거짓말을 할 때 거의 매번 알아챈다. 타고난 치유자이기도 하다. 자연을 깊이 사랑하고 음미하며, 자연이 주는 치유 효과를 자기도 모르게 잘 이해하고 있다. 모든 존재들이 신성의 표현임을 알고 있다. 진정으로 지혜롭고, 주변 사람들의 기분과 에너지, 분위기, 환경을 뒤바꿔놓는 탁월한 능력이 있다.

당신은 다른 사람의 에너지와 자신의 에너지를 알아차리고 구별하는 법을 배울 필요가 있다. 당신은 세상의 아픔과 고통을 자기 어깨에 짊어지고 자기 것으로 여긴다. 자기를 사랑하는 법, 자기 내면의 앎을 알아차리는 법, 감사를 표현하는 법, 우주 의식의 망cosmic web of consciousness에 연결되는 법 등 앞으로 이 책에서 소개하는 명상법들을 배우면 도움이 될 것이다. 당신은 또한 다른 이들과 그들의 에너지를 거울처럼 되비쳐주는 경향이 있다. 이는 곧 변덕스러운 세상에 맞추느라 당신의 에너지적 우위(자신의 에너지를 다루는 힘)를 포기한다는 뜻이다.(즉 에너지 차원에서 다른 사람들이 당신을 지나치게 통제하거나 당신에게 지나치게 영향을 미친다는 뜻이다.) 예를 들어 당신이 행복하고 만족스러운 상태인데 친구가 기분이 안 좋거나 우울해하거나 겁에 질려 있다면, 당신은 친구의 기분에 휩쓸려 자신의 원래 기분을 잃어버린다. 친구의 두려움과 슬픔을 받아들여 친구의 그 느낌을 자신의 느낌보다 우선시하는 것이다. 자신의 에너지를 통제하고 경계를 더 튼튼히 세우는 법을 익히면 도움이 될 것이다. 이에 대해서는 이 책 전체에서 두루 살펴보겠지만, 특히 3장과 6장에서 집중적으로 다룰 것이다.

이 테스트에서 어떤 결과를 얻었건 간에, 당신의 민감성/엠패스 정도가 어느 정도이건 간에, 이 책에 나오는 이야기와 예시, 명상법과 연습은 당신의 직관과 경계를 강화하고 엠패스로서 지닌 재능을 키워 당신의 힘 있는 본래 모습을 되찾는 데 도움이 될 것이다.

# 직관을 키우는 명상

이 명상을 통해 직관에 귀 기울이는 법부터 시작해서 직관이
건네는 말을 신뢰하는 법까지 익힐 수 있다. 각 장의 마지막에
실린 명상들의 활용법은 책 앞의 '들어가며'에 적힌 내용을 참
고하라.

❧

나는 내 직관의 미묘한 목소리를 알아차린다.

말을 통한 것이든, 비전vision을 통한 것이든

나에게 들려오는 직관의 목소리에 주의를 기울인다.

나는 고요함, 평화로움, 안도감 같은

내 몸의 감각들에 주의를 기울인다.

나는 이런 미묘한 생각과 비전, 감각과 느낌을 존중하며,

그것이 영혼이 나와 소통하는 방법임을 안다.

나는 내가 직관을 따를 때 내 최고의 선에

기여하고 있다는 것을 알고 신뢰와 안전함을 느낀다.

# 2

# 엠패스, 축복인가 저주인가?

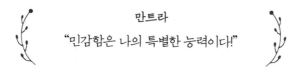

만트라
"민감함은 나의 특별한 능력이다!"

엠패스는 여러 가지 훌륭한 재능도 갖고 있지만, 그것은 또한 극도로 고통스러운 일일 수도 있다. 내가 오래도록 그랬듯 당신이 만일 엠패스이면서도 그 사실을 아직 깨닫지 못하고 있다면, 그것은 당신에게 약점이 될 수 있다. 당신은 자신이 어딘가 잘못되었다고 느끼고, 남들을 만족시켜 주지 못할 때면 실패자나 패배자라고 느끼며, 자신이 좋아하는 일을 한 것에 대해 충분한 대가를 받을 자격이 없다고 생각한다. 심지어 스스로 엠패스임을 알고 있다고 해도, 직관과 에너지 측면의 능력을 어떻게 다룰지 알지 못한다면 그런 능력들은 오히려 자기 삶을 온전히 실현하는 데 걸림돌이 될 수 있다. 당신은 늘 '다른 사람'이 더 중요하다고 보기 때문이다.

그런 재능들이 우리에게 결정적 걸림돌 혹은 저주가 되는 것은 우리가 다른 이들의 욕구나 감정을 우리 자신의 것과 구별하지 못하고, 다른 이들 모두가 행복하기 전까지는 우리 자신도 행복할 수 없다고 생각하기 때문이다. 이것이 우리를 내면의 신성함에서 나와 다른 이들의 드라마 속으로 끌려가게 만들며, 바로 그래서 우리가 어깨 위에 무거운 짐을 지고 있는 듯 느끼게 된다. 우리는 또한, 앞서도 살펴봤듯이, 우리에게 맞춰지지 않은 세상에 적응해 보려고 안간힘을 쓴다. 우리는 오감의 세계에 사는 육감의 존재들이니 말이다.

한편 우리에게 이토록 큰 불편을 안기는 민감함은 우리가 받은 축복 혹은 재능이기도 하다. 그 민감함은 우리를 저 너머의 세계(3장에서 자세하게 다룬다)에 연결시켜 줄 뿐 아니라, 우리에게 예리한 직관과 타고난 치유 능력, 남들을 쉽게 사랑하며 애쓰지 않고도 그들을 편안하게 만들어주는 능력을 주기도 한다. 게다가 엠패스들은 대개 생각이 깊고, 성실하며, 다정하고, 창의적이고, 타고나기를 잘 들어주는 사람이기도 하다.

이 장에서는 이러한 특징들이 야기할 수 있는 대표적인 단점들을 살펴보고, 뒤로 가서는 이러한 민감함의 아름다움에 대해, 그리고 그것이 어떻게 우리의 진정한 본모습을 받아들이도록 도와줄 수 있는지에 대해 살펴볼 것이다.

## 남들의 비위를 맞추는 기쁨조

어린아이들이 잘 쓰는 말, "회초리는 아파도 말은 아프지 않다"는 말은 엠패스들에게는 전혀 해당 사항이 없다. 비난을 들으면 그것은 우리 내면에서 걷잡을 수 없이 커진다. 예를 들어 자기 자신에게 푹 빠져 있고 삶을 더없이 사랑하는 어린 여자아이가 "네가 그렇게 시끄럽지만 않으면 사람들이 널 더 좋아할 거야"라는 말을 듣는다고 해보자. 보통의 아이라면 화를 잘 내는 부모가 좀 조용히 있고 싶어서 내던진 그런 말을 그저 한 귀로 흘려버리겠지만, 민감한 아이라면 입을 꾹 다물고 그 거친 말을 진심으로 흡수해서, 자기 모습을 다 내보이면 남들이 좋아하지 않는다는 뜻으로 받아들일 수 있다.

'나는 나빠. 난 부족해. 난 못났어' 같은 부정적인 생각들은 당신 마음속에서 자꾸자꾸 반복된다. 나는 다른 이들이 나를 비난하거나, 심지어는 내가 자신을 판단할 때조차 가슴과 배, 머리에서 신체적인 반응을 겪는다. 때로는 심장이 더 빨리 뛰고, 몸이 더워지고, 얼굴이 붉어지기도 한다. 내 독자들과 학생들도 상당수가 나처럼 느낀다고 한다. 사람들이 자신을 비난한다고 인지되는 상황에 직면하면 혈압이 오른다거나 다리가 후들거린다는 사람도 있고, 심지어는 어지럽고 기절할 것 같다는 이들도 있다.

그러니 우리가 뭔가를 고치라는 지적이나 못마땅해 하는 말을 듣지 않으려고 애를 쓰는 것도 한편으로는 당연하다. 그러나 그렇게 함으로써 우리는 남들의 비위를 맞추는 기쁨조가 될 수 있다. 무리하면서까지 남의 마음을 흡족하게 해주려고 할 때 우리는 자기 힘을 다른 이들에게 내주기 시작한다는 것을 꼭 알아야 한다. 당신은 다른 이들이 당신에게 원하는 것 또는 그들에게 인정받을 수 있는 것을 하기 시작한다. 그것이 당신 내면의 목소리, 내면의 안내자가 말하는 것과 정반대되더라도 말이다.

우리는 또 남의 인정에 중독될 때에도 힘을 잃고 내면의 안내자와의 연결을 잃어버린다. 이것이 바로 비난을 피하려는 태도가 낳는 맹점이다. 다음 상황이 마음에 와 닿는지 한번 살펴보라.

누군가가 당신에게 뭔가를 엄청 잘한다고, 굉장히 재능이 있다고, 혹은 뛰어난 통찰력을 가졌다고 말하자, 당신은 이렇게 생각한다. '오, 세상에, 내가 이제야 좀 가치 있는 사람이 됐네. 이제야 뭔가를 제대로 하고 있어.' 그러고 나서 더 이상 그런 인정이 주어지지 않을 때 당신은 굉장히 민감해지면서 마치 '투쟁 또는 도주fight or flight' 반응을 일으킬 때 심장이 요동치는 것처럼 실제 신체 증상의 형태로 상실감을 느끼기도 한다. 그러곤 곧 의아해한다. '내가 뭘 어쨌기에 날 더 이상 인정해 주지 않지? 나는 내가 생각했던 그런 사람이 아니었나? 난 어떻게 나한테 그렇게 후한 점수를 줬던 걸까? 내가 그렇게 뛰어나다고 생각했다니 너무 창피해!'

어딘가 익숙한 이야기 같은가?

우리는 이렇게 인정의 노예가 되고, 우리를 더 이상 칭찬하지 않는 그 사람의 노예가 될 수 있다.

# 호구로 가는 지름길

남들의 기분을 맞춰주려는 이런 성향 때문에 우리는 사회에서 쉽게 호구나 '을'의 위치가 된다. 당신 잘못이 아닌데도 사과한 적이 있다면, 단지 사람들과 다른 의견을 갖는 게 싫어서나 '싫다'고 말하는 게 두려워서 혹은 다른 이들의 감정에 책임을 느껴서 모두의 의견에 동의하는 척해본 적이 있다면, 당신이 바로 내가 지금 말하는 그 사람이다. 호구가 된다는 것은 대립을 피할 수만 있다면 무엇도 마다하지 않고, 그저 남의 기분을 맞춰주고자 자신이 원하지도 않는 것들을 떠안으며, 자기와 잘 맞지도 않는 이들과 관계를 유지하는 것을 말한다. 이런 성향을 갖고 남들이 우리에게 바라는 바대로 움직일 때 우리는 영혼의 목적에서 점점 멀어진다.

내가 이끌던 어느 수련 프로그램에서 웬디라는 참석자가 30년 되었다는 자신의 결혼 생활에 대해 이야기한 적이 있다. 그녀는 팔짱을 끼고 공간을 조심스레 한 번 둘러보더니 말했다. "저는 나르시시스트와 결혼했어요. 아, 그때는 몰랐어요. 남편은 너무 매력적이었거든요. 이런저런 글도 읽어보고, 예전에 부부 상담을 받으면서 상담가의 말도 다 들어봤는데, 남편은 나르시시스트가 맞아요. '그 여자는 자기가 무슨 말을 하고 있는지도 모르더구만' 하면서 남편이 다시 가지는 않았지만요. 아무튼 저는 그 사람 기분을 맞춰주려고 뭐든다 해요. 그저 평화를 유지하려고요. 살얼음판 위를 걷는 것 같아요. 말 한 마디 한 마디가 다 저를 모욕하는 걸로 들리고요. 남편이 문을 열고 들어오는 순간 저는 심장이 덜컥 내려앉았어요."

그녀가 등을 더 곧추세웠다. "결혼해서 지금까지 남편은 우리 관계를 위해서 무엇 하나 한 게 없어요. 언제나 이런 식이었죠. 남편이 병을 앓은 적이 있는데, 회복이 어려울 수도 있는 중병이었죠. 그때도 전 그 사람 곁에 있었어요. 곁에서 내내 간호했다고요. 그런데 몇 년 뒤에 제가 병을 얻었을 때 남편은 마치 무슨 '골칫덩어리'를 보듯이 저를 대하더라고요.…… 저한테 손찌검도 했고요." 웬디는 바닥으로 시선을 떨구며 말했다.

"웬디, 왜 그를 떠나지 않아요?" 내가 물었다.

"그 사람을 화나게 하고 싶지 않으니까요! 아직도 남편에게 마음이 남아 있으니까요!"

그녀는 남편을 기쁘게 해주려고 온 신경을 쓰느라 자기 자신은 완전히 잃어버린 상태였다. 자신의 욕구는 더 이상 아무것도 아닌 게 될 정도로 말이다.

나는 웬디의 곤란한 상황이 이해되고 공감이 되었는데, 그건 아마도 내가 성 차별(이 주제에 대해서는 10장에서 더 자세하게 다룰 것이다)이 있는 문화적 환경에서 자랐기 때문일 것이다.(나는 싱가포르에서 태어났지만, 영국 식민지 시절의 홍콩에서 자랐다.)

내 부모님은 두 분 모두 인도에서 태어나고 자랐기 때문에, 나는 민족적으로 인도인이고 또 인도의 문화적 규범 속에서 자랐다. 그런 규범 중에 중매 결혼 풍습이 있는데, 이는 부모가 정해주는 상대와 결혼하는 것을 말한다. 내가 십대 초반이던 1980년대 초까지도 우리 부모님은 늘 나에게 좋은 아내가 되도록 가르치고 준비시키셨다. 1980년대 초반에 나는 신디 로퍼Cyndi Lauper(미국의 가수—옮긴이)의 열렬한 팬이었다. 나는 신디 로퍼를 따라하고 옷도 비슷하게 입었다. 머리에 형광 분홍색과 보라색의 스프레이를 뿌리고 색이 현란한 옷들을 입고선 〈여자들은 그저 즐기고 싶어 해Girls Just Want to Have Fun〉(신디 로퍼의 대표곡 제목—옮긴이)에 맞춰 연신 춤을 추곤 했다. 내가 삶에서 바라마지않던 것들인 힘과 강함, 자기 표현을 고스란히 담고 있던 그 노래는 내 주제곡이 되었다. 내 내면의 신디 로퍼를 표현하면서 나는 해방감과 반항심을 느꼈다!

그러나 신디 로퍼의 자유로움과 그 당당한 자기 표현은 내가 '되어야' 하는 젊은 여자 유형과는 정반대였다. 내 부모님, 특히 아버지는 나에게 좀 더 '인도인'답게 입으라고, 최소한 조금만 더 보수적으로 입어달라고 사정을 하셨다. 그리고 엠패스인 나는 이른 나이부터 마음으로 갈등하기 시작했다. 부모님은 내가 노처녀로, 의지가지없는 독신으로 늙을까봐 속을 태우셨고, 나는 부모님에게 상처를 주거나 실망을 안겨드리고 싶지는 않았다. 두 분은 다른 사람들이 나를 어떻게 생각할지 늘 걱정하셨다. 나는 그분들의 염려를 내면화하기 시작했고, 결국 부모님을 실망시킨다는 생각은 두 분이 내 앞에 마련해 놓은 길을 따라가야 한다는 생각만큼이나 견디기 힘든 것이 되었다.

분명히 말해두건대 두 분은 나를 아주 사랑하셨다. 내가 관습에 따라 결혼하는 걸 보고 싶어 하신 두 분의 바람은 그리 가혹한 것은 아니었다. 두 분은 그게 나에게 해줄 수 있는 가장 큰 사랑의 행동이라고 진심으로 믿었다. 그분들은 내가 그런 규범에 적응하려면 나의 빛을 억누르고, 나 스스로를 깎아내리고, 내 내면의 진정한 자아가 내는 목소리를 무시해야 한다는 점을 이해하지 못했다. 마찬가지로 나 역시, 당시에는 몰랐지만, 내 엠패스 본성 때문에 부모님에게 죄책감 없이 "싫어요"라고 말하기가 점점 더 어려워지고 있었다.

부모님을 기쁘게 해드리려고 할수록, 내가 내 삶에서 원하는 것과 부모님이 나에게 기대하는 것 사이에 분명한 경계를 세우고 유지하기가 어려워졌다. 시간이 지나면서 부모님의 기대에 부응하려는 경향은 내 또래 친구들, 직장 동료들, 심지어 낯선 사람에 이르기까지 주위 모든 사람의 기대에 부응하려는 것으로 확대되었다. 그것은 결국 온 세상 전체에 부응하려는 것이 되었고, 나는 누구에게서든 불만을 들으면 도무지 어떻게 할 수가 없었다. 학교 선생님에게든, 친구에게든, 심지어 가게 점원에게든 나는 그들의 인정을 받기 위해 무엇이든 하려 들었다.

아이였을 때 나는 부끄러움 잘 타고 내성적이었다. 나는 홍콩에 와 있는 영국인 자녀들이 대부분인 학교에 다녔다. 나를 빼고 모두가 하얬다. 내 피부는 갈색이었다. 학교에 들어가기 전에 어머니가 나를 데리고 교장선생님 입학 면접에 갔는데, 교장선생님은 이마에 주름이 지도록 인상을 쓰고 입술은 앙 다물고 있는 금욕적인 여성이었다. 그녀의 표정은 자신이 내게 이 명문 학교에서 공부할 기회를 주는 것을 행운이라 여겨야 하며, 내가 이런 특혜를 받을 가치가 있음을 스스로 증명해 보여야 할 거라고 말하는 듯했다. 민감한 아이였던 나는 나에 대해 교장선생님이 갖고 있는 느낌이 어떤지 직감했고, 내 학교 생활 초반기는 전체적으로 이런 분위기에서 시작되었다. 어쩌면 내가 자주 따돌림당했던 것도 놀라운 일이 아니다. 마치 도살장으로 끌려가는 어린 양처럼 나 스스로가 자격이 없고 부족하다는 느낌을 받도록 세팅된 환경 속으로 말 그대로 끌려 들어간 것이기 때문이다.

십대를 지나 이십대 초반이 되어서도 나는 여전히 그 자격 없다는 느낌을 달고 다녔고, 인정을 받으려면 정말 열심히 노력해야 한다고 믿었다. 그래서 형편없는 대접을 받거나 부당한 대우를 당해도 내 목소리를 내기보다는 더 착하게 굴었고, 무엇이든 해서 나를 하대하는 이들에게 인정을 받으려고 애썼다. 서서히, 그러나 확실히 내 안의 신디 로퍼는 입을 다물었고, 깊은 갈등의 나날이 시작되었다. 내 꿈을 좇고 싶다는 바람을 아버지에게 진지하게 이야기해 보려고 할 때마다 대화는 결국 말다툼으로 끝났고, 그래서 나는 그마저도 숨겨 버리고 말았다.

지금 이 글을 읽는 많은 이들이 이런 이야기에 공감할 수 있을 것이다. 그러나 좋은 소식이 있다. 당신은 더 이상 호구가 될 필요가 없다. 이제 새롭게 힘을 갖게 될 테니까. 그러니 기대하시라!

## 희생양이 되려는 경향

엠패스들은 자신의 힘을 남에게 잘 내줄 수 있기 때문에, 마치 자신이 사회로부터 학대받고 있다고 느끼는 희생양 의식을 갖기 쉽다. 모든 사람에게 말이다. 실제로 희생양이 되었거나 학대를 당했다면 반드시 이를 공공연히 소리 내 말해야 하지만, 그와 별개로 당신이 자신의 삶과 환경에 대한 통제권을 되찾아오지 않는다면 그런 의식에서 빠져나오기란 불가능하다. 간혹 치유되고 빠져나오기가 유독 힘든 환경이 있을 수 있지만, 그래도 영원히 희생양으로 남아 있을 필요는 없음을 꼭 알아야 한다. 우리의 목표는 언제나 우리 삶에 대한 통제권을 되찾아오는 것이며, 필요하다면 전문가의 도움을 받는 것도 좋다.

그러나 어떤 이들, 특히 남의 비위를 맞춰주려는 기쁨조와 호구들의 경우에는 희생양 의식에서 빠져나와 자기 삶의 주도권을 되찾고자 하는 동기가 약하다. 오랫동안 자신에게 들려준 희생양 이야기는 삶에서 성장하거나 모험을 하지 않아도 된다는 방패막이 역할을 한다. 다른 사람이나 환경을 탓하기는, 만약 그게 아니라면 본인의 결점이나 실패라고 인식되었을 것에 대한 비난을 면하게 해준다.

남의 비위를 맞춰주려는 기쁨조 입장에서는 희생양 의식 상태에 있을 때 얻는 이득이 많다. 예를 들면,

- 사람들이 당신을 불쌍해하면서, 당신이 요구하지도 않았는데

당신 말을 잘 들어주려고 한다.

- 요구하거나 강압하지 않고도 원하는 것을 얻기가 더 쉽다.
- 다른 이들이 당신을 덜 비난한다.—우리는 남의 비위를 맞춰 주려는 기쁨조들이 비난을 얼마나 싫어하는지 잘 알고 있지 않은가!
- 행동을 취하지 않아도 될 구실이 된다.

다시 말해 희생양이 되는 것은 남의 비위를 맞춰주려는 기쁨조들이 계속 수동적인 태도로 있으면서 남들에게 바라는 것을 얻어내는 하나의 방법이 된다. 아이러니한 점은 희생양 의식에 걸려드는 것도 기쁨조 자신이고, 계속해서 희생자적 태도를 갖도록 만드는 것도 기쁨조 자신이라는 점이다.

내가 진행한 한 워크숍에서 셰리Sherry라는 오십대 초반의 여성이 자신의 87세 어머니 이야기를 들려주었다. 셰리가 기억하는 가장 어린 나이 때부터 어머니는 식구들에게 자기가 심장이 약해서 그리 오래 살지 못할 거라는 말을 자주 하곤 했다. "우리는 어머니가 원하는 것은 뭐든 다 들어드렸어요. 어머니를 흡족하게 해드리려고 애를 썼죠. 어머니에게 남아 있는 시간을 즐겁게 만들어드리고 싶었으니까요. 어머니에게 스트레스를 주거나 심장마비가 오게 만들고 싶은 사람은 아무도 없었죠. 그런데 그 '그리 오래 살지 못할 거'라는 시간은 계속해서 늘어나더라고요. 어머니는 아마 우리보다 더 건강하셨을 거예요."

어렸을 때 셰리는 말 잘 듣는 아이라며 칭찬을 받았는데, 말 잘 듣는 건 기쁨조의 전형적인 특징이다. "저는 평생을 어머니를 기쁘게 해드리려고 노력하면서 살았어요. 어머니 뜻을 거스르는 일은 무슨 수를 써서라도 피했어요. 어머니가 일찍 돌아가실까봐 무서웠거든요." 셰리의 말이다. 셰리는 다른 형제자매들은 여기서 벗어나 각자 바쁘게 자기 삶을 잘 살아가는데, 자신은 늘 어머니의 요구를 들어주려고 대기하며 시도 때도 없이 어머니 전화를 받는 자식이 되었다고 했다. "자기 삶을 사는 형제들이 부러워요. 다른 자식들은 원할 때면 언제든 휴가를 가죠. 그냥 가면 되니까요! 하지만 전 도저히 못 떠나겠어요. 만일 제가 없는 사이에 무슨 일이라도 생기면 어쩌죠?" 셰리가 말했다.

셰리는 본인도 몸에 문제가 있는데도 여전히 어머니의 요구를 더 우선시하고 있었다.

나는 부모님이—혹은 다른 누구라도—우리 도움이 필요할 때 곁에 있으면 안 된다고 말하려는 게 아니다. 그러나 이 경우 셰리는 자신이 어려서부터 희생양이라는 역기능적 관계 패턴을 키워왔음을 이제 알아차렸고, 그러고 나니 분한 마음이 드는 것이었다. 어머니는 가족에게 관심을 얻으려고 희생양 역할을 연기했고, 기쁨조 딸이자 똑같은 희생양이었던 셰리는 "싫다"고 말할 수가 없었다.

만일 이런 상황이 당신이 겪고 있는 것과 비슷해 보인다면, 당신은 스스로를 더욱 가치 있게 여기며 "싫다"고 말하는 법을 배워야 그 패턴을 깨뜨릴 수 있다. 이 방법에 대해서는 이 장 후반부와 이 책의 다른 부분들에서 더 자세히 다룰 것이다.


## 감각의 과부하

엠패스로 살면서 우리의 감각은 쉽게 과부하에 걸리는데, 이는 우리를 세상에서 멀어지게 만들 수 있다. 감각의 과부하가 어떤 식으로 나타날 수 있는지 몇 가지 형태를 살펴보자. 우리의 감각은 과도한 업무, 지나치게 많은 사람들이나 소음, 심지어 진짜로든 가상으로든 폭력적인 것을 보거나 경험하는 것만으로도 압도될 수 있다. 엠패스들은 그런 것을 신체적으로 또 감정적으로 느낀다. 나는 TV 드라마 〈왕좌의 게임Game of Thrones〉을 보면 몸이 아파서 볼 수가 없었는데, 내 청중들도 절반가량이 똑같이 느꼈다.

나는 폭력적이거나 우울한 주제 때문에 TV를 보기가 힘들고, 특히 뉴스가 더 그렇다고 말하는 사람들의 편지를 자주 받는다. 그들은 뉴스를 볼 때마다 이 아름다운 지구에서 일어나는 온갖 해악들에 메스꺼움을 느낀다고 했다. 나에게 편지를 보낸 한 여성은 자신이 뉴스 매체에서 일하는데 왜 항상 몸이 아픈지 알지 못했다고 했다. 자신의 일과 건강 상태를 연관 지을 생각을 못하다가, 언젠가 내 강연에 참석해 엠패스의 특징들에 대해 듣고서야 그 둘을 연결할 수 있었다. 그녀는 그 순간 전구가 번쩍 켜지는 것 같았다고 했다. 자신이 엠패스의 특징들을 거의 전부 갖고 있다는 사실과, 강력 범죄 사건들에 하루 종일 노출되어 있으면서 자신의 감각들이 과부하에 걸려 있었다는 사실을 깨달은 것이다. 이것을 알아차리고 나서부터 그녀는 일과 중에도 짧은 휴식 시간을 자주 갖고, 퇴근 후 집에서는 뜨거운 물에 몸을 담그고 이완하는 시간을 갖는 등 자신이 받는 영향을 줄여나가기 시작했다. 얼마 안 가 그녀는 특집기사부로 부서 이동을 했는데, 그 후로는 건강 문제를 겪지 않았다. 그녀는 현재 맡고 있는 일을 아주 좋아한다.

지금 같은 최첨단 기술 시대에 감각이 과부하에 걸리기 쉽다는 것은 어찌 보면 당연한 말이다. 인간 역사상 이렇게 끊임없이 정보의 흐름에(일각에서는 '홍수'라고 하지 않는가!) 노출된 일은 없었다. 24시간 내내 즉각즉각 주어지는 뉴스, '인플루언서'들의 트윗과 인터넷 게시물, 온갖 것에 대한 온갖 사람들의 의견…… 우리는 항상 온라인에 접속한 채 대개는 자극적이고 불편하며, 때론 아주 끔찍하기까지 한 정보들을 흡수한다. 그러는 가운데 평범한 사람부터 대통령에 이르기까지 누구나 뛰어드는 온라인상의 논쟁과 전쟁이 펼쳐질 때면 예기치 못한 독설과 험담에 노출되기도 한다. 하루에도 셀 수 없을 정도로 자주 인터넷에 접속하면서 우리는 온갖 정보들이 불러일으키는 두려움과 불안을 내면화한다.

감각의 과부하는 다른 사람들을 통해서 발생하기도 하는데, 특히 감정적으로 건강하지 않거나 애정에 굶주린 사람들이 문제가 된다. 감각의 과부하가 다른 사람에 의해 유발될 때 엠패스들은 상대를 실망시킬까봐 두려워 그 사람과의 관계를 끊기 힘들어하는 경우가 많다. 처음에는 별 탈 없이 시작됐지만 나중엔 감당하기 힘들 정도로 부담을 주는 관계가 특히 더 그렇다. 아프거나 요구가 많은 사람을 지나치게 오랫동안 보살펴줘야 하는 경우(특별한 도움이 필요한 가족을 포함해서), 학대적인 관계를 맺고 있는 경우, 당신을 부당하게 대우하는 상사와 일하거나 해로운 근무 환경에서 일하는 경우 등이 이에 해당한다. 이러한 상황들은 마음 깊은 곳에서 갈등을 유발하며, 특히 사랑하는 사람이 얽혀 있는 경우라면 더욱 그렇다.

엠패스들이 감각의 과부하에 그토록 취약하고, 따라서 내면의 자신과의 연결을 쉽게 잃는 또 한 가지 이유는 감각의 과부하가 우리의 마음에만 영향을 주는 게 아니기 때문이다. 엠패스들은 감각의 과부하를 그것이 감정적인 것이라 할지라도 실제로 몸에서 물리적으로 느낀다. 다시 말해 우리는 주변의 에너지뿐 아니라 주변 사람들의 신체 증상까지 우리 몸으로 표현한다. 이것은 우리가 다른 이들의 감정과 우리 자신의 감정을 구분하지 못하는 경우가 많아서 생기는 현상이다. 다른 이들의 아픔과 상처, 슬픔, 기쁨, 행복, 고민 등 온갖 에너지를 그저 그것이 당신의 자각 반경 안에 들어왔다는 이유만으로 다 흡수하며, 이런 감정들이 당신 게 아니라는 것을 알아채지도 못한다고 상상해 보라.

바로 그래서 엠패스들이 혼잡하고 시끄러운 공간에서 감각의 과부하를 그렇게 자주 경험하는 것이다. 엠패스들은 주변의 에너지를 자신의 에너지 장으로 흡수하기 때문에, 혼잡한 도시나 쇼핑몰 등을 걸어 다닐 때 기운이 다 빠질 수 있다. 감각의 과부하를 느끼는 기간이 길어지면 우리는 몹시 피로하다고 느끼며, 쉽게 두통을 호소하기도 하고, 심한 경우 중병에 걸리기도 한다. 내가 암에 걸렸을 때도 바로 그랬다.

이제 시시각각 소셜 미디어를 타고 쏟아져 들어오는 스트레스 가득한 파괴적인 뉴스들을 통해 세상의 불안을 내면화한다고 생각해보라. 당신은 다른 사람들이 만들어내는 불안과 두려움과 스트레스를 당신의 에너지 장으로 너무 많이 흡수해서, 무엇이 그들의 감정과 생각이고 무엇이 자신의 것인지를 구분할 수 없을 지경에 이르고, 결국 자신의 정체성마저 잃어버린다.

엠패스들은 다른 이들의 감정에 빠져 헤어나지 못하는 성향이 있는 탓에, 남과 맞서지 않으려는 것은 물론이고, 나아가 남에게 맞춰주려고 하는 성격을 키우게 된다. 맞서는 것 역시 감각의 과부하를 유발하기 때문이다. 그러나 남과의 갈등을 피하려는 태도는 다른 문제들을 불러일으킨다. 판단당할 게 두려워 자신의 욕구를 무시한다든지, 불만을 속으로 계속 쌓아둔다든지, 다른 이들을 실망시킬까봐 두려워 스스로에게 솔직하지 못하다든지, 진정한 자기 모습이 드러나지 않게 막는다든지 하는 것이 그런 문제들이다. 그렇게 악순환이 시작되는 것이다. 갈등을 평화롭게 풀어나가는 법을 배우지 않으므로 관계는 망가진다. 우리는 갈등을 평화롭게 푸는 법을 익혀야 하며, 첫 단계로 갈등을 피하는 게 아니라 갈등과 친구가 되는 것부터 시작해야 한다.

때로 우리는 우리의 민감한 내면을 보호하려고 겉으로 거칠게 굴기도 하는데, 이는 남의 비위를 맞춰주고 갈등을 피하려고 하는 엠패스들의 습성과는 모순되는 것으로 보인다. 그러나 속지 말자. 우리는 사정없이 밀려드는 감각의 과부하로부터 스스로를 그런 식으로 보호하는 것이다. 내가 '층layer'이라고 부르는 이것은 우리가 아픔을 겪지 않으려고 만들어내는 독특한 대처 방식이다. 이런 층들은 우리의 민감하고 공감적인 자아에 단단한 보호벽을 만든다. 우리가 감각의 과부하에 더 많이 노출될수록 이러한 층들은 더욱 두터워진다.

냉담함과 무심함(따라서 친밀한 관계를 형성하기가 어렵다), 혹은 술이나 약물, 과식이나 도박 등으로 도피하는 것이 이러한 층들에 해당할 수 있다. 주변 환경이 안 좋을수록 우리가 외부 세계에서 스스로를 보호하려고 만들어내는 층은 더욱 두터워질 수 있다.

이런 일이 일어날 때는 12단계 프로그램(알코올 등 중독 치료 프로그램—옮긴이)에 참여하거나 자기 계발 집중 워크숍에 참석하는 등 긍정적인 행동을 취하는 것조차 층을 더 두텁게 만들 수 있다.(물론 12단계 프로그램이나 이와 비슷한 프로그램들이 아직 자신의 근본적 문제를 다룰 준비가 안 된 많은 이들에게 도움이 된다는 점은 반드시 인정해야 한다.) 다시 말해 이러한 층들이 우리가 자신의 중독 문제를 처리하거나 더 뚜렷한 경계를 세우는 데 유익할 수는 있지만, 그것이 문제의 근본 원인을 해결해 주는 것은 아니다. 근본 원인은 바로 감각의 과부하에 대한 우리의 민감성이기 때문이다.

## 당신의 민감함은 아름답다

자, 이런 이분법이 존재한다. 엠패스로서 우리는 우리만큼 민감하거나 공감적이지 않은 사람들보다 더 높은 세계—내가 죽음 상태에서 갔던 저 너머의 세계, 눈에 보이지 않는 영역, 시공간 밖에서 우리 모두가 연결되어 있는 그곳—에 더 강하게 연결되어 있다. 또한 그러한 인도를 따르려는 의지도 더 강하다. 이게 바로 우리의 힘이다.

그 더 높은 자아의 목소리를 따를 때 당신의 삶은 마치 마법처럼 펼쳐질 것이다.

당신이 가진 힘을 외부 세계에 내어줄 때 당신은 이러한 내면의 앎을 잃어버리며, 당신의 삶은 내리막길을 달리기 시작한다. 이 고통스러운 이분법, 즉 더 높은 소명과 더 높은 자아에 연결되어 있으면서도 우리의 힘을 외부에 줘버리는 경향이 있다는 사실 때문에, 우리 엠패스들은 비난을 피하기 위해서 혹은 인정을 받기 위해서 스스로 완전히 다른 사람이 되기도 한다. 고통을 덜 수만 있다면 무엇도 마다하지 않는 것이다. 이런 깊은 자각과 소명을 갖고 있는데도 오감의 세계에 순응하기 위해 스스로를 배반해야 한다는 점 때문에 엠패스들은 내면의 고통을 피하는 방법으로 우울증이나 자살 충동, 약물 의존 등에 빠질 수 있다. 세상에서 내면의 고통을 가장 심하게 느끼는 게 누구일까? 바로 엠패스들이다.

임사체험을 하기 전의 삶을 돌아보면 나는 당시 그 내면의 비평가에게 내 힘을 내줬었다. 나는 내 민감성을 틀어막았고, 그때부터 길이 빛나갔다. 엠패스들은 가끔 자신의 민감성을 틀어막으려고 하는데 그것은 결과적으로 아무 도움도 되지 않는다. 당신의 민감성은 육감의 세계를 열어준다. 그것은 저 너머의 세계에 연결되어 있다. 자신의 민감성을 틀어막는다면 당신은 그 다른 영역에서 오는 것들을 틀어막는 셈이다. 관건은 스스로가 자신의 힘을 외부 세계에 내주고 있지 않은지 알아차리는 것이다. 그리고 그 힘을 자신의 내면 세계에, 자신의 더 높은 자아에게 주기 시작하는 것이다.

현재 나는 아주 의식적으로 내면으로 향하면서 계속해서 나의 내면에 조율하고 있다. 내가 얻은 것들을 세상과 나누는 이유는 당신 역시 당신 내면의 자아에 조율하는 법을 배우길 바라기 때문이다. 이것이 당신의 구원이다. 이것이 당신의 목적이다. 이것이 바로 당신 삶의 방향을 돌려 세상에 보탬이 되도록 할 수 있는 방법이다. 이것이 바로 당신을 그토록 다정하고 친절하고 통찰력 있고 너그럽게 만드는 재능들—저 너머의 세계와 연결되어 있도록 하는 재능들—을 온전히 발휘하는 방법이다.

유명한 이탈리아 화가 미켈란젤로가 생각난다. 그는 어떻게 그렇게 거친 대리석 덩어리에서 그토록 아름다운 천사상을 조각해 낼 수 있었느냐는 질문에 이렇게 대답했다. "천사는 늘 거기 있었습니다. 난 그저 대리석을 조금씩, 조금씩 깎아내 그 천사를 풀어준 것뿐이죠." 그러니 이 점을 잘 생각해 보라. 만일 당신의 민감한 자아가 밖으로 나오려고 애쓰고 있는, 대리석 안의 그 천사라면? 당신 내면의 신비가에 계속 연결되어 있을 수 있는 진짜 해답이 당신이 덕지 덕지 쌓아올린 층들, 즉 그 대리석을 그저 조금씩 깎아내 마침내 스스로를 자유롭게 풀어주는 것이라면? 층을 더 두껍게 쌓아 그 천사의 재능을 대리석 안으로 더 깊이 밀어 넣기보다는 그 재능을 갈고 닦는 법을 배우는 게 더 이롭지 않을까?

# 당신의 재능을 받아들이기 위한 명상

이 명상은 처음에는 약간 어색하게 느껴질 수 있고 스스로도 믿기지 않을 수 있지만, 그래도 계속해 보라.

　어느 정도 지나고 나면—몇 분이 될 수도, 며칠 혹은 몇 주가 될 수도 있다—당신은 이 말들이 믿어지기 시작하고, 당신의 아름다운 진짜 모습을 받아들이게 될 것이다.

나는 내 민감함을 강점이자 특별한 능력으로 본다.

그것은 나 자신의 일부분이다.

나는 나 자신을 있는 그대로 사랑하고 받아들인다.

나는 더 이상 나를 혹은 내 민감한 본성을 받아들이기 위해

다른 이의 인정을 필요로 하지 않는다.

나는 더 이상 내가 민감한 영혼이라는 이유로

내게 등을 돌리지도, 나를 책망하지도 않는다.

내 민감함에는 목적이 있다.

내 영혼이 내가 이런 것을 경험하도록 선택한 데는 이유가 있다.

민감함은 귀한 보석이며, 나는 그것을 지니게 되어 영광스럽다.

2부

# 자기 자신과의 관계

# 3

# 엠패스가 더 건강하게 사는 법

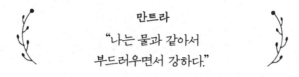

만트라
"나는 물과 같아서
부드러우면서 강하다."

자신이 육감을 지닌 존재임을 받아들일 때 당신의 세상은 확장될 수 있다. 1장에서 살펴보았듯이, 눈을 뜨면 모든 게 더 밝고 강렬하게 느껴진다. 자신의 본질을 오래도록 억누르며 살고, 당신을 독특하게 만들어주는 특성을 오래도록 억제하며 살았다면, 눈을 떴을 때 느낌과 감정, 통찰이 더없이 강렬하게 다가올 것이다. 스스로를 열어 모든 것을 한층 깊게 느낄 때 당신이 지각하는 많은 것들이 고통을 가져다줄 수도 있다. 그러나 그것은 또한 엄청난 기쁨도 줄 수 있으며, 그 기쁨 속에는 자유가 들어 있다.

나아가 스스로가 육감을 지닌 존재임을 받아들일 때 사람들은 삶에서 동시성을 더 많이 경험한다고들 말한다. 또 인도를 더 잘 받고 있다고 느끼게 된다. 스스로를 보잘것없고 부적절하다고 느끼며 엠패스적 본성을 어떻게든 숨겨야 하는 약점으로 보던 데서 벗어나, 자신의 본성을 완전히 받아들이며, 그것을 자신만의 특별하고 자랑스러운 재능으로 보게 된다.

엠패스적 본성을 받아들이면 모든 것이 다르게 보인다. 당신의 삶은 더 깊은 의미를 띠게 된다. 삶에 목적 의식이 느껴진다. 자신의 본래 모습으로 돌아왔다는 안도감, 그리고 자신을 둘러싼 신비의 세계에 더 강하게 연결되어 있다는 느낌 때문에 굉장한 기쁨이 느껴진다. 눈을 뜨는 것은 정말이지 그만한 가치가 있는 일이다. 그러나 당신에게는 이런 고양된 자각을 다룰 수 있는 도구들이 필요하다.

앞에서도 언급했듯이 임사체험에 이어 코스타리카 샤먼과의 경험도 있었지만, 내게는 활용할 만한 도구들이 없었다. 안내서도 없었고, 따를 지침도 없었다. 그래도 나는 내 민감성을 다시 묻어버리고 싶지 않았다. 애초에 나를 암이라는 역경에 빠뜨린 게 바로 그것, 나 자신의 일부분을 부정한 것이었으니 말이다. 나는 그 일이 당신에게는 일어나지 않기를 바란다. 그래서 이 장에서는 나만의 핵심 도구들을 소개할 생각이다. 이 책을 끝까지 읽어나가다 보면 당신은 자신의 민감성을 인정하고 받아들일 만한 기반을 얻게 될 것이고, 그 과정에서 자신의 힘을 찾아낼 것이다.

## 코드 뽑기

외부 세계는 시끄럽고 요구하는 것도 많다. 그래서 우리의 힘을 키우는 첫 단계는 감각의 과부하를 효과적으로 처리하는 법을 배우는 것이다. 우리는 우리 내면의 안내 시스템을 교란하는 것들을 식별하고 처리할 줄 알아야 한다. 그중 하나가 우리 '내면'에서 벌어지고 있는 일에 귀 기울일 수 있도록 외부 세계의 소리를 줄이는 것이다.

이 과정은 최소 하루 동안 전자 기기를 모두 꺼놓는 것으로 간단히 시작할 수 있다. 매주 한 번, 24시간을 꽉 채워서 말이다. 그렇다, 이 말은 곧 긴급 전화를 제외하고는 TV와 휴대 전화 그리고 컴퓨터까지도 한 주에 하루 동안은 꺼두라는 뜻이다. 이것을 한 주에 하루에서 이틀로 서서히 늘려갈 수도 있는데, 이렇게 해서 마치 단식할 때처럼 그동안 끊임없이 '섭취'해 오던 온갖 소음과 정보로부터 당신의 내부 시스템을 해독하는 것이다. 한 주에 하루나 이틀 온전히 코드를 뽑아두는 게 여의치 않다면 창의성을 발휘해 보자. 매일 저녁 세 시간 동안 코드 뽑아두기를 하고, 아침에 일어나자마자 또 할 수도 있다. 무엇이 되었든 본인에게 효과가 있고 편안한 방식으로 하자.

소셜 미디어는 언제나 접할 수 있다는 점 때문에 다른 형태의 매체보다 더 문제가 많다. 우리는 전자 통신 기기들을 통해 말 그대로 연중무휴, 한 순간도 쉬지 않고 온라인에 접속되어 있다. 문자가 도착하면 즉각 답을 해야 할 것 같고, 그것이 스트레스가 된다. 끊임없이 우리를 방해하고 주의를 분산시키는 것들이 도처에 널려 있다. 어떤 이들은 스마트폰에 너무 중독된 나머지 운전하면서도 문자를 보내는, 말 그대로 목숨을 거는 행동까지 불사한다. 우리는 하루 온 종일 소량씩 규칙적으로 주입되는 소셜 미디어의 메시지들을 내면화하며, 진짜 위기라기보다는 조회수를 올리려고 두려움을 자극하는 과장된 정보에까지 늘 과도하게 경계 태세를 유지하고 있다.

그래서 나는 TV에 끊임없이 뜨는 '뉴스 속보'를 싫어한다. 이런 뉴스에서는 종종 지진이나 교내 총격 사건, 전쟁 등 사람의 목숨과 관련 있는 중요한 사건들에 들일 법한 시간과 집중도를 연예인이나 정치인의 트윗에 할애하기도 하는데, 이런 부당함과 불균형함이 감각의 과부하를 더한다. 의약품 광고도 마찬가지다. 약의 부작용이 그 약으로 치료하고자 하는 증상보다 더 심할 때도 있다! 그런 광고들은 그 자체가 유해하고, 건강과 안녕이라는 그들의 의도에도 모순된다.

조 디스펜자 박사가 《당신이 플라시보*You Are the Placebo: Making Your Mind Matter*》(한국어판 제목—옮긴이)에서 언급한 대로, 우리 마음 속에 심어진 생각은, 특히 그것이 반복적으로 주입되면 실제 현실로 나타날 수 있다.[1] 그래서 만일 외부의 영향을 매우 잘 받는 사람이 병과 관련한 메시지에 끊임없이 노출되면, 그것은 그 사람의 몸에서 이미 한참 진행된 병으로 나타날 가능성이 아주 높다.(이 점에 대해서는 6장에서 더 자세하게 설명하겠다.) 비극적인 사건과 죽음을 전하는 뉴스들에 매일같이 노출된다면 그 사람은 정신적으로 극도의 불안을 표출하기 쉽다. 그리고 당신이 외부의 영향에 매우 취약한 엠패스라면 이는 헤아릴 수 없이 증폭된다.

우리는 또한 인터넷 악플러들(그들의 목적은 단 하나, 싸움을 붙이고, 훼방 놓고, 주의를 분산시키거나 강한 분노를 유발하는 내용을 인터넷에 올리는 것이다)이 뱉어내는 독설과 쓰레기들, 익명성에 기댄 악의적인 댓글들을 마음에 담아두고 내면화한다. 그러나 우리 엠패스들은 이해심 많은 엠패스로서의 본성을 잃지 않아야 하며, 그런 악플러들을 상대하기 위해 그들처럼 되려고 해서는 안 된다.

감각의 과부하 문제를 해결하기 위해 현실을 회피해야 한다는 말이 아니다. 그보다는 이른바 '미디어 다이어트'를 해서 침묵이 들어설 여지를 마련해 주어야 한다는 것이다. 그게 우리 내면의 안내자와 늘 연결되고, 그리하여 인류에게 더 크게 이바지할 수 있는 유일한 방법이다.


## 내면의 신비가와 연결되기

스스로에게 힘을 실어주고 자신의 재능을 되살려내는 과정의 다음 단계는 내면의 안내자, 내 표현으로는 '내면의 신비가inner mystic'와 연결되는 것이다. 스스로에게 '접속'하는 간단한 연습을 열심히 하면, 스트레스를 유발하는 생각들로 가득 차 감각의 과부하에 걸려 있던 마음과 정신에 곧 여유 공간이 생길 것이다.

그것은 마치 에어컨에서 나오는 소음을 인식하지 못하고 있다가 누군가가 에어컨을 끄면 그제야 갑자기 침묵이 '들리는' 것과 비슷한 이치이다. 당신은 자기 자신과 더 깊이 연결될 것이며, 삶에서 더 많은 동시성들을 알아차릴 것이다. 예를 들어 당신이 어떤 사람을 생각하고 있는데 마침 그 사람한테서 전화가 올 수 있다. 혹은 오랫동안 곱씹고 있던 질문에 난데없이 누군가가 답을 줄 수도 있다. 아니면 어떤 문제로 고민하고 있는데 갑자기 라디오에서 흘러나오는 노래의 가사가 힌트가 되어 당신 상황에 대한 해결책을 얻는 경우도 있다.

당신은 또 더 많은 인도를 받고 있다고 느끼기 시작하며 통찰력도 더 커질 것이다. 대하기 힘들던 직장 동료나 가족을 어떻게 대하면 되는지 갑자기 명료해질 수도 있다. 당신이 예술가라면 음악, 미술, 글쓰기 등 어떤 분야가 되었든 창조적 영감이 흘러넘쳐서 예술 활동의 통로가 열릴 수도 있다. 이런 일은 당신이 더 이상 자신의 에너지 장을 남들의 에너지로 채우지 않고 거기에 내면의 안내자가 들어설 수 있도록 공간을 마련할 때 가능해진다. 이처럼 내면의 목소리에 귀 기울이는, 고도로 명료한 상태를 우리는 언제나 누릴 수 있다.

엠패스들은 날카로운 영적·직관적 재능을 지니고 이 세상에 오는 경우가 많다. 주디스 올로프 박사는 《나는 초민감자입니다》에서 실제로 엠패스들은 매우 민감한 사람들인 HSP와는 달리 "동양 치유 전통에서 '샥티shakti'(우주의 창조 에너지를 가리키는 산스크리트어—옮긴이) 혹은 '프라나prana'(생명력을 의미하는 산스크리트어—옮긴이)라고 하는 미묘한 에너지를 감지할 수 있다"고 썼다.[2] 어떤 이들은 "심오한 영적·

직관적 경험"을 하며, "심지어 동물과 자연, 내면의 안내자와 소통할 수도 있다"고 한다.[3]

나도 내 내면의 안내자와 관계를 맺고 있으며, 내가 만나는 엠패스들도 마찬가지다. 이러한 안내자는 내면의 신비가, 신God, 자아self, 더 높은 자아higher self 등 본인에게 가장 와 닿는 용어로 지칭하면 된다. 나는 이런 내면의 목소리를 어렸을 때부터 갖고 있었던 것 같다. 십대 시절 그 목소리가 머릿속에서 말하는 게 들리곤 했는데, 그 목소리는 내가 따돌림을 당할 때처럼 아주 힘든 시기에 나를 이끌어 주었다. 그 목소리는 '그들을 무서워하지 마' '지금은 그렇게 보이지 않을 수도 있겠지만 그들은 너보다 약해' '너에겐 우리가 있어. 넌 안전해' 같은 말을 들려주곤 했다. 하지만 나는 그 목소리를 늘 받아들이지는 않았다. 사실 가끔은 바깥세상에서 사람들이 나를 향해 내는 목소리들과는 정반대되는 것 같아서 그런 목소리가 두렵기까지 했다. 나는 오랫동안 그 목소리와 연결을 끊고 지냈다.

엠패스는 감정적인 것이든 신체적인 것이든 타인의 고통을 자기 것인 양 에너지적으로 내면화하는데, 그로 인해 내면의 신비가와 더욱 멀어질 뿐 아니라 나아가 기운이 소진되거나 병에 걸리기도 한다. 내 경우 그것은 말 그대로 나를 죽음으로 몰고 갔다. 내면의 목소리를 받아들이고 그 말에 귀 기울일 수 있었다면 내 삶은 아주 다르게 펼쳐졌을 것이다.

내면의 신비가는 당신을 영Spirit에, 또 당신 영혼soul의 목적에 연결시켜 줌으로써, 당신이 외부 세계에서 오는 폭풍들을 잘 헤쳐 나갈 수 있게 도와주는 내적 안내 시스템이다. 그것은 당신이 신념이나 믿음, 종교나 도그마를 초월해 우주the Universe와 정렬되도록 해주며, 그러기에 설령 그것이 다른 이들이 당신에게 기대하는 바와 어긋난다 할지라도 그 목소리를 존중해야 하는 것이다.

우리가 그 목소리를 억누르고, 내면의 신비가와의 연결을 잃어버리며, 우리의 힘을 남에게 줘버리는 주된 이유가 세 가지 있다. 먼저 비난을 극도로 싫어하고, 그 다음 인정을 받으려고 하며, 마지막으로 영적 교사로서《모든 건 당신을 돕기 위해 존재한다: 영혼의 진화를 위한 지침서Everything Here Is to Help You: A Loving Guide to Your Soul's Evolution》의 저자인 매트 칸Matt Kahn의 말처럼 엠패스들이 "자신이 남들과 '비슷할' 때 남들이 자신을 더 '좋아할' 것"이라고 생각하기 때문이다.[4] 정말로 많은 사람들이 평생 이런 문제를 겪어왔다고 나에게 토로한다.

어렸을 때 나는 늘 내면의 신비가와 깊이 연결되어 있다고 느꼈고, 심지어 내가 알지도 못하는 것들을 감지했던 것 같다. 우리 가족은 그런 것들이 전부 내 상상일 뿐이라고 일축했지만, 그래도 내가 다르다는 점만은 부정하지 못했다. 예를 들어 전화가 울리면 누군가 수화기를 들기도 전에 전화 건 사람의 이름이 내 입에서 불쑥 튀어나오곤 했다. 그건 늘 맞았고, 나는 애써 짐작해서 알아맞힌 게 아니었다. 그냥 '알았다.' 요새처럼 휴대 전화나 번호 저장 기능 같은 게 없던 시절이었다. 가끔은 내가 어떤 노래를 흥얼거리고 있는데 오빠가 라디오를 켜면 바로 그 순간에 그 노래가 나오고 있기도 했다. 한

번은 아버지가 일본 출장을 갔다가 돌아오고 계셨는데 내가 오빠에게 "아빠가 빨리 집에 오셨으면 좋겠다! 깜짝 선물을 갖고 오고 계시거든. 내 건 강아지 인형, 오빠 건 장난감 프로젝터를 사셨어. 일본 거 말이야!"라고 말을 했다. 내가 이걸 미리 알 길이 없었지만, 아니나 다를까 아버지가 출장에서 사온 선물은 정확히 그거였다.

나는 모두가 이렇게 늘 내면의 목소리로 안내를 받고 있는 줄 알았다. 그리고 사실 나는 우리 모두가 실제로 이렇게 영과 연결된 채로 태어난다고 믿는다. 아이들이 보이는 풍부한 상상력, 상상 속 친구를 갖고 있는 것, 타인의 느낌과 감정에 민감한 것 등이 그 증거이다. 아이들은 자기 내면의 목소리에 귀를 쫑긋 세우고 있는 것처럼 보인다. 아이들은 또 아주 놀라운 통찰력과 지혜를 아무렇지도 않게 내놓기도 한다. 그러나 내가 말했듯이 아이들은 이런 '앎'의 감각을 그저 상상일 뿐이라고 무시당하기 때문에 금방 잊어버린다. 그러고는 세상에 자신을 맞추기 위해 이런 민감성을 억누르고 만다.

내가 매주 올리는 페이스북 라이브 영상 중 최근의 한 영상에서 나는 저 너머 세계와의 이런 연결에 대해 언급하면서, 독자들에게 본인의 이야기를 들려달라고 말했다. 반응은 폭발적이었다. 마리아 Maria라는 여성은 멀리 사는 어머니가 꿈에 생생하게 나온 이야기를 들려주었다. 꿈속에서 어머니는 울면서 도움을 청하고 있었다. 마리아는 깜짝 놀라 꿈에서 깼다. 어머니가 울면서 도움을 청한 게 꿈이었다는 걸 깨닫고 다시 잠들려고 해보았지만 꿈이 얼마나 생생한지 계속 불안하고 마음이 불편했다. 다음날 아침 다른 가족으로부터,

어머니가 간밤에 화장실에 가다가 넘어져 바닥에 쓰러진 채로 울면서 도움을 청했었다는 얘기를 전해 들었다. 다행히도 그 소리를 듣고 누군가 달려 나왔고, 어머니는 병원으로 옮겨져 골반 골절 진단을 받았다. 이제는 회복해서 별 탈 없이 잘 지내고 계신다. 그런데 마리아의 어머니는 그날 바닥에 쓰러져 있는 동안 딸 생각을 했고, 만일 아무도 자기 소리를 못 들으면 이렇게 바닥에 쓰러진 채 죽겠구나 생각했다고 한다. "다시 그런 일이 일어난다면, 난 좀 더 세심하게 주의를 기울일 거예요. 그때도 내가 꿈에 더 주의를 기울였다면 누구한테라도 전화해서 엄마를 도와드리라고 했겠죠. 천만다행으로 누가 그렇게 해주었지만요." 마리아의 말이다.

쳉Cheng이라는 사람은 이런 일화를 들려주었다. 어느 날 밤 차를 몰고 가다가 사거리 교차로가 나왔는데, 신호가 아직 파란불이기에 빨간불로 바뀌기 전에 얼른 지나가려고 속도를 올리기 시작했다. 그런데 갑자기 "멈춰!"라는 소리가 들렸다. 그 목소리는 귀에 들리는 음성은 아니었지만 다급하게 느껴졌고 극도로 선명했다. 그는 급하게 브레이크를 밟았다. 아니나 다를까 커다란 트럭이 교차로에서 빨간불을 무시하고 그의 차 바로 앞을 순식간에 지나갔다. 멈추지 않았다면 쳉의 운명은 달라졌을 것이다.

우리 모두 예감과 관련한 사연 하나쯤은 갖고 있다. 사랑하는 사람이 병상에 누워 있거나 유명을 달리하는 순간에 그와 연결된다거나, 어렸을 때 느꼈던 눈에 보이지 않는 세계와 강력하게 연결돼 있다고 느낀다거나 말이다. 그러나 나에게 자기 경험을 들려준 사람들

상당수가 이상한 사람으로 보일까봐 솔직하게 그런 이야기를 하지 못했다고 했다.

고대로부터 철학자와 신비가 들에 따르면 우리는 우리가 온 '저쪽 세상other world'을 아는 상태로 이 세상에 오지만 곧 잊어버린다고 한다. 엠패스들은 이 천상의 영역에 자주 연결되며, 정확히 설명할 수는 없지만 '어딘가 다른 곳'을 막연하게 갈망하며 산다. 내 경험으로 볼 때 가슴속에서 이런 깊은 열망을 느끼는 사람들은 한 곳에 오래 머물지 못하는 경향이 있는 것 같다. 그들은 결국 이 물리적 세계에는 존재하지 않는 어딘가를 찾아다니며 평생을 보내는 경우가 많다. 직장인이라면 창밖 하늘을 멍하니 내다보며 어딘가 다른 곳을 갈망하기도 하고, 학교에 다니는 학생들이라면 책상 위에 펼쳐놓은 교과서에 집중하지 못하고 어디 멀고먼 나라를 돌아다니는 상상을 하며 마음속으로 방황한다. 어쩌면 뭐라고 이름 붙일 수 없는 것에 대한 이런 갈망 때문에 시인 윌리엄 버틀러 예이츠William Butler Yeats는 〈세상이 만들어지기 전Before the World Was Made〉이라는 시에서 "나는 세상이 만들어지기 전의 내 얼굴을 찾고 있네"[5]라고 표현한 것인지도 모른다.

그리고 바로 그것이 우리가 내면의 신비가에 강력하게 연결되어 있어야 하는 이유이다. 자기 내면의 안내자에 연결되어 있고 그 목소리에 귀 기울이는 이들은 자기 삶에 아주 깊이 현존해 있다. 직업이 벽돌공이든 우체부든 예술가든 치유자든 그들은 모두 삶에서 기쁨을 느끼고 있으며 자신이 하기로 예정된 일을 하고 있는 것으로 보인다. 그들은 자기 영혼의 소명을 따르고 있는 것이다.

당신 내면의 세계가 진짜라는 사실을 받아들여라. 그것은 진짜이
며, 당신은 거기에 힘을 실어줘야 한다. 내면 세계로부터 이런 안내
를 받는 것은 선택된 소수만의 전유물이 아니다. 어떤 우주적 안내
변호인단이 저 위에 앉아서 "흠, 저 사람을 골라볼까? 저 사람을 선
택해야겠어" 하고 나머지는 전부 제외하는 그런 게 아니다. 이것은
모두에게 가능하다. 하지만 그 안내에 주파수를 맞추고 조율되기 위
해서는 당신이 해야 할 일이 있다. 우리의 안내자들은 이러한 신호
를 우리에게 항상 보내고 있지만, 거기에 얼마나 주파수를 잘 맞추
고 싶은지 혹은 덜 맞추고 싶은지, 아니면 아예 귀를 닫고 싶은지를
선택하는 것은 우리 몫이다.

이제 우리 엠패스들이 어떻게 하면 내면의 신비가와 늘 연결되고
그 연결을 받아들이며 또 강화할 수 있는지, 그리고 그것이 어떻게
진정으로 우리만의 독특한 힘이 될 수 있는지 자세하게 살펴보자.


## 의식의 망과 연결되기

일단 내면의 신비가와 연결되면 우리는 더 나아가서 우주 의식
cosmic consciousness과도 연결될 수 있다. 임사체험을 통해 나는 우리
의 본래 상태는 외로움이나 죄책감 같은 고통은 물론 우리가 평생
짊어지고 다니는 갖가지 짐들에서 풀려난 자유로운 상태라는 것을

배웠다. 우리를 드라마에 옭아매는 이런 감정들을 더 많이 놓아버리거나 더 많이 뛰어넘을수록, 우리는 내면의 신비가와, 그리고 우리의 본향인 광대한 우주cosmos와의 연결을 더 깊이 느낄 수 있다.

플러그를 콘센트에 꽂기만 하면 전기를(이 전기가 작용하는 힘이 눈에 보이지 않더라도) 언제나 쓸 수 있듯이, 우리의 무한한 자아의 직관적 지혜 역시 우리가 거기에 연결되기로 선택하기만 하면 언제나 쓸 수 있다. 우리를 옭아매는 감정적 짐들을 끄집어내 청소하는 것이 그 연결을 돕는 한 가지 방법이 될 수 있다. 또한 우리에게 해를 끼쳤다고 생각하는 사람들에 대한 오래된 분노를 계속 붙들고 있는 대신 그들을 용서하는 것도 그 길로 가는 방법이다.(이는 그들의 행동을 못 본 척한다거나, 우리가 원치 않는데도 그들을 우리 삶으로 받아들인다는 의미가 아니다.) 그리고 우리 삶 속의 온갖 좋은 것들에, 혹은 마음이 편해지거나 가벼워지거나 자유로워지는 느낌을 주는 것이라면 무엇에든 감사를 느낌으로써 연결될 수도 있다.

우리의 무한한 자아란 순수 의식pure consciousness에 연결된 것을 말하며, 의식이란 우리 모두를 연결해 주는 하나의 거대한 망이다. 임사체험을 통해 나는 우리 모두가 마치 하나의 거대한 망에 엮여 있는 것처럼 서로 연결되어 있다는 걸 알게 되었다. 나는 이것을 '의식의 망web of consciousness'이라고 부른다. 우리 모두가 이 망에 에너지라는 실로 연결돼 있다고 상상해 보라. 눈에 보이지는 않지만 당신은 그것을 직관直觀할 수 있다. 그것을, 그 에너지를 느낄 수 있다.

우리 대부분은 죽어서 우리 몸을 떠나기 전까지는 이 망을 의식조차 하지 못하지만, 사실 우리의 의식은 존재하는 모든 것에 언제나 연결되어 있으며, 그 '모든 것'에는 서로서로도 포함된다. 의식불명 상태에 있었을 때 나는 몸을 떠나 있었지만, 다른 이들의 기분을 다 느낄 수 있었다. 내게 마지막이 임박했음을 알고 체념하는 의사들의 심정, 제정신이 아닌 가족들의 감정까지 모두 느껴졌다. 이 거대한 망을 통해 나는 모든 시간과 공간에 연결돼 있었고, 내가 누워 있던 병실 안에서 벌어지는 일뿐 아니라 병실 밖에서 벌어지는 일까지도 인식할 수 있었다. 내 오빠가 나를 보려고 인도에서 비행기를 타고 오는 것은 물론이고, 내가 살았던 수많은 전생들, 특히 지금의 가족들과 연결되어 있던 생애들까지 모두 알아차려졌다. 시간과 공간은 존재하지 않는 것 같았다. 내가 마치 모든 시간에 동시에 접속할 수 있는 것처럼 느껴졌다.

우리는 이 망이 존재한다는 증거를 어디서나 볼 수 있다. 앞에서 반려견 코스모가 내가 우리 집 현관에 나타나기 5분 전부터 내가 온다는 걸 안다는 이야기를 했다. 반려 동물을 비롯한 대개의 동물들, 그리고 아기들은 우리가 이 망을 통해 서로 연결돼 있다는 것을 잘 알아차리는 것 같다. 동물과 아기, 또 어린아이도 우리의 오감에 기반한 사고방식으로는 알 수 없는 것들을 알거나 감지한다는 이야기를, 내게 편지를 보내오는 사람들 중에서 얼마나 많은 이들이 들려주는지 모른다.

레슬리Lesley라는 여성도 내게 다섯 살 난 아들 이야기를 들려주었는데, 아들이 한밤중에 엄마 방으로 들어와서는 방금 할머니를 봤다면서, 할머니는 잘 있다고 가서 부모님께 알려주라고 했다는 것이다. 레슬리는 본인이 아는 한 친정어머니도 시어머니도 각자 집에서 잘 지내고 계셨기 때문에 당황스러웠다. 그러나 다음날 아침, 시어머니가 간밤에 돌아가셨다는 사실을 알게 되었고, 돌아가신 시각이 바로 아들이 할머니를 봤던 그즈음이었다.

또 한 여성은 자신이 기르는 개와 있었던 일화를 들려주었다. 개가 보통은 밖에서 자는데 그날 밤은 극구 그녀의 침대에서 같이 자겠다고 고집을 피웠다고 했다. 바깥에서 재우려고 아무리 달래도 도무지 말을 듣지 않아서, 아마도 개가 외롭거나 관심을 더 받고 싶나 보다 생각하면서 그냥 옆에서 재웠다. 그러나 그녀는 한밤중 아버지의 전화에 잠에서 깨어 어머니가 돌아가셨다는 소식을 들었다. 그때 그녀 곁에 있던 개가 전화기를 든 채 흐느끼고 있는 그녀의 품으로 파고들더니, 그녀의 볼을 타고 흘러내리는 눈물을 핥아주었다. 개는 밤새 그녀 옆에 붙어 있으면서 잠시도 곁을 떠나지 않았다. 그녀는 개가 그날 밤 어머니가 돌아가실 것을 알았고, 그래서 그녀가 괴로워할 거고 위로가 필요하리란 걸 알고 있었다고 확신했다. 이런 민감한 존재들은 당신이 지금 손에 들고 있는 이 종이책이나 전자책을 알아차리는 것만큼이나 뚜렷하게 이런 사건들을 알아차린다.

우리는 세상에 맞춰 살아가기 위해서 이러한 연결에 대한 알아차림 스위치를 꺼버렸다. 우리는 모두 분리된 개별적 존재들이며, 따라서 서로 경쟁하는 세상에서 살고 있다고 믿도록 길러졌다. 우리는 온통 "정복하느냐 정복당하느냐, 죽느냐 죽이느냐, 잡아먹느냐 먹히느냐"뿐인 세상에서 살고 있지만, 사실은 나에게 일어나는 일들이 당신에게도 영향을 미치고 그 반대도 마찬가지다. 우리는 한 손에 붙어 있는 여러 개의 손가락들과 같다. 그러니 손가락 하나를 다치면 손 전체가 아픈 건 당연하다. 우리는 별개의 손가락들이 아니다. 우리 모두는 하나의 손바닥으로 연결되어 있다.

우리는 우리가 깨닫고 있든 아니든 늘 우리의 영spirit에 연결되어 있다. 세상 속에서 우리가 감정적으로 또는 영적으로 힘을 갖기 위해서 우리 자신을 '고쳐야' 할 필요도 없고, 삶의 층들을 더 많이 쌓아올릴 필요도 없다. 우리는 영적인 도그마의 층이라든지, 자기 계발이라는 가면을 쓴 자기 부정의 층 따위가 필요하지 않다. 미켈란젤로가 대리석 덩어리 속에서 자신의 천사를 발견한 것처럼 우리 역시 이런 층들을 벗겨내면 된다. 우리 안의 레이더를 고장 내 내면의 신비가에 연결되지 못하게 방해하는 거짓된 믿음, 생각 패턴, 두려움, 불필요한 압박 등을 쳐내면 되는 것이다.


## 당신의 에너지를 강화하라

엠패스들의 에너지 레벨은 저마다 다르다. 에너지가 부족한 사람, 적당한 사람, 강한 사람, 에너지가 꽉 찬 사람, 혹은 신비가 스타일도 있다. 어떤 에너지 레벨에 있든 자신에게 적합한 에너지 연습을 해나가는 것이 중요하다.

## 그라운딩하기

그라운딩grounding(接地, 즉 땅에 닿아 있는 것을 뜻하며, 이 물리적 현실에 안정적으로 기반을 잡고 살아가는 상태를 가리킨다―옮긴이) 연습을 하면 전반적으로 자신을 이완하고 영과의 연결을 강화하는 데 도움이 되며, 어떤 에너지가 당신의 것이고 어떤 에너지가 다른 사람의 것인지도 명료하게 구분할 수 있다. 그라운딩이 잘되어 있을수록 자기 내면의 신비가와 연결하기가 더 쉬워지며 다른 이들의 에너지에 덜 휘둘린다.

내가 연습하는 그라운딩 방법은 여러 가지가 있는데, 그중에서 내가 즐겨 하는 연습법을 소개한다. 원하는 대로 얼마든지 수정해서 활용해도 좋다.

1. 방해받지 않고 조용히 앉아 있을 수 있는 곳을 마련한다. 날씨가 좋다면 야외 잔디밭도 좋다. 눈은 감아도 되고, 뜨고 있어도 된다. 전적으로 본인의 선택이다.

2. 숨을 깊이 들이마신다. 숨을 들이마시면서 생명 에너지(힘 또는 우주 에너지)를, 긍정적인 생명 에너지를 들이마신다고 상상한다. 그렇게 숨을 들이마시면서 몸속을 그 생명 에너지로 가득 채운다. 천천히 해도 좋다.

3. 이제 숨을 길게 내뱉는다. 남김없이 모두 내뱉는다. 이 호흡은 모든 것을 차분하게 해주며, 혈압을 낮추고 심박동수를 늦춰준다.

4. 이렇게 한 번 더 한다. 한 번 더 깊이 숨을 들이마시고 길게 내

쉰다.

5. 그 다음 세 번째와 네 번째 호흡에서는 숨을 크게 들이마시면
서 그 숨이 다리까지, 발까지 더욱 깊이 퍼지는 것을 시각화해
본다. 정말로 깊이 들이마셔서 그 숨이 발바닥으로 나가 땅 속
으로까지 들어간다고 상상해 보자. 그러고서 다시 길게 숨을
내쉰다.

## 자신의 오라를 보호하기

자신의 오라를 보호하는 것은 매우 중요하다. 특히 많은 사람들
속에 있거나, 불편하게 느껴지는 에너지에 둘러싸여 있거나, 당신의
에너지를 고갈시킬 수 있는 나르시시스트 같은 사람과 함께 있다면
더더욱 그러하다. 자신의 오라를 보호하는 방법은 아주 많지만, 대
개는 다른 이의 에너지로부터 자신을 방어하는 방식이다. 이런 방법
은 일부에게는 도움이 되겠지만, 엠패스들에게는 잘 맞지 않는다. 우
리는 성장하기 위해 꼭 남으로부터 분리되거나 숨어야 할 필요가 없
다. 우리는 움츠러들기보다는 연결되고 확장되어야 한다. 이 점을 감
안해서 내가 자주 사용하는 간단한 방법들을 소개한다.

- 조그만 검은색 전기석電氣石 조각을 가지고 다닌다. 전기석은
불편한 에너지로부터 보호해 주는 것으로 잘 알려져 있다. 전
기석을 주머니에 넣고 다니거나, 전기석으로 만든 예쁜 장신구
를 지니고 다니자.

- 화이트 세이지 묶음을 태워 자신의 오라를 정화한다. 혹은 세이지 미스트를 뿌려도 비슷한 효과를 얻을 수 있다. 이것은 북미 원주민들이 쓰는 방법으로, 오라를 정화하는 데 효과가 매우 좋다. 많은 사람들과 함께 시간을 보낸 후에 이렇게 해보라. 혹은 위치 헤이즐witch hazel(항염 효과 등이 있는 약초—옮긴이) 추출액을 공기 중에 뿌려도 좋다.

- 자신의 오라를 강화하는 연습을 한다. 조용한 장소에 앉는다. 어떤 색이든 떠오르는 색으로 당신의 오라가 점점 확장되어 당신이 있는 공간을 가득 채우는 모습을 그려본다. 원하는 만큼 얼마든지 크게 확장해 보고, 그런 다음 천천히 몸에서 몇센티미터 떨어지지 않은 크기가 될 때까지 축소시킨다. 이것을 두어 차례 반복한다. 자신의 오라를 강화하는 연습을 통해 자유자재로 오라를 확장했다가 축소시킬 수 있으며, 그렇게 해서 불편하게 느껴지는 환경 속에 있을 때 오라를 몸 가까이로 바짝 당김으로써 원치 않는 에너지를 흡수하는 일을 막을 수 있다.

- 몸을 건강하게 유지한다. 물을 충분히 마시고, 운동을 하고, 밖으로 나간다. 이런 습관들은 에너지를 정화하고 중심을 유지하는 데 도움이 된다.

## 에너지 돌리기

에너지 돌리기running energy는 땅 에너지와 신성에 연결되는 데 도움이 된다.(에너지를 돌린다는 것은, 호스가 꼬여 있어서 물의 흐름을 막고 있을 때 물을 세게 틀어 꼬인 호스를 푸는 것처럼 몸 구석구석의 에너지를 움직여서 막힘이 일어나지 않도록 한다는 것이다.) 이 연습으로 일곱 가지 주요 에너지 센터(차크라)를 열어 생명력의 균형을 맞출 수 있다.

에너지를 돌리는 연습은 여러 가지가 있는데, 내가 즐겨 하는 연습을 한 가지 소개한다.

1. 고요하게 앉아서 눈을 감는다. 아름답고 환한 빛줄기가 위에서부터 정수리로 들어온다고 상상한다. 그 빛이 정수리로 들어올 때 이것이 곧 신성과 연결되는 것임을 알아차린다. 이 빛이 당신의 신성이다.

2. 그 빛이 정수리로 들어와 당신의 머리와 목 안 전체를 씻어주며, 이어서 가슴으로, 팔로, 복부로 내려갔다가, 이제 엉덩이로 옮겨가 다리를 지나 발까지 내려간다. 이 아름다운 빛은 당신이 원하는 어떤 색이든 띨 수 있다. 무지개 색일 수도 있고, 순백색일 수도 있다. 이 빛은 아름답고 밝고 강렬하다. 이것이 당신의 신성이다. 이것이 당신이다.

3. 이 빛은 매우 밝고 환해서, 실제로 당신의 몸 주위로 아름다운 오라를 내뿜는다. 이 빛이 당신의 몸 주변에서 환하게 빛난다. 몸 안에 있는 빛줄기가 밝으면 밝을수록 그것이 만들어내는 오라는 더 커진다. 이것이 바로 당신의 강력한 생명 에너지이다.

4. 이제 이 빛이 발바닥을 통과해서 갖가지 색깔을 띠고—혹은

당신이 고른 색깔을 띠고—땅 속으로 들어가는 모습을 그려본다.

5. 그 빛이 땅 속에서 가지를 뻗으며 퍼져나가는 모습을 그려본다. 점점 더 깊이 뻗어 내려가 지구 중심의 자기력磁氣力 주위를 감싸서, 당신이 지구의 일부분이 된 것 같은 느낌이 든다. 당신은 이제 이 땅과 하나가 되었다. 그러나 당신이 그러한 신성에 연결되어 있는 것은 당신이 바로 그 신성이기 때문이다. 당신은 이 지구에 살고 있는 천상의 한 조각, 신의 한 조각, 바로 지금 지구 위에서 삶을 살아가고 있는 신성의 한 조각이다. 그렇게 여기서 당신의 빛을 내뿜으며 사랑의 표현으로 존재하고 있다.

6. 다시 이 공간으로, 지금 이 순간으로, 그리고 몸속으로 돌아와 있는 자신을 느껴본다. 손가락과 발가락을 느껴본다. 심호흡을 몇 번 하고 눈을 뜬다.


## 행함 속에서 행하지 않음을 연습하기

엠패스인 우리는 갈등 회피형이 되지 않으려면 상대와 충돌하지 않고도 갈등을 해결하는 법을 배워야 한다. 나의 어머니는 엠패스적인 나의 본성에 완벽하게 들어맞는 해결법을 가르쳐주셨다. 《도덕경道德經》에는 '무위無爲'의 개념이 나오는데, '무위'란 거칠게나마 번역하자면 '행하지 않음을 통한 행함action through inaction'이라고 할 수 있다. 그것은 "행하지 않음이 때론 가장 좋은 행함"이라는 역설을 나타내기도 하지만, 또한 '강함을 이기는 부드러움'으로 해석할 수도 있다.

어머니가 내게 이런 '무위'에 대해 가르쳐주신 것은 내가 어렸을 때였다. 내가 초등학생이었을 때, 쉬는 시간이면 나를 괴롭히는 아이들 무리가 학교 운동장에서 나를 기다리고 있다가 내가 나타나면 나를 에워싸고는 했다. 그 아이들은 내가 늘 밝은 빛깔의 광대 모양 설탕 쿠키를 갖고 있다는 것을 알고 그걸 뺏으려 들었다. 남자애들 셋이었는데 다 나보다 키가 컸다. 그들 앞에는, 두껍고 새카만 곱슬머리에 늘 교복처럼 입고 다니는 회색 튜닉(엉덩이까지 내려오는 여성용 상의—옮긴이) 차림을 하고, 두꺼운 회색 모직 양말을 무릎 바로 밑까지 올려 신은(난 그 양말은 원래 그렇게 신어야 하는 줄 알았다) 약간 통통한 내가 간식 가방을 꽉 움켜 쥔 채 겁먹은 얼굴로 서 있었다. 나는 걸어다니는 타깃이었다. 남자애 하나가 내 어깨를 톡 쳐서 내가 뒤를 돌아보면, 다른 애가 앞으로 와 내가 방심한 틈을 타 내 손에서 간식 가방을 채갔다.

어머니는 식료품점에서 커다란 봉지째 구입한 이 쿠키를 날마다 세 개씩 싸주셨다. 그 색색의 쿠키들을 내가 얼마나 좋아했는지 모른다. 날마다 남자애들은 내 쿠키를 가져갔다. 어느 날 나는 엄마에게 나를 괴롭히는 애들이 내게 하는 짓을 털어놓았다. 나는 어머니가 그 다음날 선생님에게 가서 그 아이들이 하는 짓을 이르라고 하실 줄 알았다. 이렇게 덧붙이면서 말이다. "괴롭히는 애들한테 당당하게 맞서야지!" 그러나 어머니 말씀은 달랐다. "내일은 쿠키를 한 봉지 더 싸주마. 학교에 가거든 그 애들에게 가서 쿠키를 건네주고 말하렴. '너희들 이 쿠키 정말 좋아하는 거 같더라. 그러니 자, 너네랑 나눠 먹고 싶어.'"

나는 납득이 되지 않았지만, 그래도 다음날 쿠키를 한 봉지 더 가지고 학교에 갔다. 나를 괴롭히는 애들 무리를 운동장에서 발견하고 조심스럽게 다가갔다. 손에 쿠키 봉지를 든 채 땅만 보면서. 이미 무너지기 직전인 내 자존감이 다시 한 번 짓밟히는 게 아닐지 반신반의하면서. 남자애들 셋은 운동장 맨 끝에 있는 커다란 나무에 등을 기대고 서 있었다. 나는 그 애들에게 천천히 다가가 쿠키 봉지를 내밀었다. 처음에 나를 의아한 눈초리로 쳐다보던 아이들이 곧 내 손에 들린 쿠키 봉지로 눈길을 돌렸다.

나는 그들 앞에 멈춰 섰다. "너희 이거 정말로 좋아하는 거 같더라. 그래서 오늘은 너희 먹을 걸 따로 가져왔어." 어머니는 그 봉지에 쿠키를 여섯 개나 싸주셔서 아이들은 쿠키를 한 사람당 두 개씩 먹을 수 있었다.

아이들 얼굴이 부드러워졌다. 대장쯤 되는 아이가 말없이 웃고는 쿠키를 하나 집고 내 손에 하이파이브를 했다. 다른 애들도 씩 웃더니 자기 쿠키를 집고는 나에게 하이파이브를 했다. 나는 키가 3미터는 더 커진 듯 승리감을 느끼며 그들에게서 멀어졌다. 괴롭히는 애들을 내가 이긴 것이다! 그날 이후로 아이들은 나를 더 괴롭히지 않았다. 오히려 나와 마주칠 때마다 진심으로 인사를 건넸다. 어머니가 맞았다.

이것이 바로 '무위'의 행함, 강함을 이기는 약함이다. 우리 엠패스들은 맞서는 것을 싫어하기 때문에 '무위'의 달인이 될 수 있다. 이 연습을 꾸준히 함으로써 우리는 우리의 민감한 본성을 그대로 살리면서도 우리 내면의 힘과 안내 시스템에 계속 연결되어 있을 수 있다.

# 우주 의식의 망과 연결되기 위한 명상

전자 기기들의 플러그를 뽑고, 조용한 장소를 찾아서 아래 문장을 반복해서 읊으며 '존재하는 모든 것all that is'과 연결되어 본다.

≫

공 모양의 빛이 내 심장을 가득 채운다.

이 빛의 공은 계속 더 커져 내 온 몸을 뒤덮는다.

나는 이 빛이 계속해서 퍼져나가 내 육체의 경계선 너머로

커다란 오라를 형성하는 것을 지켜보고 있다.

이 오라가 계속 커져나가면서

내 주변에 거대한 오라 장場이 생긴다.

이 오라 장이 계속 커져

다른 사람들의 오라 장과 맞닿을 정도가 된다.

우리의 에너지를 더욱 확장할수록 우리는 다른 이들과,

또 거대한 우주의 망과 더 많이 연결된다.

# ·4·

# 건강한 에고 키우기

**만트라**
"나는 나의 모든 것을 사랑하고 받아들이며,
에고도 예외가 아니다."

에고ego는 정말로 부당한 대우를 받고 있다. 에고는 깨달음의 최대 적으로 간주된다. 적어도 내가 젊은 시절에 들은 영적 스승들의 가르침이나, 내가 임사체험을 하기 전에 읽은 현대의 영성 서적들에서 그려지는 바는 그렇다. 나는 늘 깨달음을 얻고 싶다면 모든 수단과 방법을 동원해 "에고를 억누르라" "에고를 극복하라"고 들었다. 에고는 진아眞我의 원수로 여겨졌다. 그러나 특히 엠패스들에게 에고는 진아의 원수가 아니다. 오히려 열쇠이다.

이게 무슨 소리인가 싶겠지만, 내 말을 조금만 더 들어보기 바란다. 초심자들이라면 영적 교사들이 "에고는 여러분의 적입니다"라고 말할 때 다음과 같은 중요한 질문이 떠오를 것이다. '그런데 에고라는 말이 정확히 무슨 의미인지 일치된 의견이 있기는 한 건가? 에고에 관한 말들이 이렇게나 많은데 그 단어의 의미부터 보편적으로 정의되어야 하는 것 아닌가?'

'에고'의 대표적인 정의를 몇 가지 살펴보자.

케임브리지 사전: "스스로에 대한 자신의 생각이나 의견. 특히 자신의 중요성과 능력에 대한 스스로의 느낌."

옥스퍼드 사전: "스스로에 대해 갖는 자존감self-esteem 혹은 자부심self-importance. 유의어: 자존감, 자부심, 자기 가치감self-worth, 자기 존중self-respect, 자아 이미지self-image, 자기 신뢰self-confidence."

이것이 대체로 내가 이해하는 '에고'이다. 나 역시 "제멋대로 굴지 마라" "과시하는 건 좋지 않다" "겸양이 좋은 것이다" 같은 메시지를 전달하고자 하는 영적 교사들의 마음을 안다. 또 물질 세계에 영향을 받아 형성된 거짓된 자아를 우리의 진정한 자아와 혼동하지 말라고 상기시키는 영적 메시지들에도 동의한다. 이런 메시지들은 전부 옳고 좋다.

그러나 '에고'라는 단어는 자주 경멸적으로 쓰이며, 우리는 결국 "나는 내 에고를 억눌러야 해"라고 생각하면서 자신의 자존감을 짓

뭉개버리고 만다.

'에고'라는 단어를 '초자아super ego' '이드id'라는 개념과 함께 우리 문화에 처음 도입한 사람은 프로이트Sigmund Freud이다. 그 후 이 용어에 대한 정신분석학적 해석이 이루어지면서 에고라는 개념은 나르시시즘과 동일시되었는데, 여기엔 아마 영적 교사들이 그런 식으로 설명해 온 탓도 있는 것 같다. 그렇긴 하지만 겸손하고 친절한 사람이 사실 에고가 강할 수도 있다. 이러한 특성들은 서로 배타적이지 않다.

설명을 좀 더 해보자. 우리는 모두 에고를 가지고 있다. 에고는 그 자체로 나쁜 게 아니다. 그것은 당신에게 자아self라는 감각을 준다. 건강한 에고는 당신을 보호해 주고 강하게 만들어준다. 또한 에고를 가지고 있는 것과 자기 중심적egocentric이 되는 것은 다르다는 점도 꼭 짚을 필요가 있다. 우리는 에고를 가지고 있기에 자기에 대한 신뢰를 가질 수 있다. 그 덕분에 당신은 취약한 상태에 있거나 이용당한다고 느끼는 상황에서 스스로를 지켜낼 힘과 통찰력을 지닐 수 있다. 그 반면 자기 중심적이 된다는 것은 자기 위주이고self-centered 자기 잇속만 챙기는 것, 그래서 대개는 다른 이들에게 해를 끼치는 것을 가리킨다. 자기 중심적인 사람들은 대개 다른 이들이나 세상이 어떻게 느끼고 무엇을 필요로 하는지 잘 공감하지 못한다. 그러나 결과적으로 에고와 자기 중심성은 같은 범주로 묶이는 경우가 많다.

# 에고 다이얼과 의식적인 알아차림 다이얼

그러나 혹시 에고가 문제가 아니라면 어떨까? 실은 세상을, 다른 사람들의 욕구를, 심지어 자기 자신을 '의식적으로 깨어 알아차리지 못하는 것'이 진짜 문제라면?

이 점에 대해 더 자세하게 살펴보기 위해 내가《나로 살아가는 기쁨*What If This Is Heaven?*》(한국어판 제목—옮긴이)에서 들었던 비유를 다시 들어보겠다. 당신에게 옛날 라디오의 음량 조절 다이얼처럼 생긴 것이 두 개 달린 리모컨이 있다고 상상해 보자. 하나에는 '의식적인 알아차림conscious awareness'이라고 씌어 있고, 다른 하나에는 '에고'라고 씌어 있다.[1]

'의식적인 알아차림' 다이얼을 최소로 낮춰놓고 에고 다이얼을 최대로 높여놓은 사람들을 우리는 보통 '자기 중심적'이라고 부른다. 그들은 다른 이들에 대한 자각이 전혀(혹은 거의) 없는 순전한 에고 덩어리이다. 극단적으로 말해 이런 사람들은 자아 감각은 비대하고, 타인에 대한 공감 능력은 부족하며, 끊임없이 칭찬을 받아야 하는 나르시시스트가 될 수 있다. 자연히 자기 중심적인 사람들의 '의식적인 알아차림' 다이얼은 저 아래까지 내려가 있으며, 그들은 자신의 육체적 자아보다 더 위대한 무엇, 예컨대 내면의 신비가나 더 높은 자아 같은 것에 대해서는 전혀 자각이 없다.

그러나 나는 자기 중심적인 사람들이 그들의 에고를 반드시 억눌러야 한다고 생각하지는 않는다. 그것보다는 공감 능력을 키우고 자신의 의식적인 알아차림 능력을 발전시키도록 도움을 받는 것이 좋다. 자신의 더 높은 자아와 연결되어 있을 때 자기 중심적이 되기는 불가능하기 때문이다.

의식적인 알아차림 다이얼을 높이 올리면 우리 자신과 우리 내면의 신비가, 그리고 우주에 대한 알아차림도 커진다. 또한 우리 영혼의 목적에 정렬되며 삶에 의미가 생긴다. 이런 의식적인 알아차림 다이얼이 더 높게 맞춰질수록, 우리는 우리가 진정 누구이고 어디서 왔으며 왜 이 지구에 와 있는지 상기하게 되고, 또 우리를 이끌어주는 내면의 신비가의 목소리를 더욱 선명하게 듣게 된다. 알아차림이 이처럼 고양되어 있을 때 우리는 주변의 물리적 세상과 그 속에 사는 사람들에게, 타인의 고통에, 그리고 내 행동이 다른 이들에게 미치는 영향에 매우 민감해진다.

대부분의 엠패스들은 자연스레 알아차림 다이얼이 높게 맞춰져 있다. 그들을 엠패스로 만드는 것이 바로 이것이다. 우리는 주변 세상에는 물론이고 우리 내면의 신비가에도 연결되어 있도록 타고났다. 그런데 에고가 억눌려지면, 즉 에고 다이얼이 아래로 내려가 있으면, 우리는 자신을 가치 있게 여기지도 않고 자신의 개성과 자존감 또한 억누르게 된다. 결국 자신은 사랑을 비롯한 긍정적인 것들을 끌어당기거나 받을 자격이 되지 않는다고 느끼게 된다. 그러면서 다른 이들의 느낌과 감정은 전부 흡수한다.

에고를 억누르고 지내던 당시 나는 어떤 사람들 주변에 있을 때 내 에너지가 고갈된다고 '생각'하는 것만으로도 스스로를 질책하곤 했다. 나는 속으로 말했다. '네가 뭐 대단한 사람이라도 되는 줄 알아?' 당신이 엠패스라면 자신을 잘 돌봐주기 위해 굉장히 강한 에고가 필요하다. 엠패스들은 에고가 억눌리면 자신의 감정이나 기분을 남들의 그것과 잘 구분하지 못한다. 다른 이들과 구분되는 존재로서 우리의 개체성을 규정해 주는 것이 바로 에고이다. 우리 모두는 다 연결되어 있지만, 이 물질 세계에서 살아가려면 어느 정도의 구분은 반드시 필요하다. 에고는 저 너머 세계에서는 필요하지 않다. 거기에서 우리는 모두 영Spirit이며, 그곳에는 어떤 부정성이나 이중성도 없고 경쟁도 없기 때문이다.

우리의 에고 다이얼이 높이 올라가 있는 '동시에' 의식적인 알아차림 다이얼도 함께 올라가 있다면, 이때 에고는 유익한 도구가 된다. 우리가 자신만의 고유한 개체성을 알아차리며 그 개체성에 계속 연결되어 있도록 도와주기 때문이다. 그렇게 알아차리고 연결되어 있을 때 우리는 자신만의 존재, 느낌, 감정, 필요와 욕구를 다른 이들의 것과 구분할 수 있으며, 자기 자신이 누구인지를 저 외부 세계와 대조하여 명확히 알 수 있다.

만일 당신이 주변 세상의 고통과 감정들에 휩말려 정신을 차리지 못하고 있다면, 그것은 당신의 에고 다이얼(즉 자아 감각)이 너무 낮게 맞춰져 있다는 뜻이다. 아직도 가끔 이런 일을 겪기는 하지만, 다행히 나는 다이얼을 다시 높게 돌려놓는 손쉬운 방법을 몇 가지 찾아냈다. 그중 하나는 거울을 보면서 거울 속의 내 눈을 들여다보는 것이다. 그 눈동자를 통해 자신을 정말로 깊이 들여다본다. 스스로에게 너는 안전하다고, 너는 강하다고, 너에겐 목적이 있다고, 그리고 개별적인 존재로서 자기 자신이 되는 것이 그런 목적의 하나라고 말해준다. 가슴 깊은 곳에서 우리 엠패스들은 우리 모두가 연결되어 있다는 것을 누구보다도 잘 알며, 바로 그래서 우리에게는 자신의 개체성을 고수하기가 다른 이들에 비해 그토록 힘든 것이다. 그렇기 때문에 우리 엠패스들은 자신의 에고를 인정하고 받아들여도 정말로 괜찮다는 것을 꼭 알 필요가 있다.

결국 우리 자신의 가장 깊은 부분에 가 닿을 수 있는 것은 우리뿐이며, 우리가 진정 누구인지, 우리의 능력을 최상으로 발휘하려면 무엇이 필요한지 아는 것 역시 우리밖에 없다.

에고는 일종의 근육과 같아서 잘 훈련한다면 우리가 필터(저자는 《나로 살아가는 기쁨》에서 우리는 누구나 세상과 그 속의 자신을 바라보는 자기만의 필터를 가지고 있다고 말한다─옮긴이)와 경계를 만들 때 도움이 된다. 그것은 우리에게 건강한 자기 가치감을 준다. 공감을 잘하는 사람일수록 의식적인 알아차림 다이얼이 당연히 더 높게 맞추어져 있다. 그러나 에고 다이얼도 같이 높아져 있지 않다면 자칫 자아 감각을 잃어버리거나, 주변 사람들의 감정과 에너지를 흡수해서 스스로를 약화시킬 위험이 있다. 바로 그렇기 때문에 엠패스들의 의식적인 알아차림 다이얼이 에고 다이얼과 '맞물려' 언제나 최대치로 맞추어져 있어야 하는 것이다.

# 에고를 가치 있게 여기기

앞서도 언급했듯이 다른 이들의 고통과 감정을 에너지적으로 내면화하는 것, 혹은 스스로를 해치면서까지 남들을 위해주는 것은 결국 신체적 고통이나 병으로 나타난다. 심신 상관 분야의 저명한 전문가인 가보르 마테Gabor Maté 박사는《몸이 아니라고 말할 때: 당신의 감정은 어떻게 병이 되는가When the Body Says No: Exploring the Stress-Disease Connection》(한국어판 제목—옮긴이)에서, "사람이 자신의 느낌을 효율적으로 표현하는 법을 익히지 못하면 감정적 경험들은 언젠가 해로운 생물학적 사건으로 번역되어 나타난다"고 지적했다.[2]

당신의 의도는 선하지만 자칫 건강하지 않은 상태가 되는 걸 막아주는 것이 바로 튼튼하고 건강한 에고이다.

나는 이것을 여러 방식으로 배웠는데, 그중에는 굉장히 드라마틱한 경험도 있었다. 2001년 어느 날, 나의 가장 친한 친구였던 소니Soni가 공격적인 형태의 암 말기라는 진단을 받았다. 소니의 암 진단 소식을 듣고 나는 무너졌다. 마치 내가 그런 진단을 받은 것 같았다. 나는 소니와 어려서부터 같이 자랐고 평생을 알고 지냈다. 암 진단을 받았을 당시 소니에게는 어린 자식들이 있었다. 나는 그 소식에 괴로워 견딜 수가 없었고, 심지어 죄책감마저 느꼈다. 정확히 말하자면 소니는 저렇게 아픈데 나는 건강하다는 사실에 죄책감이 들었다. 소니에게 저렇게 어린 아이들이 있고 앞으로 저 아이들이 힘든 시간을 보낼 거라는 사실에 죄책감이 들었다. 소니를 아는 친구라도 만나는 날이면, 소니가 병원에서 치료를 받고 있어 우리와 함께할 수 없다는 사실에 죄책감이 들었다. 내 친구와 그 가족들이 인생의 위기에 놓인 상황에서 내가 나를 챙긴다는 것은 어떤 식이든 이기적으로 느껴졌다. 한마디로 나는 뭐가 됐든 나 자신에게 좋은 것을 할 때마다 죄책감이 들었다. 그래서 나는 소니의 집에서든 병실에서든 그녀를 돕거나 그녀 아이들과 놀아주면서 최대한 긴 시간을 소니와 함께 보냈다.

당시에는 깨닫지 못했지만, 그녀의 병을 내 몸으로 느끼면서 감각적으로 지나친 부담이 왔고, 이 때문에 나는 점점 더 약해지고 병들어 가고 있었다. 나는 내 내면의 자아에 귀 기울이고 있지 않았다. 내 에고의 다이얼은 너무 낮춰져 있었고, 그 결과 나는 나 자신의 필요와 요구를 깡그리 무시하고 있었다.

소니가 암 진단을 받고 약 1년이 지난 어느 날, 내 목 왼쪽에서 조그만 덩어리가 느껴졌다. 나는 병원에 가서 조직 검사를 받았고, 림프종에 걸렸다는 사실을 알게 되었다. 그 진단을 받고 깊은 두려움에 빠져 있는데 내 마음 한 구석에서 아주 조그만 목소리가 말했다. '아아, 이제야 날 돌볼 구실이 생겼구나!'

내 가장 친한 친구의 건강이 계속 악화되어 가는 사이 내 건강도 마찬가지로 악화되었다. 그러나 나는 내 병치레를 하는 와중에도 내 필요와 욕구보다 소니를 비롯해 주변 사람들의 기분이 어떤지에 여전히 더 신경을 쓰고 있었다. 결국 내 에고를 인정하고 받아들이는 게 얼마나 중요한지를 이해하기 위해 나는 임사체험을 해야 했다.

만일 내 에고가 건강하게 발달해 있었다면 나는 더 균형 잡힌 눈으로 나를 가치 있게 바라봤을 것이다. 그리고 내가 남을 도와주고 싶다면 내 건강을 유지하면서 실제로 잘 살아가야 한다는 것 역시 깨달았을 것이다. 다시 말해 내가 죄책감을 느낀다고 해서 다른 이의 아픔이 덜어지지 않으며, 내가 다른 이들을 위해 할 수 있는 최고·최선의 이타적 행위는 다른 이들을 도와줄 수 있도록 나 스스로 건강한 존재가 되어야 한다는 말이다.

내가 지금 아는 이것을 만약 그때도 알았더라면 나는 내가 잘사는 것이 내 주변 사람들에게도 행복과 희망이 된다는 것을 깨달았을 것이고, 나를 행복하게 해주기 위해 할 수 있는 것은 무엇이든 했을 것이다. 나는 더 쉬었을 것이고, 나를 위한 시간을 더 냈을 것이다. 자연과 더 연결되어 지냈을 것이며, 마사지를 받거나 나들이를 하거나 친구를 만나는 등 나를 마음껏 돌봐주었을 것이다. 그렇게 하는 게 친구에게 나의 가장 좋은 모습을 보여주는 것이란 사실을 알고 그렇게 했을 것이다. 나는 또한 내 친구 역시 내가 그렇게 하길 원하리라는 사실을 믿었을 것이다. 친구가 아프다는 이유로 내가 죄책감을 느껴서 내 삶을 희생한다면, 그렇게 함으로써 나는 친구에게도 죄책감을 전가하고 더 무거운 짐을 지우는 일이 될 테니 말이다.

나는 독자들이나 내 영상을 본 사람들이 에고를 적으로 간주하길 멈추자 삶이 크게 변했다고 말하는 것을 정말 많이 본다. 내 워크숍에 참여했던 에이미Amy는 이런 이야기를 들려주었다. 그녀는 자신의 필요와 욕구를 우선시하는 것은 이기적이고 자기 중심적이라고,

특히 다른 누군가에게 돌봄이 필요한 때라면 더욱 그렇다고 믿으며 자랐다고 했다. 에이미는 이런 믿음 때문에, 그리고 원래 남을 잘 도와주는 성격 때문에, 애정에 극단적으로 굶주린 사람들을 아주 많이 끌어당겼다.

"모르겠어요." 에이미가 말했다. "제가 누군가를 실망시키거나 거절한다는 건 견딜 수가 없어요. 사람들이 꼭 내가 호락호락한 상대라는 걸 감지하고 나한테 몰려드는 것 같아요." 그녀는 또한 자신의 죄책감에 대해서나 자신만을 위한 시간을 갖고 싶다는 바람에 대해서 한 번도 소리 내 말해본 적이 없었다. "못하겠어요. 뭔가 말을 하려고 하면 목구멍이 닫혀버려요. 사람들은 그건 제 에고가 하는 말이라고, 그저 관심받고 싶어서 하는 말이라고 생각할 거예요. 말을 해야겠다는 느낌이 들면 전 그냥 그 느낌을 꾹꾹 눌러버려요."

그러던 어느 날 그녀는 에고를 인정하고 받아들이는 게 얼마나 중요한지 이야기하는 내 영상을 보게 되었다. 뭔가가 깊이 와 닿았고, 자신의 에고를 판단하지 않고 받아들여 보기로 했다. 그녀는 자신이 다른 이들의 필요와 요구에 얼마나 공감을 잘하는지(그게 바로 높게 맞춰져 있는 의식적인 알아차림, 그녀 내면의 신비였다), 그러나 자신의 필요와 요구는 얼마나 잘 부정하는지(그것은 낮게 맞춰진 그녀의 억눌린 에고였다) 선명하게 알아차리기 시작했다. 이 알아차림 덕분에 그녀는 자기가 스스로의 욕구는 희생하면서 남들의 욕구만 채워주고 있었다는 것을 더욱 분명히 보게 되었다. 에이미는 왜 자신이 그토록 자주 피곤해하고 기운이 없었는지, 그리고 온갖 유행병은 다 달고 살았는지 이해가 되었다. 이제 그녀는 자신의 필요와 요구에 의식적으로 귀를 기울이고 자신의 배터리를 재충전할 시간을 갖기 시작했다.

스마트폰처럼 당신도 방전이 되면, 즉 가용 에너지보다 더 많은 양의 에너지를 쓰고 나면 당신의 배터리를 충전해야 한다. 엠패스들은 주변 사람들의 감정적 필요와 요구를 일일이 다 채워주느라 자신의 에너지를 고갈시키는 경향이 있다. 당신이 엠패스라면 이런 경향이 있다는 것을 반드시 알고 있어야 한다. 또한 이러한 에너지 누수를 유발하는 지점을 잘 파악하는 것도 중요한데, 주로 거절을 잘 못하고 갈등을 두려워하는 성향이 그런 원인이 된다. 우리에게 이런 성향이 있다는 것을 알아차릴 때 우리는 우리의 배터리 충전을 중요하게 여길 수 있다.

당신이 엠패스이며 자주 에너지가 방전되는 경향이 있다면, 당신의 배터리를 충전해 줄 수 있는 것들을 전부 적어보기를 권한다. 에너지가 고갈되었다고 느낄 때마다 그 목록에서 에너지를 재충전해 줄 방법을 하나씩 골라 실천하는 것이다.

자신의 배터리를 충전하는 게 얼마나 중요한지 더 잘 이해하기 위해서는 우리가 '빛의 존재'라고 상상해 보는 것이 도움이 된다. 당신은 태어날 때 환한 빛으로 가득 찬 존재였다. 당신을 신성과 강력하게 연결해 주는 게 바로 그 빛이었다. 이제 상상해 보자. 당신의 그 빛을 계속 환하게 밝히려면—당신의 에너지를 계속해서 유지하려면—마치 휴대폰을 충전하듯이 당신도 배터리를 계속해서 충전해야 하는 것이다.

그렇다면 어떻게 하면 당신의 배터리를 충전해서 그 빛이 계속 빛나게 할 수 있을까? 첫 단계는 사실 상당히 간단하다. 스스로에게 의미가 있는 방식이라면 어떻게든 좋으니, 당신의 영혼을 살찌우는 것들을 매일 하는 것이다. 그저 바다에서 시간을 좀 보내고 올 수도 있고, 명상을 할 수도 있으며, 자연 속에서 걷기, 음악 듣기, 글쓰기, 그림 그리기, 친구들이나 사랑하는 사람과 시간 보내기 등이 될 수도 있다. 심지어 새 신발을 사거나 자녀들과 피자를 먹는 것처럼 평범한 일이 될 수도 있다. '무엇을 하느냐'가 중요한 게 아니다. 그 행동이 '당신에게 무엇을 주느냐'가 중요하다. 당신의 영혼을 풍요롭게 하고 당신의 빛을 재충전해 주는 것이면 무엇이든 영적인 행동이다.

에이미는 좋은 책 읽기, 따뜻한 물 속에 몸 담그기, 산책 가기, 기다려왔던 영화 보기 등 자신이 좋아하는 것을 하는 데 시간을 더 냄으로써 자신의 배터리를 충전했다. 마음속에서 죄책감이 올라올 때면 지금은 더 나은 자신이 되기 위해 재충전의 시간을 갖고 있는 거라고 스스로에게 말해주었다. 특히나 남을 돕고 싶은 게 그녀의 목적이라면 재충전이 더더욱 필요하다고 말이다. 에이미는 이렇게 자신의 에고를 받아들이는 연습을 새로 함으로써 말로 다 표현할 수 없을 만큼 힘을 받는 느낌이 들었다. 에너지가 넘쳤고, 더 이상 기운이 빠지거나 고갈된다는 느낌이 들지 않았으며, 몸도 쉽게 아프지 않았다. 그녀는 자신의 에너지를 원하는 곳에, 그리고 가장 요긴하게 쓰일 수 있는 곳에 집중할 수 있게 되었다.

## 건강한 에고=건강한 자존감

건강한 에고는 자신을 돌볼 구실을 만들기 위해 병에 걸리거나 하지 않고도 스스로의 욕구를 존중하는 데 필요한 내적 지원을 해준다. 건강한 에고는 감정적으로나 신체적으로 건강에 해로운 상황에서 벗어날 수 있는 용기를 주고 그 상황을 미리 알아보게 해준다. 그 반면 제대로 발달하지 못한 에고는 자신의 고통을 더는 건 이기적이라 생각하게 만들면서 다른 이들의 고통은 전부 느끼게 만든다. 덜 발달된 에고는 그렇게 계속해서 당신을 무언가에 붙들어 매며, 결국 당신은 병을 얻거나 트라우마를 입거나 뭔가 삶을 뒤바꿔놓을 정도의 큰일을 당하고서야 자신의 감정을 대면하게 된다.

한번 생각해 보라. 다른 이들의 감정을 마치 자신의 감정처럼 강렬하게 느끼면서(의식적인 알아차림의 다이얼이 저 높이 끝까지 올라가 있다), 자아 정체감이나 자존감은 너무 약하고 낮거나 혹은 열등감을 갖고 있다면(에고 다이얼이 0까지 내려가 있다), 당신은 이른바 '호구'나 '기쁨조'가 될 조건을 모두 갖춘 셈이다. 이런 당신은 스스로를 중요한 존재로 여기지 않기 때문에, 자신의 감정과 기분보다 다른 사람들의 느낌과 감정을 더 중요하게 생각한다. 당신은 괴롭힘당하고 이용당하기가 아주 쉽다. 그래서 스스로를 하찮은 존재라고 느끼며, "싫다"고 말하고 싶을 때도 그렇게 하지 못한다. 당신은 모두를 기쁘게 해주려다 당신 자신을, 당신의 정체성을, 당신이 가진 힘을 잃어버린다.

이것이 이른바 '짓밟히는 엠패스downtrodden empath'가 되는 조건

인데, 내가 이것을 잘 아는 건 나 역시 그랬기 때문이다. 설상가상으로 나는 자아 감각을 더 강하게 키우라고 장려하기보다는 에고는 깨달음과 영성의 적일 뿐 아니라 억눌러야 할 대상이라고 가르치는 영적인 교사들과 사람들에게 둘러싸여 있었다.

영적으로나 감정적으로나 진정으로 건강하려면 우리는 이 두 가지 다이얼을 모두 높여야 한다. 나는 물론이고 내 워크숍에 참여한 수많은 사람들도 에고 다이얼을 저 아래까지 낮춰놓고 있었는데, 우리에게는 많든 적든 다음과 같은 특징들이 있었다.

### 자기 사랑의 부족

당신의 에고 다이얼이 낮춰져 있다면 자기를 사랑하기란 극히 어렵다.(자기 사랑에 대해서는 다음 장에서 더 자세하게 다룰 것이다.) 왜냐하면 우리의 개성과 욕구가 무엇인지 알아보는 부분이 바로 에고이기 때문이다. 에고 다이얼을 높게 맞출 때 우리는 스스로를 돌볼 수 있고, 우리에게 필요한 것을 채워줄 수 있으며, 그리하여 더 나은 모습의 우리가 될 수 있다.

### 진실하지 않음

자신이 충분히 괜찮다는 것을 믿지 못할 때, 우리는 자신을 신뢰하지 않게 되므로 자발적이지도 못하고 자연스럽게 행동하지도 못한다. 우리는 스스로를 의심하고, 행동하기 전에 지나치게 많이 생각한다. 자발성을, 삶의 기쁨을 잃어버린다. 말 그대로 자기 '자신self'을 잃어버리는 것이다.

내 행사에 참석했던 조안Joan이라는 여성은 자신이 늘 남들의 인정을 구하면서도 자기가 남들의 인정에 얼마나 의존하고 있었는지 미처 깨닫지 못했다고 털어놓았다. 그 결과 그녀는 뭐가 됐든 사람들이 원하는 대로 되려고 기를 썼다고 했다. 남들의 기대를 저버리지 않기 위해서 말이다. 조안은 상대방에게서 조금이라도 탐탁지 않은 기색이 보이면 말을 하다가도 의견을 철회하거나 바꾸는 데 선수였다. 직장에서도 내심으로는 자신이 어떤 발표나 보고를 아주 잘했다는 걸 알면서도 누군가가 그렇게 말해주기 전까지는 절대로 잘했다고 생각하지 않았다. 끊임없이 남들의 인정을 구하는 가운데 그녀는 자기도 모르게 자신을 잃어갔다. 그녀는 자기 자신의 삶이 아니라 남들의 기대에 맞춘 진실하지 않은 삶을 살고 있었다.

내 이야기를 들으면서 조안은 자기 삶을 살지 않는 한 자신의 목적을 찾을 수 없겠다는 점을 분명히 이해했다. 그리고 그 자리에서, 자신의 에고를 받아들이기로, 자신을 더 잘 알아가기로, 더욱 진실해지기로, 그리고 남들의 인정이 아닌 자기 자신의 인정을 구하기로 스스로와 약속했다.

처음에는 어색할 수 있겠지만, 그게 어떤 느낌일지 한번 상상해보라! 매일 그 자유를 마음속으로 느끼다 보면 결국엔 자연스럽게 느껴질 날이 온다. 이렇게 하면서 이 책에서 소개하는 다른 과정들도 병행한다면, 당신은 진정한 자기 자신으로 존재하고 또 진정한 자신을 표현하는 방법을 알게 될 것이다.

## 권한이 없다고 느낌

억눌린(억제되고, 자제되고, 짓눌린) 에고는 낮은 자존감과 낮은 자기 가치감으로 이어지는데, 다음과 같은 특징들을 보인다.

- 스스로를 돌보려 하지 않음.
- 남들은 잘 대접하면서 자기 자신은 그렇게 대하지 않음.
- 자신을 드러내거나 목소리를 내려고 하지 않음.
- 자기 의견보다 남의 의견을 더 중요하게 여김.
- 실패에 대한 두려움 때문에 도전을 하지 않으려 함.
- 부정적인 의견을 듣는 것을 두려워함.
- 자기 자신에게 지나치게 비판적임.
- 자신은 칭찬이나 선물, 그밖에 좋은 것들을 받을 자격이 안 된다고 느낌.

극단적인 경우 나약한 에고는 우울증과 중독, 섭식 장애로 이어질 수도 있다.[3, 4] 만일 당신이 에고가 억눌려 있는 동시에 엠패스라면, 당신은 다른 이들의 드라마와 문제, 두려움을 흡수하는 것은 물론 남들의 욕구를 자신의 욕구보다 훨씬 우선시할 것이다. 예를 들어 에고가 억눌린 상태에 있는 당신이 친구가 집에서 쫓겨났다는 소식을 들었다고 해보자. 당연히 당신은 그 길로 달려나가 친구를 도와줄 것이다. 친구라는 게 바로 그런 것이니 말이다.

그런데 돈 문제든, 건강 문제든, 관계 문제든 친구의 문제보다 훨씬 더 심각한 경우가 당신에게 생겼다고 해보자. 에고가 억눌려 있다면 그때에도 당신은 자신에게 필요한 것은 제쳐놓고 집에서 쫓겨난 친구의 상황이 더 중요하고 시급하다고 볼 것이다. 당신은 자신의 상황이 더 악화되어 가는 것을 뻔히 보면서도 친구를 돕는 데 신경을 다 쏟을 것이다.

그러면서 그 친구가 느끼는 감정들을 마치 내 것인 양 고스란히 느낄 것이다. 그러니 당신의 몸은 당신이 이미 갖고 있던 스트레스에 더해 친구의 스트레스와 두려움까지 떠안게 되고, 감정도 친구의 것과 자신의 것을 구분하기가 힘들어진다. 바로 그래서 엠패스들은 자신의 강점과 약점이 무엇인지 반드시 파악하고 있어야 한다. 그래야 본인에게 필요한 것을 희생해 가면서까지 남을 도와주는 것이 자신에게 어떤 영향을 미치는지 알 수 있다.

스스로를 호구로 취급하던 시절, 나는 내게 힘이 있다고 느끼지 않았다. 나를 제외한 모든 이들이 나보다 뭐든지 더 잘 알고, 뭔가를 결정할 때도 그들이 더 자격이 있고 중요한 사람들이라고 생각했다. 심지어는 바로 '내' 문제들을 결정할 때도 그랬다! 나는 내 안에 힘이 있다는 것을 알지 못한 채 늘 더 권위 있는 사람들이나 스승들에게 내 힘을 내주었다. 게다가 엠패스로서 나는 주변 사람들의 감정과 스트레스를 모두 떠안았고, 그들의 온갖 드라마와 문제에도 발 벗고 나섰다. 나 자신의 삶에 나보다 권한을 더 많이 가진 사람은 없다는 것을 내게 가르쳐준 건 죽음이었다.

다시 한 번 말하지만 당신은 이런 자각을 얻기 위해 죽을 필요가 없다. 그 대신 간단한 방법을 하나 제안해 보겠다.

첫째, 만일 지금 당신이 자신보다 다른 이들을 더 중요하게 여기고 있다면, 당신 삶의 권한을 부지불식간에 다른 사람들에게 넘기고 있음을 알아차리자. 이것을 알아차리는 것만으로도 당신을 이용하려 드는 사람들을 당신 스스로 끌어들이고 있는지 아닌지 훨씬 잘 분별할 수 있을 것이다.

두 번째로, 공격적이 되는 것과 단호해지는 것의 차이점을 알아차리자. 아우슈비츠 생존자이자 심리학자인 에디트 에바 에거Edith Eva Eger 박사는《마음 감옥에서 탈출했습니다: 죽음의 수용소에서도 내면의 빛을 보는 법에 대하여*The Choice: Embrace the Possible*》(한국어판 제목—옮긴이)에서 이 두 가지의 차이점을 이렇게 명쾌하게 정리한다. "수동적이 되는 것은 남들이 당신 대신 결정하게 하는 것이고, 공격적이 되는 것은 다른 이들 때문에 결정하는 것이다. 단호해지는 것은 자기 자신을 위해 결정하는 것이다."[5]

사람들은 단호함과 공격성을 혼동하고는 하는데, 내 경험으로는 '호구'들이 특히 더 그렇다. 사실은 그저 단호한 것일 뿐인데 그것을 공격적이라고 오해하는 경향이 있는 것이다. 잊지 말자. 당신은 '다른 이들'에게 뭘 어떻게 하라고 말하는 것이 아니다. 그저 '당신이' 어떻게 하겠다고 단호하게 밝히는 것일 뿐이다. 일단 이 점을 분명히 이해하고 나면 당신은 커다란 변화를 느낄 것이다.

마지막으로, 당신의 힘을 단호하게 표현할 부드러운 언어를 찾아라. 예를 들어 "내 상황에 관심 가져줘서 고마워요. 하지만 전 정말로 이렇게 대처하는 게 더 좋아요" 혹은 "관심은 감사하지만, 전 이렇게 할 때 더 힘이 나는 것 같네요" 같은 표현이 있다. 무슨 말인지 감이 왔을 것이다.

### 받기를 힘들어함

요즘 워크숍을 열 때 나는 청중에게 스스로 엠패스라고 생각하는 사람은 손을 들어보라고 시키고는, 자기 것을 내주기는 정말 잘하는데 받기는 힘들어하는 사람이 있다면 계속 손을 들고 있으라고 해본다. 그러면 어김없이 모든 엠패스들 손이 들려진 채로 있다. 앞서도 언급했듯이 받기를 힘들어하는 것은 모든 엠패스의 공통 분모이며, 특히 '호구'들의 경우는 더 그렇다.

나는 내 기운이 다 소진되도록 남들에게 나를 퍼주는 데는 누구보다 뛰어났지만 받는 데는 정말이지 젬병이었다. 누군가 나에게 뭔가를 주면 그 즉시 호의를 되갚아야 할 것 같은 부담감에 마음이 무거웠다. 그런데 만약 당신이 누군가에게 선물을 하나 줬는데, 상대가 그걸 부담스러워한다고 상상해 보라. 당신은 굉장히 언짢을 것이다. 당신은 받는 것에 정말이지 열려 있어야 한다. 단지 당신이 선업善業을 쌓고 싶다는 이유로, 혹은 받는 것보다 주는 게 더 좋은 일이라는 영적인 신념 때문에 끊임없이 주기만 한다면 그것은 정직하지 못하다. 기쁘게, 진심에서 우러나와서 줘야 한다. 그렇게 하는 것이 훨씬 좋다.

편안하게 받는 것은 당신의 에고 다이얼을 높이 올리는 행위이고,

기꺼이 주는 것은 의식적인 알아차림의 다이얼을 높이 올리는 행위이다. 두 개 다이얼이 모두 한껏 올라가 있다면 당신은 피곤함이나 죄책감을 느끼지 않고 계속해서 주고 또 받을 수 있다.

## 재정적 부족

에고 다이얼이 낮게 맞춰진 엠패스들은 또한 돈 버는 것이나 성공하는 것에서도 애로를 겪는다. 이유는 여러 가지인데, 자신이 풍요를 누릴 자격이나 가치가 있다고 느끼지 못한다는 것도 그중 하나이다. 전에 내 사업체를 운영했을 때 이 문제가 발목을 잡았던 적이 있다. 나는 내 고객들을 위해서뿐만 아니라 직원들을 위해서까지 일하고 있었던 것이다! 나는 직원들이 업무를 태만히 하거나 업무 일정을 지키지 않을 때에도 단호하게 대처하지 못했다. 오히려 그들의 상황을 이해해 주면서 그들의 드라마 속으로 빨려 들어갔고, 그들의 에너지와 문제를 마치 내 것인 양 받아들이고 있었다. 그러는 동시에 내 고객들도 챙겨야 했다.

나는 내가 누려도 되는 것들을 요구하는 것도 무척 힘들어했다. 내 긍정적 자질과 강점에 대해 이야기하는 건 자기 중심적인 거라고 생각했기 때문에 늘 내 가치를 낮게 매겼다. 이력서도 극도로 겸손하게 썼고, 내 자질들을 대단치 않게 여겼다. 역시나 내가 이룬 것이나 입증된 실적들에 대해 이야기하는 건 자기 중심적이라고 여겼기 때문이다. 이는 곧 내가 고도로 숙련된 일이나 자질을 갖춘 일을 하면서도 보수는 늘 부족하게 받았다는 뜻이다.

나는 형편이 안 되는 사람들에게 아무 보수도 받지 않고 서비스를 제공하는 일도 많이 했는데, 이는 내가 거절을 잘 못해서이기도 하고 이걸 주는 대가로 저걸 받는 식으로 일하는 것을 힘들어했기 때문이기도 하다. 무보수로 시간외 작업을 하게 되면 다른 팀원들이 매우 싫어했기 때문에, 나는 다른 이들을 끌어들이지 않고 그 일을 혼자 도맡아 했다.

내가 워크숍에서 이런 이야기를 하고 공감되는 분은 손을 들어보라고 하자, 좀 전에 스스로가 호구라고 생각된다고 했던 사람들 거의 전부가 손을 들었다. 나는 몇몇 사람에게 본인 이야기를 들려달라고 청했다. 한 남성 참석자는 자기 아버지가 늘 그에게 그가 이룬 것을 과시하거나 뽐내지 말라고 가르쳤다고 했다. 성취한 것을 사람들에게 말하거나 보여주지 말라는 것이었다. 그래서 그는 자신의 성과물을 이력서에 축소해서 썼다. 그러다 보니 자기가 상사들보다 해당 업무에 더 뛰어났음에도 상사들이 자기보다 돈을 더 많이 받는다는 것을 알게 되었고, 점점 울분이 쌓이기 시작했다. 그렇게 억울해하는 것도 지긋지긋해졌을 때쯤, 그는 마침내 과시하지 않으면서도 자신의 성과를 이야기하는 법을 찾아냈다. 처음에는 쉽지 않았다. 그는 사람들이 손가락질을 하고 자기밖에 모른다고 욕을 할 줄 알았다. 그러나 그런 일은 일어나지 않았다. 알고 보니 사람들은 그동안 그가 한 일들을 전혀 모르고 있었다. 그리고 그때부터 그를 새롭게 보기 시작했다.

## "싫다"고 하지 못함

스스로를 호구로 여기는 엠패스들은 단지 다른 이들을 실망시키고 싶지 않기 때문에 싫으면서도 "괜찮다"고, 때로는 "좋다"고 말한다. 나 역시 그랬다. 이것은 사실 정직하지 못한 것이다. 당신을 도와준 사람들, "좋다"고 했던 사람들 모두가 알고 보니 그저 "싫다"고 말하지 못해서 그런 거였다는 사실을 알게 되면 당신 기분이 어떻겠는가? 차라리 원하지도 않는 일을 당신 때문에 하는 것보다는 "싫다"고 말해주는 편이 더 낫지 않겠는가? 나라면 그럴 것이다.(이 '좋다/싫다' 딜레마에 대해서는 9장에서 더 자세하게 다룰 것이다.)

## 성공할 자격이 없다고 느낌

에고 다이얼이 낮게 맞춰진 엠패스들은 성공을 거두기가 매우 힘들다. 예전에 나도 내가 성공을 누릴 자격이 안 된다고 느꼈고, 주변 사람들, 특히 친한 친구들보다 내가 더 성공을 거두면 죄책감이 느껴졌다. 그래서 내 성공을 나만 알거나, 아니면 평가절하했다. '호구'들은 성공을 다른 이들을 더 도울 수 있는 방법으로 보지 않고, 그 일로 마치 자기가 탐욕스럽거나 자기 중심적인 사람으로 보일까봐 대개 '별것 아닌' 척하며 자신의 재능과 자질을 숨긴다.

내가 아는 어떤 엠패스는 이렇게 말했다. "나는 내가 필요한 것보다 돈을 더 많이 번다는 게 부끄러워요. 그래서 돈을 대수롭지 않게 보고, 시선이 집중되는 게 싫어서 비싼 것도 사지 않아요. 나는 사람들이 나를 이기적이라거나 과시한다고 생각하는 게 싫어요!" 내가 만나본 엠패스들 중에서 최소한 80퍼센트 정도가 스스로를 평가절하하고, 아주 적은 돈을 요구하며, '자기 중심적'이라는 꼬리표가 붙지 않도록 조심했다. 그들에게 그런 꼬리표는 수치심을 불러일으켰다.

## 리더 자리를 맡지 않으려고 함

거의 모든 엠패스들이 그렇듯 나 역시도 리더 역할을 맡기 힘들어했다. 우리는 우리에게 시선이 쏠리는 것을 원치 않는데다, 관심받기를 원하는 건 '자기 중심적'인 것이고 우리는 그런 관심을 받을 자격이 없다고 생각하는 경우가 많다. 애석하게도 이렇게 자기 에고를 회피하려는 사람들은 다른 이들보다 더 현명한 경향이 있다. 지극히 공감적이고 민감하며 강한 사람들, 정말로 훌륭한—대개는 매우 기발한—아이디어를 가진 사람들이기도 하다. 이런 사람들은 대중의 관심이나 인정을 얻는 데 별 관심이 없고, 대개는 자기 내면의 신비가에 굉장히 밀접하게 연결되어 있다. 앞에서도 언급했듯이 사회가 이런 사람들에게 귀를 기울인다면 굉장히 유익할 것이다.

안타깝게도 지도자들 중에는 에고 다이얼은 너무 높게, 의식적인 알아차림 다이얼은 아주 낮게 맞춰진 이들이 있다. 그들은 자신감으로 가득 차서 일말의 연민이나 자기 성찰, 자기 의심, 혹은 남들에 대한 자각 없이 자기 의견을 무조건 밀어붙인다. 그들은 스스로를 돌아보는 데 필요한 분별력이나 자각 없이 자기가 세운 목표에만 집중하며, 이른바 '호구', 기쁨조, 엠패스를 손쉽게 쥐락펴락하기도 한다.

# 건강한 에고 키우기

나는 임사체험을 통해 에고에는 커다란 목적이 있다는 것을 알게 되었다. 내가 내 개체성과 독특함을 받아들이려면 에고가 있어야 했다. 에고는 내가 나를 사랑하고 내 내면의 신비가를 신뢰하도록, 반대론자들이 내가 경험한 게 전부 뜬구름 잡는 이상한 소리라고 치부할 때 거기에 넘어가지 않도록 도와주었다. 에고는 또한 스스로를 뒤늦게 비판하는 습관, 내 힘을 남에게 줘버리는 습관에도 제동을 걸어주었는데, 이 두 가지는 나에게 중요한 인생 교훈이 되었다.

사람들이 건강한 에고를 키울 수 있도록 나는 이런 질문을 던지곤 한다. "다른 사람들의 의견을 고려하지 않아도 된다면 당신은 어떤 사람일까요? 어떤 일을 해서 당신을 행복하게 만들어줄 건가요?" 에고가 약하면 우리는 자신의 욕구와 행복보다 남들이 나를 어떻게 생각하는지에 더 신경을 쓴다. 그러나 남들 의견을 걱정하지 않을 때 내가 어떻게 할 것인지를 알고 나면, 우리는 서서히 자기가 원하는 일들을 하기 시작하며, 그럼으로써 자유로워질 수 있다. 우리는 또한 남들의 반대에도 불구하고 자신의 가슴을 따르기로 선택하는 이들을 덜 비판하게 된다.

다음은 내가 사람들에게 들은 답변과, 당신이 남들의 의견을 걱정하지 않는다면 보일 수 있는 몇 가지 변화들의 예이다.

- 보수가 좋고 안정적이지만 즐겁지는 않은 직장을 그만두고 불

안정하지만 만족감을 주는 일 찾기.

- 사랑하는 사람을 잃었을 때 충분히 애도한 다음 다시 사랑하기.
- 더 이상 자신의 진짜 모습을 숨기지 않고 온 세상에 내보이기.
- 남들 눈 때문에 참고 살아온 힘든 결혼 생활을 끝내기.
- 남들에게 보이기 위해 갖고 있는 너무 크고 비싼 집을 처분하고 작은 집으로 이사하기.
- 오로지 유행을 좇아 옷을 입었는데 이제는 편안한 옷 위주로 입기.(혹은 두 가지 모두를 충족하는 방향으로 입기.) 예를 들어 속으로 고대해 왔던 대로 하이힐을 미련 없이 포기하고 운동화 신기.

다른 사람들이 뭐라고 말할지 그만 신경 쓰고 자기 가슴의 소리를 따라가면 에고를 건강하게 키우는 데 도움이 된다.

이제 건강한 에고의 중요성을 이해했으니 당신은 미안함이나 죄책감 없이 연민을 가질 수 있다. 당신은 자신은 물론이고 다른 사람들에게도 도움을 줄 수 있을 만큼 힘 있는 사람이 될 것이다. 억압당하는 호구보다는 강하고 자신감 있는 사람이 다른 이들을 훨씬 더 고무시킬 테니 말이다.

# 에고 다이얼을 높이기 위한 명상

내 에고를 강화할 필요가 있을 때, 주눅 들지 않고 자신을 큰 존재로 느낄 필요가 있을 때, 나를 맘껏 표현할 수 있을 만큼 열려 있고 안전하다고 느끼고 싶을 때, 나는 아래 문장들을 암송한다. 당신도 한번 해보기 바란다.

≫∕≪

가슴 쪽에 집중하면서 내 알아차림 다이얼과
에고 다이얼이 동시에 높이 맞춰지는 모습을 상상한다.
에고 다이얼과 알아차림 다이얼 모두 높게 맞춰짐에 따라,
나는 내 에너지가 확장되면서 내 안에 힘과 활기,
가능성과 기쁨이 가득 차는 것을 느낀다.
이것이 내 생명 에너지이고, 나는 늘 이것에 연결되어 있다.
이것은 내가 태어날 때부터 갖고 있는 권리이다.
이 에너지는 내가 원하는 만큼 강력해질 수 있다.
이 확장된 에너지 속에서 나는 내가 안전하며
나 자신을 표현할 수 있다는 것을 안다.
나는 무엇이든 될 수 있고, 힘이 있으며,
나의 빛을 최대한 밝게 비출 수 있을 정도로 안전하다고 느낀다.
나는 나 자신을, 에고까지 포함한 나의 모든 부분을 사랑한다.

# 영적으로 된다는 건
# 자기 자신이 된다는 것

**만트라**
"엠패스인 것은 재능이다.
존재하는 모든 것에 연결되는 것이다!"

엠패스들은 두 세계에 발을 걸치고 있다. 하나는 두려움에 기반한 메시지로 가득 찬 외부 세계이고, 다른 하나는 우리를 우리 가슴과 영혼에 연결되어 있도록 해주는 내면 세계이다. 고도로 민감하고 내면 세계에 깊이 연결되어 있는 특성 때문에 우리는 마치 불을 향해 돌진하는 나방처럼 영적인 가르침에 이끌린다. 지지적인 분위기의 영적 공동체들은 자신이 남들과 다르다고 느끼기 쉬운 엠패스들에게 마침내 집에 온 것 같은 소속감을 준다.

그러나 만일 당신이 에고가 약하거나 타협적인 엠패스라면, 더 나아가 남에게 다 맞춰주려는 경향이 있다면, 기존의 많은 영적 가르침들은 당신 내면의 안내 시스템을 신뢰하도록 북돋기보다는 당신의 약함(두려움)을 들춰내 당신을 계속 호구로 살아가도록 붙잡아둘 수 있다. 건강한 에고는 우리 자신을 잃어버리거나 저버리는 일 없이 우리가 이끌리는 영적 세계에 열중할 수 있도록 도와준다. 이 장에서는 자기 자신을 잃어버리는 일 없이 자기 사랑과 신뢰, 신념의 힘을 통해 영적 연결을 키워나가는 법을 집중적으로 살펴볼 것이다.

이십대 때 내가 중매로 만난 남자와의 약혼을 깨고 얼마 되지 않아 우리 부모님의 친구 분이 인도에서 유명한 구루가 왔다며 부모님을 자기 집으로 초대한 적이 있었다. 부모님은 나도 데려가서 나를 어떻게 하면 좋을지 구루에게 조언을 청하기로 했다. 나는 왜 결혼해서 정착하기가 그토록 힘든 건지, 나는 왜 사회적 규범에 따라 살지 못하는지, 내 별자리에는 과연 어떻게 나와 있는지, 이런 문제로 내가 부모님의 걱정거리가 되어가고 있다는 게 느껴졌기 때문에 나 또한 이 구루가 답을 주기를 바랐다. 그리고 나 역시 내 미래에 어떤 일이 기다리고 있을지 궁금했다. 사실 나는 그때까지 살아오면서 여러 구루들이 하는 말을 늘 귀담아 듣고 또 믿고 있었다.

이 모임을 마련한 분의 호화로운 집에 도착한 순간 나는 사람들 대부분이 인도 전통 복장을 하고, 구루에 대한 존경의 표시로 머리에 뭔가를 쓰고 있다는 것을 알았다. 나는 거기까지는 미처 생각하지 못한 터였다. 나는 평소에 입던 대로 청바지에 꽃무늬 여름 블라우스, 그리고 최신 유행의 단화 차림이었다. 물론 전통대로 신발은 바깥에 벗어두고 들어갔지만 말이다.

널따란 거실 정중앙의 빵빵한 안락의자에 구루가 가부좌를 틀고 앉아 있었고, 그를 가운데 두고 적어도 70명은 되는 사람들이 푹신한 고급 카펫 위에 둘러앉아 있었다. 구루 옆의 작은 테이블에는 제단이 차려져 있었다. 제단 위에서는 장미 향이 타고 있었고, 신께 제물로 드리는 과일과 코코넛이 담긴 작은 접시가 놓여 있었다. 한 사람씩 앞으로 나가 구루 앞에 꿇어앉아 머리를 조아리고는 구루의 축복을 기다렸다. 구루는 잠시 조용히 생각에 잠겼다가 무릎 꿇은 사람의 머리에 두 손을 얹고 따뜻한 조언 몇 마디와 함께 축복을 해주었다.


## 열반에 들지 못할 것이다

내 차례가 되자 부모님은 구루 앞에 꿇어앉으라는 제스처를 하며 나를 살짝 떠밀고는 당신들도 내 양옆에 자리를 잡으셨다.

"우리 딸은 벌써 스물여섯인데 아직 결혼을 안 했습니다." 아버지가 우리 고향 말인 신드어로 말했다. "언제 혼사가 성사될지, 또 얼마나 걸릴지 말씀해 주실 수 있을까요?"

아버지가 이렇게 말하는데 나는 아직 결혼을 안 했다는 사실에 구루가 나를 안 좋게 보지는 않을까 싶어 얼굴이 붉어졌다.

그러고서 아버지는 내가 중매 결혼을 깨고 도망치려 했다는 이야기를 짧게 대충 언급하고 넘어갔다. 그 고통스러웠던 순간을 다시 떠올리며 아버지가 곤혹스러워하는 게 느껴졌다. 아버지의 말을 들으며 구루가 눈썹을 치켜올리더니 눈을 크게 뜨고 한참 동안 나를 바라보았다. 나는 너무 불안해서 내 심장 뛰는 소리가 귀에까지 들리는 것 같았다. 그가 뭔가 무서운 말을, 그러니까 내 앞날에 결혼 따위는 없다든지 하는 말을 할 것만 같았다. 나는 그냥 노처녀로 늙어 가려나?

영원같이 느껴지던 시간이 지나고 구루가 마침내 입을 열었다. 그는 내가 제멋대로이고 우리 고유 문화를 존중하지 않는다고 말했다.(내 서양식 옷차림이 불리하게 작용한 게 분명했지만, 아무도 내게 언질을 주지 않았지 않은가.) 그는 결혼을 하고 싶다면 행동을 고쳐야 한다고 덧붙이고는, 내가 더 순종적이고 공손해야 하며 전통을 따라야 한다는 이야기를 한참 동안 했다. 그리고 남자들은 내가 너무 독립적이라 나를 원하지 않을 거라는 말을 강조했다.(남자네 가족이 이렇게 드센 며느리는 원하지 않으리라는 말이었다.) 그 말 속에는 내가 결혼을 해야 사람으로서 가치가 더 올라갈 거라는 뜻이 담겨 있었다.

그러나 구루의 말 중에서 나를 가장 아프게 한 것은 바로 이 말한 마디였다. "너에게는 흠결이 있구나." 그리고 이어지는 예언. "너는 변하지 않는 한 결혼은 고사하고 생을 마감할 때 열반에도 들지 못할 것이다. 선업을 쌓지 못할 테고, 그래서 이런 태도를 정화하기 전까지는 계속해서 이 생으로 돌아와야 할 것이야!"

그 말은 그저 충격적인 정도가 아니라 가슴에 너무 깊이 날아와

꽂혀서, 그때도 그 이후로도 아주 오래도록 잊히지 않았다. 나는 다문화적인 환경에서 자랐고 세계 각국의 친구들이 있었다. 우리는 비슷하게 옷을 입고 같은 이상과 가치를 공유했다. 만일 나에게 흠결이 있다면 내 친구들 모두가 흠결이 있다는 말인가? 만일 그렇다면 그게 어떻게 가능한 일인가? 우리는 문화적 혼혈종들이었다. 우리가 태어난 나라는 모두 제각각이었다. 게다가 당시 홍콩은 영국 식민지였기 때문에 우리는 제3국(영국)의 교육 체계와 대중 문화 속에서 성장했다. 그런데 나는 지금 막 인도에서 날아와 홍콩 땅을 밟은 한 구루 앞에서 이런 말을 듣고 있었다. 당시 나는 내가 시간상으로나 공간상으로 아주 독특한 상황, 독특한 지점에 있었다는 점도, 내가 어떤 환경에 있는 사람인지 이 구루가 알 턱이 없다는 점도 자각하지 못했다. 그저 그의 눈에 비친 나는 부적응자일 뿐이었다.

"하지만 제가 단지 이런 사람이라는 이유만으로 어떻게 열반에도 못 들고 선업도 못 쌓아요?" 나는 이런 질문을 하는 것 자체로 이미 되바라진 아이가 되는 건 아닐까 염려하며 다소 소심하게 물었다. 그는 나의 '신디 로퍼 측면'은 아직 보지도 못했는데 말이다!

"악업을 모두 씻고 완벽해지지 않았는데 신이 어떻게 너를 더 높은 영역으로 올라가게 해주겠느냐?" 그가 대답했다. "너도 적절하지 않은 사람이나 진흙투성이인 사람을 집으로 들이지는 않을 것 아니냐? 너는 자신을 정화해서 세속의 욕망을 전부 씻어낸 뒤에야 피안에서 열반에 들 자격이 된다."

'나의 뭘 씻는다는 거지?' 당혹스러웠다. 나 역시 윤회와 업보라는 개념을 믿긴 했지만 그래도 의문이 들었다. '나의 어떤 점이 문제가 있거나 불순하다는 것일까? 나의 어떤 면이 내 앞날에 악업을 쌓는 다는 것일까? 중매 결혼을 받아들이지 않았기 때문에 내게 흠결이 있다는 것인가? 구루는 세계 여행을 하고 싶다는 내 꿈, 그 꿈을 이루고 싶다는 내 열망에 대해 언급한 것일까? 내 내면의 목소리를 두고 말한 것일까? 나보다 더 큰 무엇인가에, 우주에 연결되어 있다고 느끼는 나의 그 부분을 이야기한 것일까? 이미 그 구루조차 뛰어넘어 버린 것일지 모르는 그 부분을? 나는 그 구루 같은 사람(신성과 직접 연결될 수 있다고 하는 자칭 마스터)을 신뢰하고 순종해야 하는 것일까? 아니면 내 내면의 목소리를 따라야 할까?'

안에서 너무 많은 물음이 생겨났지만, 한 가지는 분명했다. 구루와의 그 한 번의 만남이 내 인생 내리막길의 출발점이었다는 것이다. 그 이후로 나는 나 스스로가 가치 있다는 것을 증명할 수 있고 내가 열반에 들 수 있음을 보증해 줄 수 있는 것이라면 무엇도 마다하지 않았다.

이 글을 쓰고 있자니 내 어린 시절 친구 아이샤Aisha가 생각난다. 아이샤는 삼십대 후반까지도 싱글로 지냈는데, 그 때문에 친구의 부모님은 걱정이 이만저만이 아니었다. 아이샤의 부모님은 그녀를 계속 자칭 마스터(구루)들에게 데리고 가 대체 왜 우리 딸이 결혼을 못 하느냐고 물었다. 만나는 구루들마다 대답은 똑같았다. 전생에서 쌓은 악업 때문이라는 것이었다. 구루들은 저마다 악업을 지울 수 있는 다양한 방법을 제시했다. 날마다 해가 뜨기 전에 향을 피우면서 좋은 남편을 얻게 해달라고 기도하기, 매달 열흘씩 금식하기, 보름달이 뜨는 밤에는 목욕하지 않기, 보름달이 뜨는 밤에는 흰 옷을 입기, 매일 몇 시간씩 만트라를 암송하기, 사원에 와서 구루의 발밑에 엎드려 일정 시간 보내기, 매일 아침 해가 뜰 때 사원에 와서 신상들을 우유로 씻기기, 그리고 가장 내 맘에 들었던(아니 그 반대인!) 방법인데, 구루의 발을 우유로 씻긴 다음 구루의 성스러운 에너지가 담긴 그 우유를 마시기 등등이 있었다! 나는 아이샤와 커피를 마시며 그간 어떻게 지냈는지 근황을 나누다가 그 대목에서 역겨움에 카푸치노를 내뿜을 뻔했다. 이런 점으로 볼 때 십중팔구 나는 힌두교도로서는 낙제점이었을 것이다.

결국 아이샤는 결혼을 했지만, 남편은 그녀에게 언어 폭력을 일삼는 사람이었다. 아이샤가 청혼을 받아들인 건 더는 부모님을 실망시킬 수 없다는 절박함 때문이었다. 아이 셋을 낳은 뒤 그 결혼 생활은 끝이 났다. 아이샤는 예쁜 세 아이를 얻어서 결혼한 것을 후회하지는 않는다고 했지만, 그 결혼 생활이 그녀가 계속 감내할 만한 것이 아니었음은 분명했다.


## 천국으로 가는 길을 잘못 들어서다

나는 그 구루가 좋은 뜻으로 그런 말을 했고, 실제로 자신이 도움을 주고 있다고 믿었을 것이라 확신한다. 그는 내가 선업을 쌓기를 바랐고, 그가 익힌 문화적 관점에서 그 조언이 나를 옳은 방향으로 이끌어줄 거라고 믿었을 것이다. 그러나 그때부터 나는 나 자신을 불신하고 내 내면의 목소리를 억압하기 시작했다.(내 안의 목소리는 도대체 왜 내가 우리의 문화 규범이나 주변 세상과는 모순되는 것들을 하게 만드는 걸까? 가슴을 따른다는 것은 정해진 항로를 이탈한다는 뜻이었나?) 나는 내면의 목소리에 귀 기울이면 정말로 천국에서 멀어질 것이라고 믿기 시작했다. 나는 선업을 쌓아서 언젠가 이 세상을 떠나면 열반에 들 수 있도록 영적인 수련에 매진하면서, '더 영적'이 되고 '더 순수'해지려고 노력했다. 나는 명상하고 기도하고 챈팅을 했으며, 여러 영성 수업을 듣고 수많은 영성 서적을 읽었다. 그렇게 하는 것 자체는 아무 잘못이 없지만, 나는 그저 모든 걸 '올바르게 하기' 위해 너무 열심히 노력하고 있었다.

이러한 가르침 중에 자꾸 반복해서 나오는 메시지들이 있었다.

- 우리는 인류에게 도움이 되어야 한다.
- 우리는 우리에게 상처 준 사람을 용서해야 한다.
- 받는 것보다 주는 것이 좋다.
- 원수를 사랑해야 한다.
- 에고를 억눌러야 한다.
- 우리에게 상처를 준 사람들조차 우리의 교사이다.
- 우리는 역경 속에서 교훈을 찾아야 한다.

이런 메시지 중 어떤 것들은 서로 상반되기도 했다. 예를 들어 어떤 영성 수련은 속세를 등져야 한다는 전제에서 출발했고, 그런 맥락에서 볼 때 돈은 나쁜 것이었다. 그러나 또 어떤 메시지들은 풍요로움을 표현하라고 독려했다. 그게 심지어 비싼 새 스포츠카나 리어젯Learjet(자가용 소형 제트기―옮긴이)을 사는 것으로 표현된다고 할지라도 말이다.

엠패스인 우리에게 내적인 연결을 강화하는 도구는 영혼을 위한 연고를 갖는 것과 같다. 나를 포함해 내가 아는 거의 모든 엠패스들은 집단 명상이나 챈팅 같은 활동을 아주 좋아하며, 에너지 정화나 차크라 균형 맞추기 등 여러 치유 및 균형 회복 기법들을 배우는 것도 좋아한다. 나는 이런 활동과 수업에 열과 성을 다했다. 그 모든 것들에, 동시에 말이다. 참여하는 활동이 많아질수록 나는 더 영적이 되어갔다. 아니 되어갔을 것이다. 그것들을 하지 않으면 나는 내가 자격이 안 되고 별로 영적이지 못하다고 증명하는 셈이 될 것 같았다.

나는 영적 교사들의 말을 복음처럼 받아들였다. 나 자신을 선뜻, 아낌없이 내어주기 시작했고, 내가 뭔가를 받는 건 영적이지 못하다고 느끼고 절대 용납하지 않았다. 나는 아쉬람에서, 고아원에서, 무료 급식소에서, 노숙자 쉼터에서 봉사 활동을 했다. 물론 이런 것 가운데 어느 하나도 잘못된 게 없다. 그러나 나는 내가 지치고 더 이상 내어줄 게 없을 때조차 계속해서 봉사했다. 선업을 쌓기 위해 나는 계속해서 주었다.

사람들에게 상처를 받거나 괴롭힘을 당했을 때 나는 다른 뺨도 내주면서 속으로는 나에게 상처를 준 사람도 조건 없이 용서하고 사랑해야 한다고 생각했다. 정작 나는 깊은 아픔을 겪었으면서 말이다. 나는 그들이 계속 나에게 상처를 줄 때, 분하고 화가 났으며, '영적이지 못한' 감정들을 느끼는 나 자신을 판단했다. 그러면서 이 모든 일들을 통해서도 나는 내가 그들을 용서하고 조건 없이 사랑하는 법을 배워야 한다는 메시지를 읽어냈다. 나는 나 자신을 사랑하는 법을 먼저 배워야 한다는 것을 알지 못했다.

이렇게 우리가 영적인 메시지들을 잘못 해석하면, 다시 말해 우리의 영성을 사실상 '감소'시키는 쪽으로 해석하면 어떤 일이 벌어질까? 나의 경우를 예로 들자면, 나는 나에게 상처를 준 사람들이 계속해서 나를 짓밟을 수 있게 내버려둔 반면 내 쪽에선 그들을 조건 없이 사랑하려고 애썼다. 나는 나에게 상처를 주는 사람들이 나의 '교사들'이라고 굳게 믿으며 그런 아픔 속에서 교훈을 찾으려고 했고, 그래서 그들이 계속해서 나에게 상처를 주는데도 그들을 내 삶에서 몰아내지 않았다.

내게 메시지와 이메일을 보내는 독자와 시청자, 청취자 들 역시 과거의 나처럼 화를 내는 것이, 심지어 자기를 지키고 옹호하는 것이 영적이지 않다고 생각해서 그런 사람들에게 맞서지 않는다고 말한다. 그런 행동은 자기의 에고를 키우는 것이라고 굳게 믿으면서 스스로를 판단해 온 것이다.

많은 이들이 남들을 만족시켜 줘야 한다는 생각에 사로잡혀(그들은 그게 영적인 것이라고 믿는다) 잠시 멈춰서 자신의 상처를 치유하거나 자신의 느낌을 들여다보지 않은 채 살아간다. 아픔이 참을 수 없는 지경이 되면 그들은 "내가 놓치고 있는 교훈이 무엇일까?" "내가 이 경험으로부터 뭘 배워야 할까?" 고민하면서 시간을 보낸다. 삶에서 뭔가를 잘못하면 나중에 끔찍한 결과를 겪게 되리라는 깊은 두려움, 이른바 업보業報라는 개념에 많은 이들이 굴복해 버린다.

이것은 전형적인 엠패스의 행동 양태이다. 남들과 충돌하고 싶지 않은 마음, 올바르게 행동하고 싶은(파급 효과를 가장 적게 낳는 쪽으로 행동하고 싶은) 욕구 속에서 우리는 우리가 받은 귀중한 선물을 잊어버리고 만다. 바로 우리 내면의 신비가와 연결되는 것 말이다. 내가 바로 그런 경우였다. 나는 그 연결을 잃어버렸다. 내가 액면 그대로 받아들인 겹겹의 영적 도그마들 아래로 그 연결이 묻혀버렸기 때문이다.

엠패스인 우리는 자기보다 권위 있는 인물을 더 신뢰하는 경향이 있다. 그들이 그저 자칭 구루일 뿐이고, 그들이 전하는 메시지가 자신에게 와 닿지 않아도 말이다. 내면의 모든 것이 "아니, 아니야, 싫어! 이건 너에게 맞지 않아!"라고 말할 때조차, 남의 만족을 우선시하는 기쁨조인 우리는 여전히 그 권위자가 말한 것에 더 큰 신빙성을 둔다. 우리는 까다로워 보이길 원치 않기 때문에 내면의 목소리를 억누르거나 의심한다. 내가 그랬듯이 말이다. 결국 오해되고 곡해된 영적 메시지들은 우리 내면의 안내 시스템에 대한 신뢰를 무너뜨려, 우리를 호구의 구렁텅이로 밀어 넣을 수 있다.

## 영적으로 된다는 건 자신에게 진실해지는 것

그러나 진정한 영적 교사는 당신의 위대함을 알아보고, 당신 스스로도 그 위대함을 볼 수 있도록 가르친다. 그들은 당신에게 내면의 안내 시스템을 신뢰하는 법을 몸소 보여주며, 그리하여 당신이 당신 내면의 신비가를 깨우고 두려움과 도그마로부터 자유로워지도록 돕는다. 좋은 스승은 당신으로 하여금 그들을 믿게 만드는 게 아니라 당신 자신을 신뢰하도록 도와준다. 궁극적으로 당신 안에 있는 신성에 연결되는 법을 가르쳐준다.

내가 그때까지 공부한 모든 영적 가르침들에서 빠져 있던 한 가지가 바로 이 내면의 신성 혹은 신과의 연결이었다는 사실을 깨닫기 위해 나는 죽음을 겪어야 했다. 죽음은 내게 다른 이들에게 중요한 존재가 되거나 값진 일을 해주기 전에 '먼저' 나 자신의 신성을 알아봐야 한다는 것을 가르쳐주었다. 내 인생에서 처음으로 나는 내가 밖에서 그렇게 찾아 헤매던 신성이 사실은 내 안에 이미 있었다는 것을 깨달았다. 그것은 그저 우리 모두가 태어날 때부터 갖고 있는 생명력의 일부였다. 그것은 바로 우리가 여기 이 지구에 올 때 받는 선물이었다.

우리는 모두 영적이다. 어떻게 그렇지 않을 수 있겠는가? 우리는 영Spirit으로부터 왔고, 영으로 돌아간다. 우리는 더 영적이 되기 위해 '노력할' 필요가 없다. 우리는 우리가 영적인 존재로 태어났으며, 선천적으로 우리 신성의 원천 혹은 내면의 신비가와 연결되어 있다는 것을 깨닫기만 하면 된다. 가만히 있으면서 마음을 고요히 가라 앉히는 시간을 가질 때, 10분이든 15분이든 아무것도 하지 않고 그저 숨에만 집중하는 시간을 가질 때, 우리는 우리의 중심으로 돌아갈 수 있다. 우리가 아무것도 하지 않고 자신의 숨에만 집중할 때 우리는 내면의 신비가 혹은 신성으로부터 안내를 받을 수 있다.

내가 신성의 표현이며, 다른 모든 사람들과 마찬가지로 나에게도 샥티shakti(혹은 프라나prana, 즉 생명 에너지)가 관통해 흐른다는 것을 깨달은 순간부터 나의 모든 것들이 제자리를 찾아가기 시작했다. 나는 내 내면의 안내 시스템과 다시 연결되어 진정한 영적 자아를 키워나가기 시작했다. 또한 나 자신을 깎아내리는 엠패스적 성향에 빠지지 않도록 더 긍정적인 행동들을 취해나갔다. 나는 직관을 더 신뢰했으며, 안내가 오고 있다는 느낌이 들면 더 이상 두 번 세 번 의심하지 않았다. 그리고 내 힘을 권위자라는 사람들에게 더 이상 내주지 않았다. 그 대신 나는 그들이 하는 말을 가슴으로 들으며 내가 그들의 말에 진심으로 공명하는지 들여다봤다. 메시지가 내게 공명하지 않으면, 두려움을 유발하거나 내게서 힘을 앗아간다고 느껴지면, 나는 그들의 지시를 무시하는 것도 겁내지 않았다. 그들이 연결되어 있는 신성한 에너지에 나도 똑같이 연결되어 있으며, 따라서 그들이 내 직관의 목소리보다 더 큰 힘을 갖고 있는 건 아니라는 사실을 나 스스로에게 상기시켰다.

이러한 행동을 취하는 것이 자기 사랑의 힘을 끌어 모으는 첫 단계였다. 나는 지금도 계속해서 그렇게 하고 있다. 그렇게 할 때, 나에게 딱 맞는 영적 교사, 딱 맞는 책, 딱 맞는 메시지가 딱 맞는 때에 나를 찾아온다. 나는 다른 사람들도 이처럼 관점과 행동이 변화하면서 정확히 필요한 것들을 받게 되었다는 이야기를 매일 듣는다.

개인적으로 어려운 상황이나 건강 문제 등으로 답이 필요할 때 영매나 무당 같은 채널러를 찾아 답을 구하는 사람들이 많다. 온라인에서 필요한 정보를 검색하기도 하는데, 온라인상에서 상충하는 정보들을 접하고 훨씬 더 혼란스러워하는 경우도 많다. 바로 그럴 때 나는 사람들에게 말한다. "그냥 멈춰보세요. 마음을 고요히 하고, 숨을 쉬면서, 내면으로 향해보세요. 신성과 연결된 자신의 모습을 시각화해 보고, 당신이 사랑받고 있음을 느껴보세요."

내 말대로 해본 사람들은 하나같이 그러고 나면 마음이 꽤 평화롭고 차분해지면서, 이내 답이 자연스레 떠오르더라고 후일담을 들려준다. 답은 책이나 팟캐스트, 직장 동료 같은 외부의 어떤 것 혹은 누군가로부터 전혀 기대하지 않은 순간에 오기도 한다. 건강 문제로 자책하던 한 여성이 있었는데, 그녀는 늘 자기 병에 대해 알아보느라 시간을 다 보냈다고 했다. 그런데 그러기를 멈추고 그냥 자신과 평화로워지는 연습을 해나가자, 전에는 한 번도 느껴보지 못한 깊은 자기 사랑이 생겨났다고 했다. 그렇게 시각화와 호흡 연습을 계속 하던 중 나흘째 되는 날, 한 친구가 찾아와 "너, 이 질환에 대해서 알아보는 것 같던데, 우연히 이 책을 발견했어. 네가 관심 있을 거 같다는 생각이 들더라"며 책을 한 권 주고 가더란다. 책을 살펴보니 그녀가 자기 병을 치유하는 데 알 필요가 있는 정보가 모두 들어 있었다! 그녀는 그동안 그렇게 샅샅이 뒤져보았는데도 이 책을 한 번도 본 적이 없었다. 몇 주 만에 그녀의 증상은 완화되었고, 몇 달 후에는 완전히 사라졌다.


## 조건 없는 사랑 ≠ 호구

나는 조건 없이 사랑한다는 것이 얼마나 어려운지, 특히 나에게 못되게 굴거나, 나를 학대하거나, 존중하지 않는 상대를 조건 없이 사랑하기가 얼마나 어려운지 세계 곳곳의 사람들을 통해서 듣는다. 그들은 분노하고 분개하면서도 한편으로는 그런 상대방을 용서하려고 애를 쓴다. 그것은 우리가 아직도 우리에게 상처 준 사람들을 사랑하는 것이—심지어 그들이 더 이상 우리 삶에서 중요한 사람이 아님에도—영적인 덕목이라고 배우기 때문이다.

사실 우리가 알 필요가 있는 것은 우리 자신을 먼저 사랑하고 가치 있게 여기는 것이 더 중요하다는 사실이다. 자기 사랑이 없다면 아무리 영적인 공부를 많이 한들 우리는 여전히 호구로 살아갈 것이다. 바로 그래서 나는 대부분의 영성 수련에서는 빠져 있는 자기 사랑을 무엇보다 중요한 요소로 보는 것이다. 우리가 스스로를 사랑하고 가치 있게 여길 때 우리는 더 이상 가해자를 애를 써서라도 용서해야 한다고 느끼지 않는다. 때로 우리는 익숙한 영적 도그마를 아예 뒤집어엎어야 한다.

예컨대 누군가가 당신을 아프게 하거나 함부로 대하려고 할 때, 당신이 가장 먼저 할 일은 스스로를 비난하지 않는 것, 내키지도 않으면서 그 사람을 조건 없이 사랑하려고 억지로 노력하지 않는 것, 혹은 그렇게 하지 못하는 자신을 영적이지 못하다고 판단하지 않는 것이다. 이 과정의 첫 단계는 바로 당신이 상처받았다는 것을 인정하고, 자신의 내면 아이를 보살피듯 스스로를 부모처럼 보살펴주는 것이다. 당신은 자신의 감정적 건강을 먼저 돌봐야 한다. 이것은 호구들에게는 쉽지 않은 일인데, 호구들은 자신에게 상처 준 사람들을 달래려 하거나, 그들의 마음을 얻으려 하거나, 혹은 그들이 자신을 좋아하게 만들려는 경향이 있기 때문이다. 그들을 조건 없이 사랑하려고 노력하는 것은 물론이고 말이다.

상대를 조건 없이 사랑한다는 것은 그가 당신을 막 대하게 놔둔다는 뜻이 아니다. 당신은 상대를 사랑하면서도 여전히 굳건한 경계를 세워둘 수 있다. 당신이 열반에 들지 못하게 금지되는 일은 없을 것이다. 자신을 돌본다고 해서 악업을 쌓게 되지도 않을 것이다. 자신에게 최선의 선택을 하는 것은 처음에는 겁이 날 수도 있지만(특히 당신이 다른 이들에게 그들이 원하는 것을 주지 않고 있는 경우라면 더더욱), 시간이 가면서 훨씬 쉬워진다. 당신은 그저 자신에게 잘 맞는 방법을 찾기만 하면 된다.

최근에 나는 업무와 관련해서 이런 상황에 놓인 적이 있다. 내가 거래하는 회사가 있었는데, 그 회사와 함께 일을 하면서 뭔가 이용당한다는 느낌, 불편한 느낌, 휘둘리는 느낌이 들었다. 그 회사는 내

작품 일부에 대해 나와 1년간 판권 계약을 맺었다. 그런데 계약이 만료되었는데도 그들은 계속 내 자료를 사용했고, 내가 마치 그 자료를 그들에게 계속 제공하고 있는 것처럼 광고했다. 내가 이 점에 대해 이야기하면 그들은 그렇잖아도 나와 재계약을 준비 중이었다는 식으로 말했다. 그들은 나를 놓아주기 싫어 계속 붙잡아두면서도 판권 계약을 갱신하거나 나에게 재계약금을 지불하려고 하지는 않는 것 같았다. 그렇게 되자 나는 그 회사가 나를 계속 이런 식으로 대한다면 이곳과 재계약을 해야 하는 건지 확신이 가지 않았다. 당시 나는 정말 많은 작업들을 진행하고 있었고, 그중 몇 개는 굉장히 급한 것이기도 했다. 나는 그 회사와 계속 일하고 싶지 않았다. 하지만 이런 상황에 놓이자 나는 마치 학교에서 괴롭힘당하던 어린 시절로 돌아간 기분이 들었다. 그 회사는 굉장히 유명한 회사라 나는 이 관계를 망칠 행동도 하고 싶지 않았지만, 그렇다고 이용당한다는 느낌도 받고 싶지 않았다.

내가 이 이야기를 하자 친구들이 몇 가지 대처법을 제안했지만, 하나같이 갈등과 어느 정도의 마찰이 따를 듯한 방법이었고, 그러면 내 마음이 불편해질 것 같았다. 그러고 있던 차에 누군가 내게 깊이 와 닿는 제안을 한 가지 했다. 그녀는 내 팀원 중에서 한 명을 업무 매니저로 두고, 그로 하여금 그 회사측과 만나 내 저작물이 계약 기간이 만료되어 다른 회사에 넘길까 고려 중이라고 알리게끔 했다. 내 업무 매니저는 그때까지 같이 일해온 관계를 생각해서 우리가 다른 회사로 가기 전에 그들에게 '먼저' 기회를 주고 있다는 점을, 즉 우리가 그들에게 우선매수권을 주기 원한다는 사실을 재차 확인시킬 터였다.(이것은 그들에게 악감정이 전혀 없으며, 오히려 우리가 그들에게 뭔가를 주고 있음을 보여줌으로써 그들을 무장해제하는 이른바 '무위'의 방법이었다.) 그녀의 조언이 깊이 와 닿아서 나는 즉시 팀원 중에서 한 사람을 골라 매니저로 정했다. 내 새 업무 매니저는 단호한 태도로 그 회사에 날짜를 정해주고, 그때까지 답을 하지 않으면 우리 저작물을 다른 데에 넘기겠다고 알렸다.

결과는 상당히 훌륭했다. 갈등도 전혀 없었고 악감정도 오가지 않았기 때문에, 나는 이 방법으로 힘이 많이 생긴 기분이 들었다. 그리고 그렇게 힘이 생긴 상태에 있는 내게 갑자기 다른 회사들로부터 제안이 들어오기 시작했다. 나는 결국 그 제안 중 하나를 선택하게 되었지만, 전에 내가 이용당한다는 느낌을 받던 그 회사로부터도 지금은 몇 배로 존중과 존경을 받고 있다. 그들은 계속해서 내게 자신들과의 작업을 타진하고 있고, 내가 그들과 함께하지 않고 있음에도 나에게 계속 문을 열어두고 있다.

내가 워크숍에서 이 이야기를 하자 청중들도 갈등 상황에 맞서지 않고 해결한 자신들의 경험을 나눠주기 시작했다. 그들은 호구의 위치에서가 아니라 자신에게 힘이 있음을 아는 위치에서 그렇게 했을 때 좋은 결과를 낳았다고 말했다. 어느 소형 출판사의 저자로 활동 중인 지나Gina는 그동안 출판사들에서 겪은, 나와 비슷한 경험을 들려주었다. 출판사들은 그녀의 책 판매 실적이 굉장히 좋은데도 계속해서 지나치게 낮은 인세 조건을 제안했다. 그녀는 에이전트가 없었는데, 잘 알려진 작가가 아니라서 에이전트를 찾는 데 어려움을 겪고 있었다. 지나는 당시 계약돼 있던 출판사의 대표에게 더 높은 선인세를 요구하기가 좀 망설여져서, 혹시 관심을 보일 데가 있을지 다른 출판사들에게 원고를 보내보기로 했다. 나아가 책을 자비 출판하면 얼마를 더 벌 수 있는지도 계산해 보았다.

그러던 중 소형 출판사 한 곳에서 지나에게 관심을 보였고, 그녀가 현재 계약되어 있는 출판사보다 더 나은 조건을 제시했다. 자비 출판하면 어느 정도 수익을 얻을 수 있을지 계산도 해둔 데다 그 소형 출판사의 제안으로 자신감을 얻은 지나는 현재 계약 관계에 있는 출판사 대표에게 이런 사실들을 이야기했다. 지나는 그 대표에게 매우 우호적인 태도로 얘기하긴 했지만, 만일 다른 데서 받을 수 있는 만큼 조건을 올려주지 않으면 언제라도 옮겨갈 마음이었다. 대표는 그녀가 내놓은 수치들을 보고 인세 조건을 올려주었다. 이제 그녀의 저작에서 더 높은 가치를 보았기 때문이다.

호구의 태도에서 벗어나려면 우리는 우리를 이용해 먹거나 우리에게 상처 주는 이들을 애써 감싸주려 한다든지, 그들의 마음을 얻으려고 애를 쓴다든지, 혹은 용서가 지극히 영적인 것이라고 오해하고 스스로 준비가 안 되었는데도 상처 준 사람들을 용서하라고 자신을 다그치는 등의 일이 없도록 조심해야 한다. 우리 같은 엠패스들 중 많은 이들이 '용서'라는 말 때문에 힘든 시간을 보낸다. 상처를 아주 심하게 받은 경우에는 더 그렇다. 그러나 '무위'의 정신에서 '용서한다forgive'는 말은 '놓아버린다release'는 말로 바꿀 수 있다. 즉 그 사람들을 용서하는 게 아니라 놓아주는 것이다. 그들이 더 이상 당신에게 영향력을 행사하지 않도록 당신 삶에서 그들을 놓아버리는 것이다. 단지 질문을 "어떻게 하면 저들을 용서할 수 있을까?"에서 "어떻게 하면 저들을 놓아버릴 수 있을까?"로 바꿔보는 것이다. 그런 다음 자신을 배려해 주고, 사랑하고, 소중하게 여기며, 어떤 상황이든 그 역학을 바꿀 힘이 당신에게 있음을 아는 것이다.

## 자기 사랑의 열쇠

내가 자기 사랑을 키우기 위해 쓰는 방법 한 가지는 마음속 깊은 곳의 느낌들을 쭉 적어보는 것이다. 하고 나면 굉장히 후련해진다. 일기장에 아래 질문들에 대한 당신의 대답을 적어보라.

- 나 자신을 너무 가혹하게 판단하고 있지는 않은가?
- 나는 사람들이 나를 함부로 대하거나 이용해 먹어도 가만히 내버려두는가?
- 나는 무슨 수를 써서라도, 심지어 나를 해쳐서라도 다른 이들을 만족시켜 주려고 하는가?
- 지치고 기운이 빠진다는 느낌이 자주 드는가?
- 나에게 상처 주고 있는 사람들을 찾아서 그들에게 인정받으려 하고 있는가?

- 남들을 실망시키는 게 두려운가?
- 다른 이들을 위해서는 시간을 내면서 나 자신을 위해서는 시간 내기가 어려운가?
- 나 자신에게 좋은 걸 해줄 때 죄책감이 드는가?

만일 위 질문 중 하나라도 '그렇다'고 대답했다면 그건 당신이 스스로를 사랑하기 위해 할 일이 많다는 뜻이다. 만일 자신을 사랑한다면 해줬을 일들을 쭉 적어봐도 좋다. 정말로 솔직하게 말이다. 예를 들어 운동을 더 하고, 산책을 가고, 건강한 먹을거리를 사서 건강한 음식을 만들어 먹고, 자연 속에서 고요하게 시간을 보내는 등 스스로를 보살펴주는 데 시간을 더 쓸 수 있을 것이다.(당신을 재충전시켜 줄 만한 것들의 목록을 만든 뒤 하나씩 실천하고 줄을 그어나가는 것도 좋은 방법이다.) 어쩌면 학교로 돌아가서 학위를 딸 수도 있고, 늘 가고 싶던 워크숍에 참여할 수도 있을 것이다. 얼마든지 적어보라. 목록에 적은 것을 다 하지는 못하더라도, 자기 사랑의 표시로 하루에 하나씩은 해나가기로 마음먹고 실행해 볼 수 있다.

자신을 사랑할 때 우리에게는 힘이 생긴다. 다른 이들을 사랑할 힘, 또 우리 삶에 보탬이 되지 않는 사람들을 사랑어린 마음으로 떠나보낼 수 있는 힘 말이다. 나는 이런 긍정적인 상태를 유지하는 데 도움이 될 만트라를 만들었는데, 그중 하나가 "나는 나를 사랑하고 내게 감사를 느끼는 이들하고만 어울릴 것이다"이다. 이 만트라 덕분에 나는 나를 호구로 대하는 사람들의 마음을 얻으려 애쓰느라 에너지를 고갈시키는 대신 나를 긍정해 주고 지지해 주는 사람들에게만 집중할 수 있게 되었다.

물론 우리 모두는 갑질하는 상사가 되었든, 말 안 듣는 자녀가 되었든, 참고 봐주기 힘든 동료가 되었든 간에 우리를 다정하게 대하지 않는 사람들과도 관계를 맺게 된다. 이것은 피할 수 없는 일이다. 그러나 당신의 배터리가 꽉 차서 빛을 발하고 있다면, 스스로를 깎아내리거나 자기 힘을 포기하지 않고도 이런 문제를 처리할 에너지 역시 넘치게 된다. 그때 당신은 피해자가 아니라 힘 있는 사람으로서 사람들과 상황을 다룰 수 있게 된다.

영적인 교사와 공동체가 중요하다는 점은 분명히 해두고 싶다. 내가 삶에서 접했던 영적 교사와 공동체는 모두 좋은 뜻을 갖고 있었고, 그들의 메시지도 크게 보면 세상에 유익한 것이었다. 다만 이 점은 명심하자. 당신 삶에서 영적 교사의 진정한 역할은 당신으로 하여금 그들을 더 신뢰하게 만드는 것이 아니라 당신이 스스로 내면의 안내 시스템을 강화하도록 도와주는 것에 있다. 내면에서부터, 당신 고유의 신성이라는 원천에서부터 당신 자신을 키워나가라.

# 당신의 신성을 표현하는 명상

나는 아래 문장들을 자주 암송한다. 이 명상을 자주 할수록 신성한 에너지와 사랑이 당신을 타고 흐르는 것이 더 깊이 느껴질 것이다. 이 문장들은 언제든 힘의 원천이 될 수 있으니 자주 반복해서 암송하기를 권한다.

≈

나는 신성의 한 단면이며, 언제나 그 신성에 연결되어 있다.

나는 힘이 있으며, 필요한 것이라면

그것이 무엇이든 다가갈 수 있다.

내 에너지를 시각화할 때 나는 그것이 확장되는 것을 느낀다.

나는 영적인 존재이며, 사랑받고 있다.

사랑은 내가 타고난 권리이며

내가 애써서 얻어야 할 어떤 것이 아니다.

나는 내 안의 의심과 두려움을 전부 놓아버린다.

나는 가치 있고, 자격이 있으며, 나 자신을 당당하게 표현한다.

# ·6·
# 생명 에너지가 고갈될 때

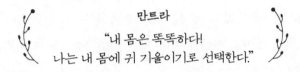

만트라
"내 몸은 똑똑하다!
나는 내 몸에 귀 기울이기로 선택한다."

우리는 영적인 연결을 만들고, 직관을 연마하고, 의식의 망에 더 깊이 연결되고, 건강한 에고를 키워가는 과정에서 스스로를 돌보고 사랑하기를 소홀히 해서는 안 된다. 엠패스들은 남에게 너무 잘 퍼주는 습성 때문에(거의 병적일 정도로) 정작 자신의 생명 에너지는 고갈될 수 있다. 나는 앞서 우리가 왜 자신의 배터리를 재충전해야 하는지 이야기했는데, 이런 배터리의 연료가 바로 생명 에너지이다.

치유로 가는 길에서 우리는 자신의 엠패스 성향을 자세히 들여다 볼 필요가 있다. 스스로를 고갈시키는 경향, 두려움과 병을 흡수해

들이는 경향, 외부에 대한 장벽이 낮고 다른 이들의 의견을 자신의 의견처럼 느낌으로 인해서 생기는 높은 피암시성suggestibility(내부 또는 외부로부터 투입되는 자극을 암시로 받아들이는 경향성—옮긴이) 등이 그 예이다. 우리는 다른 이들의 병을, 또 우리의 병에 대한 다른 이들의 의견을 흡수하지 않도록 스스로를 보호하는 법을 배워야 한다. 그리고 만일 자기가 병을 앓고 있다면 스스로의 치유 과정에 적극적으로 참여하는 법도 알고 있어야 한다. 또한 사랑하는 사람들이 병을 앓고 있다면 그들도 그렇게 할 수 있도록 도와야 한다.

이러한 자기 보호는 의료계 종사자들에게도 똑같이 필요하다. 주디스 올로프 박사에 따르면 엠패스들은 사람을 돕는 것을 좋아하기 때문에 의사나 간호사, 치유사 같은 직업에 이끌리며 또한 그런 일에 적합하다고 말한다. 우리는 남을 구하고 돌보고 치유해 주는 소질을 타고났으며, 다른 사람들이 어떻게 느끼고 있는지를 직관적으로 감지하는 능력을 갖고 있다. 그래서 무리를 해서라도 사람들을 도와주려고 하는데, 이것이 우리를 뛰어난 의사나 간호사, 치유사로 만들어준다.[1]

장시간 환자들과 함께하면서 받는 스트레스에 시달리는 것은 물론, 병원 안의 갖가지 감각적 자극을 매일 흡수하고 있는 엠패스 의사와 간호사가 많을 것이다. 만일 당신이 엠패스로서 의사나 간호사, 여타 의료계 종사자라면, 그래서 하루 종일 불안해하는 사람, 겁에 질린 사람, 아픈 사람을 만나고 있다면, 당신이 그들의 증상을 덜 흡수하도록 도와주는 도구가 더욱 필요하다. 어떤 식이 됐든 일종의 자기 돌봄 양식이 필요한데, 그런 게 없다면 왜 자신이 늘 기진맥진하고 다른 이들의 증상을 자신이 계속 경험하는지 알아차리지 못할 것이다.

그렇다면 의료계에 종사하고 있거나 사랑하는 누군가를 간호하고 있는 경우 우리는 자신의 건강을 어떻게 지킬 수 있을까? 어떻게 하면 녹초가 되지 않고도 다정하고 연민 어린 가족, 친구, 의료 종사자가 될 수 있을까? 어떻게 하면 자기가 병에 걸리는 일 없이 병에 걸린 다른 사람을 공감해 줄 수 있을까? 어떻게 하면 병에 대한 그들의 감정을 흡수하지 않을 수 있을까?

하고 있는 일의 특성상 나는 암을 비롯해 여러 가지 질병을 앓고 있는 이들을 많이 끌어당긴다. 나는 늘 무리를 해서라도 그들을 돕고 싶어 한다. 그러나 코스타리카의 그 샤먼으로부터 내가 내 에너지를 다 써가면서까지 다른 이들을 도와주고 있다는 말을 들은 이후로, 나는 워크숍이나 세미나, 수련 프로그램을 이끌기 전에 내가 할 수 있는 일련의 시각화 작업을 개발해 스스로를 돌봐주고 있다. 나는 의식적으로 나를 둘러싼 에너지 장을 창조하는데(3장 끝부분의 명상법 참조), 이것이 질병과 통증으로 고통받는 이들 곁에 있을 때 나를 보호해 준다. 나는 또한 내 생명 에너지가 늘 높은 상태로 유지되도록 한다.(이 장 끝부분의 명상법 참조) 이러한 간단한 방법들로 나는 이제 병을 앓고 있는 이들 가까이에 있어도 더 이상 내 몸이 아프거나 하지 않는다. 또한 나는 내 생명 에너지가 높으면 그것이 자연스럽게 다른 이들도 고양시켜 준다는 사실을 알게 되었다. 그들은 더 많이 웃고, 더 가벼워진 느낌을 받으며, 실제로 두려움이 사라졌다고도 말했다.

## 사랑으로 두려움 치유하기

앞서도 말했듯이 내 친구 소니가 암 진단을 받으면서 나에게도 암에 대한 두려움이 깊게 자리 잡았고, 소니가 이 병에 걸렸다면 나 역시 걸릴 수 있다는 느낌이 들기 시작했다. 이야기를 계속하기 전에 분명히 해두고 싶은 것이 있다. 내 이야기가 암에 관한 것이고 내 이야기를 기준삼아 말하지만, 당신은 다른 질환을 앓고 있을 수도 있다. 당신이 다발성경화증, 루푸스, 낭포성섬유증, 알레르기, 만성 감염 등 어떤 병을 앓고 있든 이 장에서 밝히는 견해, 개념, 관점은 동일하게 적용된다.

소니는 건강하고 활기 넘치는 여성이었기에 나는 소니가 병에 걸릴 거라고는 생각도 하지 못했다. 그런데 그런 소니가 암에 걸렸다. 게다가 소니가 암 진단을 받고 몇 달 뒤, 남편 대니의 매부 역시 사망 위험이 큰 악성 암 진단을 받았다. 두 사람 다 내 또래였기 때문에 이 소식은 내 안의 두려움을 더욱 깊게 했다. 나는 암과 그 발병 원인에 대해 닥치는 대로 찾아보기 시작했다. 처음에는 도움이 될 것이라는 희망으로 시작했다. 나는 소니의 곁을 지키며 소니가 잘 싸워나가도록 돕고 싶었다. 그러나 이 병에 대해 더 많이 알아갈수록,

나는 암을 유발할 가능성이 있는 모든 것들이 점점 더 두려워졌다. 농약, 전자레인지, 방부제, 유전자 조작 식품, 햇빛, 공기 오염, 플라스틱 용기, 휴대 전화…… 모든 게 암을 유발한다고 생각되기 시작했다. 이 강박 관념이 계속 심해져가다가 결국 나는 삶 자체가 두려워지기 시작했다.

대니의 매부와 소니는 항암 치료, 방사선 치료, 수술, 줄기 세포 등 받을 수 있는 치료는 다 받고 있었다. 그러나 나아지지 않았다. 그 점 때문에 내 두려움은 더욱 커졌다. 나는 암 치료가 무서웠다. 그리고 죽음이 무서웠다. 암을 피할 수만 있다면 뭐라도 하고 싶었다. 내가 하는 모든 행위가 이 병을 원치 않는다는 전제에서 출발했다. 내 조사 범위는 점점 넓어져 나는 급기야 암을 피하는 방법까지 찾아냈다. 커큐민, 코엔자임, 오메가 3, 클로렐라, 비타민 C, 녹차 추출물 등 항산화 물질과 항암 물질에 해당하는 건강 보조제들을 모조리 구입했다. 나는 한 움큼씩 되는 이 보조제들을 날마다 먹었다. 심지어 밀싹을 직접 길러 아침마다 신선한 밀싹 주스를 마셨고, 온갖 녹색 채소가 들어간 녹즙도 만들어 마셨다. 콜라드 그린(근대와 비슷한 잎채소―옮긴이), 케일, 렌틸콩, 여러 가지 생식 등 항암 식이요법도 따르기 시작했다.

어떤 질병을 앓았건 혹은 어떤 병을 앓을까봐 두려워했건 간에 내가 이야기 나눠본 사람들은 모두 나처럼 생식 기반의 채식을 하고, 사람들을 만나는 일을 최대한 줄이고, 사람들을 만나야 한다면 먹을 것을 직접 가져갔다. 건강하게 먹는 것은 물론 좋지만, 항암 식이요법이 됐든 그밖에 어떤 질병을 막기 위한 식이요법이 됐든 '항抗' 식이요법의 문제는 초점이 바로 당신이 두려워하는 그것에 가 있다는 것이다. 항암 식이요법은 건강이 아니라 암에 계속 집중하도록 만든다. 엠패스들의 높은 피암시성을 생각해 보면 우리는 우리가 걸리지 않으려고 혹은 나으려고 애쓰고 있는 바로 그 질병에 훨씬 더 취약해지는 셈이다. 현재 나의 초점은 건강하고 활동적이고 활기차고 즐겁게 사는 것에 맞추어져 있으며, 나는 그 상태를 유지하는 데 필요한 것들을 한다. 나는 더 이상 병을 극복하는 데 초점을 맞추지 않는다. 그저 건강이 더 좋아질 것을 믿는다.

그러나 그 당시 나는 온통 암에만 정신이 팔려 있었다. 나는 내가 읽은 최신 기사와 새로 알아낸 사실들에 따라 식단을 바꾸었다. 대니와 나는 역삼투압 정수 장치를 설치했다. 우리는 집 안 환경을 대대적으로 바꿀 필요는 없나 싶어서 우리 집의 전자기장 수치도 측정했다. 나는 이렇게 경계를 늦추지 않고 암에 맞서 싸우고 있으므로 나만은 절대로 암에 걸리지 않을 거라고 믿었다. 수많은 건강 보조제 중에서 하나라도 빠뜨린 날이면 걷잡을 수 없이 두려움에 사로잡혔고, 더 바짝 긴장해서 그 빠진 부분을 보충하려고 했다. 나는 암을 막으려고 날마다 기를 쓰고 노력하면서 스스로 내린 이 처방에 점점 지쳐갔다. 내 초점은 순전히 암에 맞춰져 있었다. 그리고 무슨 일이 일어났는지 아는가? 내가 암에 걸렸다.

핵심은 이것이다. 나는 병을 피하는 데 초점을 맞추지 말고 삶을 사는 데, 삶에 열정을 갖고 충만하게 살아가는 데 맞춰야 했다. —나는 이것을 암에 걸려서 깨달은 게 아니라 암으로 죽어가면서 깨달 았다.

건강을 유지하려고 죽어라 노력하는 행위는 사실 우리 영혼에게 어떤 개입이 없이는 몸의 건강을 유지하기 어렵다는 메시지를 보내 는 것이다. 《당신의 주인은 DNA가 아니다 *The Biology of Belief*》(한국어 판 제목—옮긴이)의 저자 브루스 립턴Bruce Lipton 박사는 우리에게 있는 '선천적 치유 능력'을 언급하면서 이렇게 지적한다. "약 6세부터 우리 의 뇌 패턴은 바뀐다. 우리는 세상에서 우리가 누구인지에 대한 인 식을 습득하기 시작하며, 대다수의 경우 이렇게 학습된 바가 타고난 능력보다 더 우선시된다."[2] 나의 경우에는 이렇게 학습된 내용이 "건 강을 유지하려면 내가 열심히 노력해야 한다"는 것이었다. 다른 사 람들은 "우리는 독소로 가득 찬 환경에서 살고 있다" "나는 약한 체 질을 타고 났다" "이 병은 가족력이다" 등등의 자기 파괴적인 믿음을 학습했다고 나에게 말했다.

엠패스들이 병에 취약한 또 다른 이유는 우리가 주변 사람들의 문제를(때로는 세상의 문제들까지) 떠안아 자기 것으로 만드는 경향 때문 이다. 우리는 모든 걸 돕고 또 바로잡는 게 우리 책임이라고 느끼며, 그렇게 하지 못할 때 괴로워한다. 실제로 이런 문제들을 바로잡지 못 하면 죄책감을 느낄 수도 있으며, 다른 이들의 아픔에 함께함으로써 그 죄책감을 덜려고 할 수도 있다. 다시 말해 "당신이 고통받고 있는 데 내가 당신을 돕지 못한다면 고통이라도 함께 느끼겠다"는 것이다.

소규모 사업체를 운영하던 사람이 나에게 메일을 보낸 적이 있는

데, 직원이 한 명이라도 야근을 하면 자기가 죄책감이 들어서 마지막 한 명 남은 직원이 퇴근할 때까지 설령 자기는 할 일이 없어도 퇴근을 하지 않는다고 했다. 그녀는 결국 50명의 직원들 대다수가 한 달에 평균 하루 야근하는 것과 달리 매일 밤 늦게 집에 들어갔다고 했다. 내가 소니의 곁을 지켰던 것도 꼭 그와 같은 심리였다. 죄책감, 그리고 바로 옆에서 함께 고통이라도 받겠다는 것 말이다. 결국 내 몸은 암에 걸리는 방식으로 "더 이상은 안 돼!"라고 말한 셈이었다. 때로는 이것이 우리 몸이 우리에게 브레이크를 걸어주는 유일한 방법이다.

제리 힉스Jerry Hicks와 함께 《감정 연습Ask and It Is Given: Learning to Manifest Your Desires》(한국어판 제목—옮긴이), 《유인력, 끌어당김의 법칙The Law of Attraction》(한국어판 제목—옮긴이)을 쓴 에스더 힉스Esther Hicks는 이런 점을 다음과 같이 아주 간결하게 표현한 바 있다. "당신이 아무리 아픈들 아픈 사람들의 회복에 도움이 되지 않는다. 당신이 아무리 가난해진들 가난한 사람들이 부자가 되는 데 도움이 되지 않는다. 오직 당신이 잘살고 있을 때에만 누구에게든 무엇이 됐든 줄 수 있다."[3] 그래서 엠패스들은 자기 자신을 먼저 챙기는 데 특히 더 신경을 써야 하며, 마치 안 그러면 죽기라도 할 것처럼 스스로를 사랑해야 한다. 그렇지 않으면 실제로 죽을 수 있음을 나는 너무도 잘 알고 있다. 그러면 이제 어떻게 하면 되는지 살펴보자.

# 치유의 네 가지 열쇠

내게 어떤 건강 위기가 닥친다면, 나는 예전과는 아주 다르게 이 문제에 대처할 것이다. 전에 내가 맨 먼저 한 일은 의사들을 만나 가능한 치료법을 물은 것이었다. 나는 '구글 박사님'에게도 문의했고(스스로를 겁에 질리게 하는 확실한 방법이다!), 대체 의학을 비롯해 알려져 있는 방법들을 모조리 조사했다. 친구들 역시 좋은 마음으로 자료를 찾아서 내게 전해주는 통에 나는 정보에 파묻히다시피 했는데, 그중 상당수는 상반되는 내용이었기 때문에 나는 혼란과 두려움, 심지어 더 심한 스트레스를 느꼈다. 게다가 이 정보들은 전부 신체 차원의 치유에만 초점이 맞추어져 있었다. 이는 곧 병의 기저에 있는 원인이나 건강의 회복에 초점을 맞추는 것이 아니라, 병의 추이나 통계 수치, 예상되는 결과 등 병 자체에 집중해 그 증상들을 다룬다는 뜻이다. 내가 만일 지금 심각한 병 진단을 받는다면 나는 정확히 그 반대로 대처할 것이고, 당신에게도 그렇게 제안할 것이다. 그 대처법들을 중요도 순서로 아래에 소개한다.

## 1. "내가 무언가에 '싫다'고 말할 수 있을까?" 묻기

만일 당신이 '싫다'고 말하기를 힘들어한다거나, 떠안을 수 있거나 떠안아야 하는 것보다 더 많이 떠안는 경향이 있다면, 제일 먼저 할 일은 스스로에게 "내가 원치 않는데 떠안고 있는 것이 어떤 부분인가?" 하고 묻는 것이다. 다시 말해 "무언가가 '싫다'고 내가 말할 수 있을까?" "내가 '싫다'고 말해야 할 때 '좋다'고 말해온 것들이 무엇인가?" 하고 묻는 것이다.

당신은 심지어 상대가 청하지도 않고 필요로 하지도 않는데 그들을 도와주거나 구해주는 경향이 있을 수 있다. 어쩌면 당신은 사람들을 실망시킬까봐 두려워서 끊임없이 필요 이상의 것들을 떠안고, 그 결과 원래 당신 게 아닌 문제들을 켜켜이 쌓아가고 있는지도 모른다.

이제 소개하는 단계는 가벼운 병에 적용해 볼 수 있다. 가령 감기 기운이 들거나 몸 어디가 쑤시거나 아프다면, 현재 당신이 하고 있지만 사실은 하기 싫은 것들을 쭉 적어보고, 용기를 내 하나씩 "싫어"라고 말해보라. 정말이지 후회하지 않을 것이다.

기운이 빠져서건 피곤해서건 뭔가를 정말로 하기 싫은데 그래도 해야 할 때가 분명 있다. 예컨대 특별한 보호가 필요한 아이나 나이든 부모 같은 누군가를 돌볼 책임을 지고 있을 수 있고, 그 사람이 우리가 사랑하는 사람들일 수 있다. 그런 상황에 있다면 그 사실을 인정하라. 그 일에 에너지가 많이 든다는 사실을 인정하고, 당신 기분을 즐겁게 해줄 무언가를 함으로써 스스로 에너지를 회복할 여유를 만들어주라. 당신의 배터리를 충전하라.

자신을 돌봐줄 필요가 있다는 점 때문에 스스로를 판단하지 않는 것이 아주 중요하다. 죄책감을 느끼지 않고 시간을 내서 그게 뭐든 당신이 좋아하는 일, 오직 당신만을 위한 무언가를 해도 괜찮다고 스스로에게 허락해 주자.

또한 당신이 지고 있는 책임을 재미있는 프로젝트나 게임처럼 하는 방법도 있는데, 특히 어린 아이들을 돌보는 경우라면 이 방법이 더욱 유용하다. 당신이 맡은 책임과 잡일들을 최대한 재미있고 창의적인 것으로 만들어보라. 때로는 마음가짐만 달리해도 짐을 덜 수 있다.

### 2. 받는 통로를 여는 법 배우기

자신이 받기를 잘 못하는 부분이 어디인지 알 필요가 있다. 당신이 만일 다른 이들을 만족시켜 주는 데만 집중한다거나 자신은 받지 않고 남에게 뭔가를 해주는 데만 집중하고 있다면, 이제부터는 받는 연습을 더 많이 하라.

작은 것부터 시작해 보자. 예를 들어 누군가가 당신에게 칭찬을 해준다면, 말을 끊어 화제를 돌리지 말고 선선히 칭찬을 받아들이면서 "고맙다"고 말하자. 누군가가 선물을 준다면 그걸 어떻게 되갚을지 부담부터 느끼지 말자. 보답할 수 있는 기회가 자연스럽게 오도록 허락하자. 그렇지 않다면 되갚아야 한다는 의무감 때문에 그 선물을 제대로 받지 못할 것이다.

받기를 힘들어하고 거절을 못하는 사람들은 건강상의 위기를 겪으며 현재와 같은 삶의 패턴을 버리게 되거나 억지로라도 변화하게 되는 경우가 많다. 몸이 그런 방식으로 우리를 돕는 것이다. 소니가 병에 걸렸을 때 너무나 죄책감이 들면서 스스로를 위해서는 아무것도 해주지 않았을 때 나에게 생긴 일이 바로 그것이다.

## 3. 열정적이고 설레는 삶을 살기

그 다음으로 삶에 다시금 설렐 수 있는 방법을 찾아라. 스스로에게 물어보자. "지금 건강에 아무 이상이 없다면 남은 인생을 어떻게 살 것인가?" 답이 무엇이든 간에 그걸 바로 시작하자. 아니면 적어도 그걸 하는 쪽으로 움직이자.

건강상의 문제는 어쩌면 당신이 현재 살아가는 방식이 당신의 생명 에너지를 고갈시키고 있다고 알려주는 경종일 가능성이 크다. 대부분의 사람들은 병에 집중하면서 어떻게 하면 병을 없앨 수 있는지 알아내려 하고, 그런 다음에는 다시 아프기 전에 살았던 방식으로 돌아간다. 애초에 그런 방식으로 살아서 병이 생긴 것일 텐데 말이다. 그래서 당신에게 설렘과 기쁨을 가득 채워주는 일을 시작하는 것이 중요한 것이다.

스스로에게 물어보자. "나는 왜 건강하기를 바라는가? 나는 왜 건강을 회복해 살기를 원하는가? 내 에너지를 고갈시키던 그 삶을 다시 살고 싶은가? 아니면 내가 사랑하는 사람들과 시간을 더 보낼 것인가? 더 흥미진진한 것들을 할 것인가? 휴가를 더 자주 낼 것인가? 일을 덜 할 것인가? 무엇이 나를 행복하게 만드는가? 내 열정을 따르는 것? 진짜 내 열정이 무엇인지를 아는 것?" 병에서 낫고 회복되어 가는 중에 이런 질문들에 대해 깊이 생각해 보기를 바란다. 이 질문들을 통해 삶에 열정을 갖게 되기를, 살아야 할 이유, 즉 건강하고 튼튼하게 오래오래 살기를 원하는 이유를 갖게 되기를 바란다.

나의 경우 내가 건강해야 할 가장 큰 요소는 바로 '내가 살아야 할 이유'이다. 내가 여기 있어야 할 이유가 무엇인가? 목적이 있다고 느껴지는가? 나는 내가 사는 이유, 그리고 건강을 유지해야 할 이유를 분명히 알고 있기를 원한다. 스스로 증오하는 삶에 갇혀 있다고 느낀다면 건강해지고 싶다는 마음이 생길 리 없다.

만일 내 건강에 문제가 있다면 나는 그것을 자기 발견의 길로 삼을 것이다. 뭔가가 되고 싶거나 뭔가를 하고 싶은 뜨거운 열망이 있다면 그것을 억누르지 마라. 그것이 당신의 소명召命이기 때문이다. 나는 꼭 내 미래의 자아가 나를 미래로 불러내는 것 같아서 이 '소명calling'이라는 말을 참 좋아한다.

자신의 소명을 찾는 데 한 가지 실마리는 '상상력'을 활용하는 것이다. 상상력을 자유롭게 풀어놓을 때 나는 뭔가 설레고 아름다운 것과 연결된다. 나에게 그것은 내 육감, 직관, 더 높은 자아이다. 내가 사람들에게 이런 연결에 대해 설명하면 대개는 "아, 그건 그냥 상상이잖아요"라고 반응한다. 그러나 지금까지 내 소명과 목적이 무엇인지 나에게 보여준 것이 바로 상상력이었다. 상상력 덕분에 나는 내 영, 내 영혼과 연결될 수 있었다.

많은 엠패스들이 자신의 욕구를 따르고 자신의 소명을 따르는 것은 이기적인 것이라고 믿도록 배워왔다. 그렇지 않다. 당신의 상상력을, 욕구를, 소명을 억누를 때 사실 당신은 여기 와서 하고자 하고 되고자 한 바로 그것을 억누르고 있는 것이다.

나는 내 영혼soul, 영spirit, 더 높은 자아가 내 상상력을 이용해 나와 소통한다는 것을 이제 안다. 나는 이것이 다른 모든 사람에게도 사실이라고 생각한다. 앨버트 아인슈타인은 이렇게 썼다. "상상력이 지식보다 훨씬 중요하다. 지식은 제한적이지만 상상력은 온 세상을 다 아우르며, 진보를 촉진하고 진화를 낳기 때문이다."⁴ 그러니 우주에서 당신의 자리를 찾고 싶거든, 그리고 만유와 연결되고 싶거든 상상력을 마음껏 풀어놓자.

### 4. "내 몸이 치유되도록 내가 어떻게 도울 수 있을까? 내가 어떤 치료법을 선택할 수 있을까?" 묻기

건강에 문제가 생길 경우 대개 제일 먼저 하는 일은 어떤 치료법이 있는지 알아보는 것이다. 지금 내가 알고 있는 걸 아는 상태에서 만약 건강에 문제가 생겼다면, 그리고 의학적으로 시급한 경우가 아니라면, 나는 내가 선택할 수 있는 방법들을 중요도 순으로 쭉 적어볼 것이다. 곧바로 병의 치료법부터 찾아 살피기 시작하면 두려움이 생겨날 수 있는데, 중요한 것은 먼저 자신을 돌보는 것, 그리고 두려움에 사로잡힌 채 하는 그런 자료 조사를 멈추는 것이다. 조 디스펜자Joe Dispenza 박사가 켈리 누넌 고어스Kelly Noonan Gores의 책《치유: 최고의 힐러는 내 안에 있다Heal: Discover Your Unlimited Potential and Awaken the Powerful Healer Within》(한국어판 제목—옮긴이) 서문에서 썼듯이, 스트레스는 "우리 몸의 균형을 깨뜨릴 수 있다."⁵ 치유되기 위해서는 스트레스에서 벗어나 편안한 상태에 있어야 한다. 그래서 가장 먼저 해야 할 일은 몸 상태에 대한 두려움과 그에 따른 스트레스를 없애는 것이며, 그리고 나서 치료법들을 쭉 살펴보면 스트레스는 덜 받고 효과를 거둘 확률은 더 높아질 것이다.

따라서 나는 네 번째로 중요한 것이 자신의 몸을 어떻게 살릴 것인지 방법을 아는 것이라고 생각한다. 자신의 열정과 목적을 발견해가는 이 여정에서 당신이 어떤 치료법을 선택할 수 있을지 살펴보라. 당신은 여전히 적절한 치료법을 찾는 데 집중할 수도 있다. 그러나나는 앞서 말한 세 가지 대처법을 당신이 훨씬 더 중요하게 여기길바란다. 이런 방법들은 기존의 의학 패러다임에서는 치유 과정의 요소로 여겨지지도 않지만 말이다.

당신의 몸이 치유되도록 돕는 치료법들을 살필 때, 당신이 안전하게 느끼고 힘을 받는다고 느껴지는 것들로 고르기를 권한다. 의료진역시 그런 느낌을 주는 의료진으로 선택하라.

내 몸에 대해 내가 알고 있는 바를 전혀 들으려 하지 않았던 내예전 주치의와의 경험을 예로 들어보겠다. 나는 정기 건강 검진을 받으러 병원에 갔다. 검사 결과는 모두 좋았는데, 단 하나 혈압이 너무높았다. 보통 나는 평균 혈압보다 낮은 편이기 때문에 의아한 결과였다. 그래서 나는 혈압 검사를 다시 받았다. 이번에도 혈압이 높았다. 의사는 깜짝 놀라면서 나에게 며칠 뒤에 다시 와서 검사를 받아보라고 했다.

며칠 뒤 나는 병원을 다시 찾았다. 역시 혈압은 지나치게 높았다. 의사는 나에게 혈압 낮추는 약을 처방해 주었다. 나는 약을 먹는 게끔찍해서 비슷한 역할을 하는 자연 식품이 있는지 물으며 이야기를좀 해보려고 했다. 하지만 의사는 단호하게 말했다. "아뇨, 저는 이 문제에 있어서는 자연 식품을 신뢰하지 않습니다." 혈압 약을 먹기 시작하고 며칠 뒤 나는 몸이 이상하다는 느낌을 받기 시작했다. 약간 힘이 없고 어지러웠다. 그래서 다시 병원에 가보니 혈압이 정상 범위로 내려와 있었다. 혈압 약을 복용하고 있으니 당연한 일이었다. 의사는 이런 부작용에도 아랑곳 않고 효과가 있으니 약을 계속 먹어야 한다고 고집했다.

그 다음 주에도 계속 힘이 없고 어지럼증이 느껴져 나는 약국에서 혈압 측정기를 사서 직접 재보기로 했다. 혈압을 재보니 정상 범위를 한참 밑돌았다. 그래서 혈압 약을 끊고 며칠 후에 다시 혈압을 재보았다. 혈압은 정상이 되어 있었다. 그 뒤로도 며칠 더 혈압을 쟀고, 약을 먹지 않았는데도 혈압은 정상이었다. 이게 어떻게 된 것인지 나로서는 알 수 없었지만, 병원에 가서 재면 혈압이 높게 나온다는 점 하나는 분명해 보였다. '병원 고혈압'이라고 구글에서 검색해보았더니, 사람들이 병원에서 혈압을 잴 때 혈압이 급격히 올라가는 것은 지극히, 지극히 정상이었다. 그것을 일명 '백색 가운 증후군 White Coat Syndrome'이라고 하는데, 의사를 보면 스트레스 수치가 올라가는 증상이라는 의미이다. 병원에 가서 의사에게 내가 알아낸 것들을 말하자 의사는 대수롭지 않다는 듯 어깨를 한 번 들어 올릴 뿐이었다. 그녀는 백색 가운 증후군에 대해 잘 알고 있었다. 그리고 더는 나에게 약을 계속 먹으라고 권하지 않았다.

이 의사가 영 불편한 느낌이 들어서 나는 내 이야기에 귀 기울여주고 나와 함께 대안적 치료법(이 경우는 자연 치유)도 기꺼이 알아봐 줄 다른 의사를 찾았다. 이것은 의사들이 환자인 우리가 자가 진단을 하고 처방을 내리게 놔둬야 한다는 뜻이 아니라, 치료 과정에서 환자의 의견과 직감, 호오好惡를 고려해 주어야 한다는 말이다.

당신은 당신을 이해하고 엠패스들을 어떻게 대해야 하는지 알고 있는 사람, 당신이 세상을 지각하는 방식을 지지해 주는 사람과 함께하기를 원할 것이다. 예를 들어 엠패스들은 병원에 특히 더 민감할 수 있고 두려움도 쉽게 느낄 수 있다. 그러니 당신에게 병에 대한 두려움을 심어주기보다는, 병이 낫는 것, 건강하고 편안한 삶을 살아가는 것에 초점을 맞추도록 격려하는 의료진을 고르라. 당신이 기존 치료법을 선택하든 대안 치료법을 선택하든 혹은 그 둘을 병행하든 간에 그런 치료법들이 행복과 건강으로 이끈다는 느낌을 주는지, 아니면 당신 몸을 해치고 있다는 느낌을 주는지 스스로 확인해 보자. 치유의 길로 이끈다는 느낌을 주는 치료법을 고르는 것이 중요하다.

병에 대해 극도의 두려움을 느끼게 만드는 의사나 치료법은 거부하라고 권하고 싶다. 예전에 나는 의사가 제시한 치료법을 따르는 것도 두려웠지만, 동시에 그것을 거절하기도 두려웠다. 나는 의사들을 불쾌하게 만들고 싶지도 않고 그들이 하는 말에 반대하는 것도 두려웠기 때문에, 내 직관이 뭔가 다른 게 필요하다고 소리치고 있었는데도 의사들에게 전권을 내주었다. 그 결과 나는 나에게 있는 능력을 의심했고, 스스로를 의심하면 할수록 나는 더 병들어 갔다.

나는 내 워크숍 참가자들에게서도 이와 비슷한 경험담을 듣곤 한다. 한 여성 참가자는 자기 손으로 직접 문제를 해결해 간 이야기를 들려주었다. 그녀는 의사로부터 들은 예후에 극도로 두려움을 느꼈고, 의사가 자신을 치유보다는 병에만 계속 집중하게 해 도움이 되지 않는다고 느꼈다. 그래서 굳게 마음을 먹고 그 주치의를 '해고'하고 다른 의사를 찾기로 했다. 우선은 가족을 설득해야 했는데 다행히 어려움은 없었다. 그 다음에는 엠패스 친구가 강력하게 추천한 의사를 찾아갔다. 이 의사를 만나고 그녀는 자기한테 훨씬 더 힘이 생기는 느낌, 건강을 회복하는 여정에 자신의 통제권이 훨씬 더 커진 느낌을 받았다. 그렇게 해서 그녀는 완치되었는데, 병과 싸우며 자기 몸과 전쟁을 벌이는 데 초점을 맞추는 대신 건강과 안녕에 초점을 맞추도록 도와준 의사와 함께한 덕분에 회복 과정이 얼마나 쉬웠는지 모른다고 말했다. 이 새로운 의사와 함께하면서 그녀는 전처럼 두려움에 사로잡히는 것이 아니라 훨씬 더 긍정적이고 즐거운 분위기로 치유 여정을 이어갈 수 있었다.

몸은 우리가 생각하는 것보다 훨씬 더 똑똑하고 강하고 회복력이 있다. 치유 과정에서는 마음과 감정의 상태가 관건이다. 따라서 우리는 우리의 감정적 건강을 먼저 잘 돌봐야 하고, 우리를 치료하는 사람들을 믿을 수 있어야 하며, 그들이 우리의 정신적·감정적 건강 역시 섬세하게 신경 쓰고 있다고 신뢰할 수 있어야 한다.

기존 의학의 치료법이든 에너지 치유 같은 대체 의학 치료법이든 여러 치료법 중 하나를 골라야 하는 상황이라면, 스스로에게 다음과 같은 질문을 해보기 바란다. "이러한 치료법 중 어떤 것이 나를 더 힘이 나게 하는가? 내 생명 에너지를 상상해 보았을 때 어떤 치료법이 내 안의 생명 에너지를 증가시키는 느낌인가? 어떤 치료법이 내가 자신을 잘 보살피고 있다고 느끼게 해주는가?"

가슴에서 울림이 있는 것을 선택하고, 당신의 선택을 지지해 주는 사람들과 함께하라. 의료진은 당신이 한 선택이 그들이 지금까지 해 온 방향과 맞지 않다는 이유로 당신을 혼란스럽게 하거나 두렵게 만드는 게 아니라 당신이 잘 선택했다고 느끼게 해주어야 한다. 당신이 선택한 치료법에 의심을 품게 만드는 사람들을 곁에 두지 않도록 하라. 당신은 자신이 한 선택을 좋게 느껴야 하며, 다른 사람들은 당신이 건강을 회복해 가고 있다고 느끼도록 해주어야 한다. 당신은 또 어떤 방법으로 건강을 회복해서 활기차게 살아갈지 당신이 내린 선택들을 지지해 줄 의료진과 함께하고 싶을 것이다. 당신은 그렇게 할 수 있는 사람들과 한 팀을 이뤄 치유 작업을 해나가고 싶을 것이며, 가족이나 친구 등 주변 사람들도 당신의 선택을 존중해 주길 바랄 것이다.

내가 암을 치료할 때 주위 사람들은 내가 어떻게 해야 하는지 각기 다른 의견을 갖고 있었고, 그 온갖 의견들은 나의 혼란만 가중시킬 뿐이었다. 나는 만약 그런 경우가 또 생긴다면 절대로 그런 일을 용납하지 않을 것이다. 나는 주변에 내 선택을 지지하고 나를 도와주며 격려해 주는 사람들만 둘 것이며, 그렇지 않은 사람들은 내가 건강을 완전히 회복할 때까지 곁에 두지 않을 것이다.

# 생명 에너지를 최대로 활용하기

여기서는 생명 에너지life force energy라는 개념을 조금 더 깊이 살펴보고자 한다. 앞서도 언급했지만 '프라나'나 '샥티'라고도 알려져 있는 생명 에너지는 우리 한 사람 한 사람을 관통해 흐르는 힘 또는 우주 에너지를 가리킨다. 나에게 있어 치유란 우리의 이 생명 에너지를 최대로 활용하는optimizing 것에 다름 아니다. 다시 말해 약이나 수술, 그 외 여러 가지 처치에 의지하는 게 아니라 바로 그 에너지를 가지고 몸이 스스로를 치유하게 하는 것이다. 그러나 약이나 수술 등 의료적 처치가 필요할 때는 그런 필요성을 부정하지 않는 자세도 중요하다. 때로는 당신의 생명 에너지가 너무 고갈돼 약이나 수술의 도움을 받으면서 시간을 벌 필요가 있고, 그러는 동안 당신은 어떻게 하면 생명 에너지를 최대한 끌어내 활용할 수 있는지 방법을 배울 수 있다.

'생명 에너지를 최대한 활용하는' 것이 무슨 뜻인지 좀 더 자세히 설명하기 위해서는 당신의 상상력이 필요하다. 앞서 나는 당신에게 자신의 생명 에너지를 '볼' 수 있다고 상상해 보라고 하면서 그것이 어떻게 생겼을지도 상상해 보라고 했었다.(3장의 '당신의 에너지를 강화하라' 부분 참조─옮긴이) 이 연습은 거기서부터 시작된다.

이제, 아무 방해도 받지 않을 조용한 공간으로 옮겨간다. 가능하다면 부드러운 음악을 틀어놓아도 좋다.

## 치유의 성소

당신이 아름다운 치유의 성소에서 편안한 안락의자에 앉아 있다고 상상해 보라. 기술자가 당신의 감정 반응과 에너지 반응을 측정할 수 있는 밴드를 손목에 채운다. 그것은 작은 화면과 연결되어 있다.

기술자는 당신의 감정 반응을 끌어낼 질문 목록을 갖고 있으며, 당신이 보이는 감정 반응은 기기의 화면에 표시될 것이다. 당신은 자신의 아이들, 반려견, 사랑하는 사람 등을 생각하면서 기쁨을 느낄 수도 있고, 당신의 에너지를 빼앗아가는 사람이나 즐겁지 않은 돈벌이를 생각하면서 침울해질 수도 있다. 이때 당신은 자신이 어떤 느낌을 경험하느냐에 따라서 자신의 에너지 수치를 나타내는 바늘이 기본선 위아래로 오르내리는 것을 볼 수 있을 것이다. 당신은 자신만의 정신 건강 측정표를 만들어, 당신의 에너지가 질문별로 어떻게 느껴지는지 1에서 20 사이로 수치화해 볼 수 있다.

당신 스스로 질문 목록을 만들 수도 있다. 이 연습을 하는 동안 마음속에 떠오르는 질문이 있다면 얼마든지 추가해도 좋다. 이제 기술자가 아래의 질문을 하고 있다고 상상하면서 당신 몸을 통해 또한 화면을 통해 나타나는 당신의 반응을 살펴보기 바란다.

- 당신은 외로운가?
- 현재 인간 관계는 어떤가?
- 당신 인생에는 당신이 사랑하는 사람이, 그리고 당신을 사랑하는 사람이 있는가?

- 당신 삶에 목적과 의미가 있는 것 같은가? 그렇다면 그것에 대해 말해보라.
- 당신 삶에 기쁨이 있는 것 같은가?
- 어떤 걸 하면 기쁘고 행복해지는가?
- 어떤 것에 두려움을 느끼나? 어떤 것이 스트레스를 주는가?
- 당신의 현재 경제 상태가 어떻게 느껴지는가?
- 매일 시간을 보내면서 하고 있는 그 일을 좋아하는가? 그게 아니면 해야만 하는 일이라서 하고 있는가? 다른 선택이 없기 때문에 어쩔 수 없이 그 일을 하고 있는가?
- 어린 시절을 떠올리면 어떤 느낌이 드는가?(사랑? 따뜻함과 포근함? 기운 빠짐과 두려움?)
- 가족을 떠올리면 어떤 느낌이 드는가?(사랑? 따뜻함과 포근함? 기운 빠짐과 두려움?)
- 가족 중 그런 느낌(사랑, 따뜻함과 포근함, 기운 빠짐과 두려움 등)을 갖게 하는 특정한 누군가가 있는가?
- 반려 동물을 키우는가? 그렇다면 반려 동물과 함께 있을 때 혹은 반려 동물을 떠올릴 때 어떤 느낌이 드는가?
- 당신을 기운 빠지게 하는 사람들이 있는가? 그들과 꼭 함께 시간을 보내야 하는가?

위 질문들에 대답을 마치고 나면, 이제 기술자는 당신이 먹는 음식들에 대해 물어본다.

1. 특히 더 좋아하는 음식은 무엇인가?
2. 가장 좋아하지 않는 음식은 무엇인가?
3. 좋아하지만 건강에 안 좋다고 생각해 먹지 않는 음식은 무엇인가?
4. 그다지 좋아하지 않지만 건강에 좋다고 해서 먹는 음식은 무엇인가?
5. 당신 몸에 좋은 음식 중에서 좋아하는 음식은 무엇인가?
6. 당신 몸에 좋지 않은 음식 중에서 당신이 좋아하는, 그래서 먹는 음식은 무엇인가?

기술자는 당신에게 이런 음식들을 하나씩 떠올려보게 하고 그것이 에너지적으로 어떻게 기록되는지를, 즉 어떤 음식이 당신의 에너지를 높이고 어떤 음식이 낮추는지를 지켜본다. 많은 경우 결과가 당신이 머리로 생각했던 것과 달라 놀랄 것이다.

예를 들어 아이스크림은 먹을 때에 느끼는 즐거움 때문에 당신의 에너지를 실제로 높여줄 수 있다. 그 반면 밀싹 주스는 그 맛이 정말 싫기 때문에 당신의 에너지를 낮출 수 있다. 지금껏 당신은 아이스크림은 건강에 안 좋다고 생각해 멀리해 왔고, 밀싹 주스는 건강에 좋다고 믿고 계속 마셔왔다. 물론 밀싹 주스 같은 음식에 에너지가 높게 기록될 수도 있다. 밀싹 주스를 마시면서 몸에 좋은 걸 먹고 있다고 느끼며, 그래서 거기서 오는 만족감이 있다면 에너지 수치가 높게 나올 수 있는 것이다.

그 다음으로 기술자는 당신에게 여러 가지 활동을 떠올려보라고 말한다. 기술자가 제시하는 운동의 종류에 따라 당신의 에너지 수치가 달리 측정되는데, 당신이 어떤 활동을 할 때 더 즐거워하는지, 생명 에너지가 더 높게 뿜어져 나오는지 볼 수 있다. 당신은 이 목록을 미리 만들어놓을 수도 있고 즉석에서 만들어가면서 할 수도 있다. 예시를 몇 가지 소개한다.

1. 어떤 운동을 가장 좋아하는가? 요가를 좋아한다면 핫 요가, 쿤달리니, 하타 요가, 빈야사 등 여러 종류의 요가 중 어떤 요가를 좋아하는가? 만일 수영을 좋아한다면, 수영장, 호수, 바다 등 어디에서 하는 것을 좋아하는가?

2. 어떤 식으로 저녁 시간 보내기를 좋아하는가? 만일 외식하기를 좋아한다면 어떤 종류의 음식을 선호하는가? 소박한 식당을 좋아하는가, 고급 식당을 좋아하는가, 아니면 소풍 등 야외로 나가 먹기를 좋아하는가? 만일 영화 보러 가는 것을 좋아한다면, 어떤 장르의 영화를 가장 자주 보는가?

3. 이번엔 음악이다. 내가 아주 좋아하는 질문이다. 다양한 장르의 음악들은 각기 다른 마음의 상태와 에너지 수준을 끌어낸다. 당신은 다양한 종류의 음악을 듣게 되고, 그에 따라 각기 다른 에너지 수치가 측정되고 기록된다. 음악에 대한 반응은 어느 정도 주관적이기 때문에, 당신은 어떤 음악이 당신의 에너지를 높여주는지 정확히 알게 될 것이다. 이 연습을 통해 당

신은 자신의 에너지 레벨을 최적화해서 치유를 증진해 주는 쪽으로 음악을 선별해 들을 수 있다.

4. 갖가지 활동들이다. 쇼핑몰에 가기를 좋아하는가? 아니면 장보러 가기를 좋아하는가? 운전하기를 좋아하는가? 아니면 사랑하는 사람들과 저녁 식사 하기를 좋아하는가?

5. 휴가 보내기이다. 당신은 자전거 여행, 캠핑, 가이드를 둔 여행, 하이킹, 또는 등산을 좋아할 수도 있고, 대도시에 가기나 외딴 지역 방문하기, 또는 성지 순례를 좋아할 수도 있다. 발트해 크루즈 여행을 선호할 수도 있고, 그저 며칠 동안 리조트에서 쉬는 것이 취향에 맞을 수도 있다.

## 평가

위의 질문들에 대답하고 나면 상상 속 치유의 성소에 있는 개인 상담가에게 최종 평가를 받게 될 것이며, 평가를 통해 아래와 같은 점들을 알게 될 것이다.

- 현재 당신 삶에서 주로 어떤 부분이 생명 에너지를 고갈시키고 있는지. 당신은 외로워하고 있을 수도 있고, 하고 있는 일을 싫어할 수도 있고, 그 밖에도 생명 에너지를 고갈시키는 여러 이유를 갖고 있을 수 있다.

- 당신의 에너지를 올려주는 것이 무엇인지. 나의 경우는 코미디 보기, 댄스 음악 듣기, 신발 사러 가기, 나를 웃게 하는 사람들

이나 나를 백 퍼센트 진실하게 보여줄 수 있는 사람들과 함께 있기 등이 여기에 해당한다.

- 당신 삶에서 누가 당신의 에너지를 뺏어가고 있는지.
- 어떻게 하면 당신의 에너지를 빠르게 끌어올릴(또한 당신을 재충전할) 수 있는지. 가령 취향에 맞는 오락 프로그램을 보는 것, 음악을 듣는 것, 좋아하는 활동을 하는 것, 좋아하는 사람들과 연락하는 것 등이 그 방법이 될 수 있다.
- 어떤 음식이 당신의 기분을 끌어올리고 힘을 주며, 어떤 음식이 그렇지 않은지.

이 정보들은 모두 당신이 살고 있는 삶에 개별적으로 맞춰진 것으로 당신에게 도움이 되는 것이다. 상상 속 치유의 성소에 있는 개인 상담가나 코치가 당신으로 하여금 에너지를 계속 높게 유지해(생명 에너지를 고갈시키는 일을 줄이고 반대로 생명 에너지를 더해주는 일을 늘려서), 자기 사랑이나 자기 가치감, 인생의 목적, 외로움 같은 문제들에 잘 대처해 갈 수 있도록 도와줄 것이다. 그 개인 코치는 또한 당신에게 음악을 듣고, 관심 분야의 책을 읽고, 요가나 명상 같은 수업을 들으라고 권할 것이다. 이런 것들이 전부 바로 그 치유의 성소에서 가능할 것이다. 당신은 전자 기기들, 소셜 미디어, 뉴스들을 (최소한 일정 기간) 끊으라고 권유받을 수도 있다. 만일 당신이 고요 속에 있기를 좋아하는 편이라면 그러한 장소 역시 마련할 수 있을 것이다.

여기에서 핵심은 당신의 생명 에너지가 오랜 기간 높은 수치를 유지한다면 당신 몸이 스스로 치유 능력을 갖추게 되고, 그리하여 그 남는 에너지가 치유 쪽으로 향할 거라는 점이다. 만일 당신이 생명 에너지가 매우 높고 강한 사람이라면 몸도 건강할 가능성이 높다. 만일 그렇지 않다면 나는 우리의 생명 에너지를 앗아가는 몇 가지 흔한 방식에 대해 다시 한 번 분명히 말해두고 싶다. 그런 것들이 우리 몸에 질병을 유발하거나 병이 낫지 못하게 막고 있을 수 있다.

- 자기 자신을 고갈될 때까지 다 내주면서도 받는 법은 모르는 경우.
- 스스로를 재충전하는 방법을 모르는 경우.
- 자신이 행복할 때나 스스로에게 좋은 것을 해줄 때 죄책감을 느끼는 경우.
- 스스로 긍정적인 것을 누릴 자격이 안 된다거나 그럴 가치가 없다고 느끼는 경우.
- 인간 관계 때문이든, 경제 상태 때문이든, 일 때문이든 계속해서 스트레스 상태에 있을 경우.
- 장기간 지속된 어떤 일로 외로워하거나 슬퍼하거나 트라우마에 시달리고 있는 경우.

만일 당신이 다른 사람의 기분을 맞춰주려 하고 거절하기를 어려워하며 맡지 않아도 될 책임과 의무를 떠안는 경향이 있는 엠패스라면, 당신은 아마 스스로의 에너지를 고갈시키고 있을 가능성이 크다.

그렇다면 위의 예시를 통해 당신이 언제 그렇게 하고 있는지 확인해 볼 수 있다.

만약 우리가 장기간 위와 같은 상황에 놓인다고 하면 우리의 몸과 건강이 결국에는 나빠질 것이 분명하다. 그러면 우리는 실제로 벌어진 결과를 가지고 코치나 상담가를 찾아갈 것이고, 그들은 우리가 이 상황에서 빠져나와서 더 나은 대처 기술을 갖추고 더 튼튼히 경계를 세우며 더 강한 자기 존중감을 갖도록 도와줄 것이다. 코치(이 연습에서는 바로 당신 자신)는 또한 우리가 에너지를 높일 수 있는 상황들을 더 많이 만들도록 도와줄 것이다. 앞으로 이런 치유 센터들이 생기기를 바라는 게 나의 꿈이지만, 지금으로서는 당신이 환자이자 기술자, 코치의 역할을 모두 맡아 스스로 자신의 치유 환경을 조성하고 자신의 생명 에너지에 관해 더 알아가야 한다. 누군가가 이 연습을 할 때 당신이 기술자 역할을 맡아서 그 사람에게 이런 질문들을 해줄 수도 있다. 혹은 다른 사람에게 그 역할을 맡기고 당신이 도움을 받을 수도 있다.

생명 에너지를 높게 유지하는 기본 원리 중 한 가지는 주변에 당신의 여정을 지지해 주고 당신의 생명 에너지를 끌어올려 주는 사람들을 두는 것이다. 당신을 '만성 질환을 앓는 사람'이 아니라 꿈과 바람을 가진 보통 사람으로 대하는 이들을 주변에 두기를 권한다. 당신을 온전한 사람, 기대해 볼 만한 밝은 미래를 가진 사람으로 여기고 대화하는 사람들을 주변에 두라. 당신이 에너지를 끌어올려 주는 사람들을 주변에 둠으로써 질병과 그로 인한 두려움이 당신의 의식에서 사라질 수 있다.

앞에서도 언급했던 브루스 립턴 박사는 《당신의 주인은 DNA가 아니다》에서 "생각들, 즉 마음의 에너지는 뇌가 몸의 생리 현상을 통제하는 방식에 직접 영향을 준다"고 썼다.[6]

내가 볼 때 이것은 세포생물학자의 입에서 나온 굉장히 신빙성 있는 발언이다. 조 디스펜자 역시 《당신이 플라시보다》에서 생각이 생리적 변화를 야기할 수 있다면서 똑같은 말을 하고 있다. 새로이 긍정적인 생각을 할 때 그런 생각들은 느낌이 되며, 그 느낌은 다시 "그러한 생각들을 강화"한다. 그래서 만일 느낌이 별로 좋지 않다면 "당신은 당신이 느끼는 그것보다 더 크게 생각해야 한다.…… 그것이 새로운 존재 상태가 될 정도로까지 말이다."[7]

앞서 나는 우리 모두가 거대한 망의 일부로, 눈에 보이지 않는 '끈 string'에 연결되어 있다고 언급했는데, 그 '끈'이 바로 에너지이다. 우리 중 에너지가 강한 사람들은 자신의 에너지를 에너지가 약한 이들에게 나누어주고 있으며, 그것은 좋은 일이다. 이 점을 알고 있다면, 우리에게 스스로를 건강하고 행복하게 만들어줄 의무가 있다는 점이 쉽게 이해될 것이다. 우리가 그 망 속으로, 세상 속으로, 또한 우리 가족 속으로 행복하고 건강한 우리 자신을 내줄 수 있도록 말이다. 그렇게 할 때 우리는 에너지 망으로부터 에너지를 빼가는 것이 아니라 에너지를 보태게 될 것이다.

# 생명 에너지를 높이는 명상

고갈되었다는 느낌이 들거나 기운이 처졌다고 느껴질 때, 혹은 기분이 아주 좋아서 계속 그 기분에 머물고 싶을 때는 언제든 이 명상을 해볼 수 있다.

≈

빛 한 줄기가 위에서 내려와

내 정수리를 관통해 몸속으로 들어온다.

그 빛은 어떤 색이든 될 수 있다.

그 빛줄기는 내 몸 속으로 들어와

머릿속과 목을 휘덮고 가슴으로 흘러 내려간다.

그 빛은 팔과 다리를 타고 흐르며

내 몸 구석구석을 휘돌고 그렇게 몸속의 긴장을 전부 씻어낸다.

이 빛줄기는 아주 강력해서 내 몸 주변으로 오라를 만들어낸다.

나는 이 빛이 밝게 빛나는 정도를 자유자재로 조절할 수 있다.

이 빛이 더 밝게 빛나게 할수록 내 오라도 커진다.

내 오라가 더 커질수록 내 에너지도 더욱 강력해진다!

3부

# 세상과의 관계

## ·7·

# 자기 자신이 되기 위해 죽다!

만트라
"나는 이 육체보다 더 크다.
나는 영원한 존재다!"

내가 경험하고, 읽고, 다른 이들을 통해 배운 바에 따르면 엠패스의 여정에는 두 가지의 변형 단계가 있다. 첫 단계는 내가 이미 언급한 것으로, 나는 엠패스의 특징들을 알려주고 자기가 엠패스인지 아닌지 스스로 확인해 볼 수 있는 방법들을 제시했다. 자신의 성향을 받아들이고, 무엇보다 진정한 내가 누구인지를 깨닫게 되는 이 단계를 나는 임사체험을 통해 경험했지만, 당신은 명상 중에 경험할 수도 있고 식물 치료를 받거나 영적인 가르침을 받다가, 아니면 그냥 길을 걷다가 '아하!' 하는 순간 이 단계를 경험할 수도 있다. 당신으로 하여금 저 너머의 세계, 천국, 또는 확장된 현실을 경험하게 해주는 것이면 무엇이든 그 방법에 해당한다. 당신이 이 지구에 와 있는 이유를 명확하게 알게 되는 것도 그런 방법의 하나일 수 있다.

변형의 두 번째 단계는, 당신이 이런 변형의 경험을 하고 난 후 세상과 관계 맺는 방식에 관한 것이다. 이 단계는 우리의 경험을 일상생활 속에 통합시키는 것으로, 사람들이 더 힘들어하는 부분이기도 한데 그건 충분히 그럴 만도 하다. 자동차 경적이 빵빵 대고 전화기가 시도 때도 없이 다급하게 울려대는데 이러한 자기 사랑을 잃지 않고 내면의 신비가와 우주 의식의 망과의 연결을 계속 유지하기가 쉽지 않기 때문이다. 그래서 나는 당신에게 이러한 내적 자각을 외부 세계에 적용하는 방법을 알려주려고 한다.


## 당신의 양념장에는 무엇이 들어 있는가?


나는 우리 각자의 환경을 '양념장marinade'이라고 부르는데, 이는 우리가 참이라고 받아들인 신념 체계들을 포함해 우리에게 교리처럼 주입된 지배적인 문화를 뜻한다. 우리는 모두 특정 사고방식과 믿음, 행동 양식에 푹 절여져 있다. 변형의 경험은 일시적으로는 당신을 그런 환경에서 꺼내주어, 당신의 삶과 삶 속에서 당신의 위치를 신적인 관점으로 보게 해줄 수 있다. 그러한 경험을 하고 나면 당신은 더 이상 그 양념장과는 맞지 않게 된다. 우리 모두 각기 다른 양념장 속에서 자라기는 했지만, 당신의 양념장 속에 들어 있는 지배적인 신념 체계는 아마도 우리가 서로 분리된 별개의 존재요 순전히 물질적인 존재라는, (돈이든, 일자리든, 음식이든, 관심이든, 칭찬이든, 사랑이든……) 골고루 나눠 갖기엔 충분하지 않으므로 서로 경쟁하지 않으면 안 된다는 신념일 것이다. 그러나 사실은 앞에서도 말했듯이 우리 모두는 연결되어 있다. 모두가 이 점에 동의하지는 않을 테지만 말이다.

임사체험을 하고 막 돌아왔을 때 내 안에는 그동안 내가 배운 모든 게 저쪽 세상에서 알게 된 것과는 정반대라는 깨달음이 있었고, 이는 나에게 엄청난 기쁨을 주었다. 나는 사람들이 내가 알게 된 것에 관심이 있으리라 생각했다. 그러나 내가 알게 된 것을 나누기 시작하자 대부분의 사람들은 내가 말하는 것들이 모두 그들이 학교에서 배운 것이나 자신들의 문화, 또 현재의 의료 패러다임과 반대된다며 내게 딴지를 걸었다. 내가 거기서 알게 된 모든 것이 이 지구상의 지배적인 신념 체계와는 상충되었고, 그러니 사람들은 내가 하는 말이 정말 믿기 어려웠던 것이다. 나는 내가 알게 된 것들을 고수하는 한편으로 내 의견에 반대하는 사람들, 비평가들을 견뎌내야 했다. 그들을 견뎌내기 위해 나는 내가 이 책에서 제시하는 핵심 방법들을 사용했다. 자기 사랑에 초점을 맞추고, 내면의 신비가와 연결되고, 직관의 소리를 듣고, 내 생명 에너지를 높게 유지한 것이다. 나는 두려움 없이 나 자신이 되어야 했다.

이 현실에서 무슨 일이 일어나든 그것이 우리를 해칠 수 없고 우리의 에너지는 절대로 죽어 없어지지 않는다는 것을 우리가 아무리 잘 알고 있다고 해도, 주변의 모든 사람이 자기와 다른 가치관을 가진 사람을 의심하고 적대하는 세상에서 살아간다면 굉장히 지치고 힘에 겨울 수 있다. 또한 극도로 외로울 수도 있다. 그러나 당신은 당신의 길을 찾을 것이다. 그렇게 진실한 삶을 살아갈 때 당신은 당신처럼 세상을 바라보는 사람들을 금방 끌어당길 것이고, 당신과 다른 관점을 가진 사람들도 더욱 사랑하고 이해할 수 있게 될 것이다.

이것은 일종의 이분법이다. 우리가 한 초월적 경험을 이 세상의 경험과 통합하려고 할 때, 그것이 쉽지 않은 이유는 다른 이들이 현실을 우리처럼 인식하지 않기 때문이다. 그렇다고 초월적 경험을 한다는 그것 때문에 세상에서 도피해 은둔자로 살아간다면 우리가 여기 존재하는 아무런 의미가 없을 것이다. 그러려면 근원의 영역, 우리가 왔고 또 죽어서 돌아갈 그 영역에 그냥 머물러 있는 게 나을 것이다.

그래서, 다시 말하지만, 더 어려운 부분은 영적으로 초월하는 경험을 하는 것이 아니라 '돌아온' 뒤에 그 경험을 이 세속의 삶에 통합해 들이는 것이다. 그런 초월의 경험을 했다면 우리는 그걸 잊어버릴 수는 없다. 그것은 자는 동안 꾸었다가 날이 밝으면 사라지는 꿈과 같은 게 아니다. 전혀 아니다. 영적으로 초월하는 경험은 이 지상의 현실보다 더 진짜처럼 느껴진다. 초월적인 현실에 비하면 이 세상의 현실이야말로 망상이요 한낱 꿈과 같다. 그러니 그 경험을 잊어버리는 건 해결책이 될 수 없다. 우리는 우리가 이미 아는 것을 모르게 만들 수 없다. 사실상 시간이 갈수록 그 경험은 더욱더 생생하게 느껴진다. 그 초월적 영역에서 경험한 모든 것이 이 지상의 삶에서도 펼쳐지고 있음이 우리에게는 보이기 때문이다. 그럼에도 물리적 현실이 놀랍도록 완고해서 우리가 한 그 경험을 의심하지 않을 수 없게 하고 오로지 오감으로 인식할 수 있는 것만을 믿도록 만들기 때문에 가끔 그 경험을 잊게 되는 때도 있을 것이다. 그래서 우리는 그 영역에 계속 연결돼 있을 수 있게 해주는 방편들을 만들어둘 필요가 있다. 나는 임사체험을 한 후로 나처럼 임사체험을 한 이들과 친구가 되었는데, 그들 상당수도 이 점에 동의할 것이다.

하지만 역시나 이것은 깨어나기 위해 '내'가 선택한 방식이고 내가 알고 지내는 사람들의 방식일 뿐, 그런 변환이 일어날 수 있는 방법은 여러 가지이다. 내가 아는 어느 의사는 치명적인 심정지로 임사체험을 한 후 진료 활동을 그만두었다. 건강을 회복한 뒤 그는 이제 건강이 좋아지려면 더 높은 에너지 상태를 느끼는 게 중요하다는 것을 알고 에너지 치료에 더 관심을 갖게 되었다. 가족들은 경제적으로 그의 진료 수입에 의존하고 있었기 때문에 처음에는 그의 결정이 달갑지 않았다. 그러나 그에게 돈은 더 이상 우선순위가 못 되었다. 그에게는 분명한 목적이 있었고, 그것이 다른 무엇보다 중요했다. 그는 이것이 자신의 목적이며 이제 예전의 삶으로 돌아갈 수 없다는 것을 알았고, 결국 시간이 가면서 가족들도 그의 선택을 지지해 주기 시작했다.

어떤 방식으로 겪든 초월적 경험은 마치 어떤 문이 열려서 그 안으로 들어가게 되는 경험과 같다. 그 경험은 절대로 사라지지 않는데, 임사체험이나 깨어남을 경험한 사람들은 전부 이 점에 동의할 것이다. 그것은 한번 열리면 절대로 닫히지 않는 문과 같고, 따라서 그 명료함이나 지혜도 절대로 사라지지 않는다. 한번 그 문을 지나 안으로 들어갔다면 당신의 삶은 결코 예전과 같아질 수 없다.

다시 그 문을 통과해 여기로 돌아온 이후 내 삶은 더 이상 예전과 같을 수 없었다. 새로운 삶이 내 앞에 펼쳐졌다. 임사체험에서 돌아오고 몇 주 후 나는 의사들의 예상과 달리 내 몸이 급속히 치유되는 것을 지켜보았다. 그때 나는 무엇이든 해낼 수 있을 것 같은 상태에 있었기 때문에 그런 치유가 당연하게 느껴졌다. 나는 내가 늘 희생양 역할을 해왔다는 것을 이해했고, 이제 그것을 알았으니 언제든 내 힘으로 내 삶의 창조자가 될 수 있다는 것도 이해했다. 이제 나는 힘 있는 존재가 되기 위해 다른 이들의 승인을 기다릴 필요가 없었다. 그 힘은 언제나 나에게 있었다. 내가 그동안 푹 빠져 있던 '양념장' 때문에 그것을 보지 못한 것뿐이었다. 내가 당연하게 받아들인 문화적 환경, 즉 양념장에는 피해자 의식, 성별 불평등, 자신이 열등하다는 믿음 등이 들어 있었다. 그런 믿음과 느낌 모두가 이제 사라지고 없었다. 나는 예전의 나로는 절대로 돌아갈 수가 없었다. 과거의 나는 더 이상 존재하지 않았으니까 말이다.

그래서 요점은 새로워진 자기 자신에게 진실해야 한다는 것이다. 두려움 없이 당신 자신이 되어야 한다. 그러면 나머지는 전부 그에 맞춰 따라올 것이다.

# 필터와 거울들

　트라우마적인 경험들은 우리에게 깊은 영향을 남긴다. 그로 인해 우리는 어떤 렌즈나 필터를 끼고서 세상을 바라보고 삶을 형성해 나아가게 된다. 필터에는 다음과 같은 것들이 있을 수 있다. "나는 성 공하려면 아주 열심히 노력해야 하는 세상에서 살고 있다. 모두와 경 쟁해서 나를 증명해 보여야 한다." "모두에게 돌아갈 만큼 충분하지 않으므로, 남들과 경쟁해서 이기지 못하면 그들이 다 가져갈 것이 다." "나는 매일 매순간 끊임없이 나의 가치를 증명해야 한다."

　가령 어렸을 때 괴롭힘을 당한 적이 있거나 학대를 받은 적이 있 다고 해보자. 혹은 부모님의 칭찬이나 인정을 받지 못했을 수도 있 다. 이런 것들은 당신이 세상을 바라보는 필터에 손상을 입힐 수 있 다. 이런 손상된 필터들은 당신으로 하여금 사람들을 두려워하게, 혹은 몇 사람 빼고는 대부분의 사람들을 믿지 못하게 만든다. 어쩌 면 이런 경험들 때문에 당신은 모르는 사람에 대해 일단 경계부터 하고 볼 수도 있다. 다시 말하면 당신은 불신이라는 필터로 세상을 바라보는 것이다. 아니면 늘 최악의 결과가 닥칠 거라 예상하며 겁에 질려 있고, 그로 인해 매번 위험을 피하며 안전한 선택만 하려고 들 수도 있다. 어쩌면 앞에서도 살펴보았듯이 남들의 승인에 근거해서 선택을 한다거나, 갈등을 덜 일으키는 쪽으로만 선택할 수도 있다.

　나는 성장기에 내가 신체적으로 다르다는 이유로 놀림을 받고 괴 롭힘을 당하면서 내 외모가 열등하다는 믿음을 갖게 되었다. 실제로 학교에서 어떤 남자아이가 나에게 못생겼다고 말한 일도 있다. 그것이 내 가슴에 깊이 박혔고, 나는 그것을 사실로 믿었다. 못생기고 열등하다는 믿음을 내가 그대로 받아들였기 때문에, 그 믿음은 내가 세상을 보는 렌즈가 되었다. 그 결과 나는 극도로 수줍음을 타게 되었다. 나는 사람들에게 판단받고 싶지 않았기 때문에, 남들 눈에 뜨이는 게 두려웠고 세상으로부터 숨고 싶었다. 내 세계관은 나를 내향적인 사람으로 만들었다. 나는 소심해졌고, 내가 나에 대해 갖는 인식도 바뀌었다. 그것은 내가 주변의 모든 것을 경험하는 방식에 영향을 미쳤다.

그러나 만일 내가 어렸을 때 사람들이 아주 예쁘거나 귀엽다고 여기는 외모였다면 어땠을까? 내가 세상을 바라보는 렌즈는 과거의 내가 오랫동안 갖고 있던 렌즈와는 상당히 달랐을 것이고, 나는 분명 세상을 전혀 다르게 경험했을 것이다.

물론 아름답고 멋진 외모라는 렌즈 역시 그 자체의 문제들을 야기할 수 있다. 그런 외모를 잃게 되면 전에는 한 번도 겪어보지 못한 불안정한 심리가 생긴다거나 할 수 있을 테니까 말이다. 전반적으로 어린 시절의 경험은 세상을 바라보는 방식에 굉장히 큰 영향을 미치고, 심지어 그 영향력은 영구적이기까지 한 것 같다.

어린 시절에는 우리에게 일어나는 일을 통제할 수 없었겠지만, 성인이 된 이후에도 우리는 여전히 그 짐을 지고 다니며, 대개는 자기가 그러고 있다는 것도 알아차리지 못한다. 더 이상 유효하지 않은 그 낡은 렌즈를 통해 지금도 똑같이 세상을 보는 것이다! 우리는 우리가 진실을 보고 있다고 생각하겠지만 사실은 자신의 필터를 통해 세상을 보고 있는 것이다. 나의 경우를 예로 들면 예전에 비행기에 탑승하는데 임의 보안 검사에 걸린 적이 있다. 나는 즉시 '인종 프로파일링(수사 등에 있어 인종에 근거해 용의자를 지목하는 차별적 관행—옮긴이)을 당하고 있구나'라고 생각했다. 그것은 정말 임의로 이루어진 보안 검사였을 수도 있는데, 내가 자라는 동안 인종 차별을 받았고 그것이 내가 현실을 바라보는 렌즈를 형성했기 때문에, 나는 그것을 곧바로 인종 프로파일링으로 간주했던 것이다.

나는 내가 그런 필터들에 얼마나 많이 영향을 받고 있는지 인식하지 못했는데, 어느 날 한 사교 모임에서 열아홉 살 때부터 알고 지내던 남자 동창과 우연히 마주치면서 비로소 제대로 깨달았다. 어렸을 때 나는 그를 좋아했지만, 그와 사귀기엔 내 외모가 부족하다고 생각했다. 그런데 놀라운 반전이 있었다. 오랜만에 만나 근황을 나누던 중 그가 사실 나를 많이 좋아했다고 털어놓은 것이다. 그는 나를 더 알고 싶었고 나와 데이트도 하고 싶었는데 내가 늘 거리를 두는 것 같았다는 것이다.

내가 거리를 두는 것 같았다는 말에 나는 깜짝 놀랐다. 뒤통수를 한 대 얻어맞은 기분이었다. 그가 말을 이었다. "너한테 굉장히 끌렸던 점이 뭐냐면, 네가 얼마나 매력 있는지를 네가 전혀 모르고 있다는 거였어."

그 대화에서 나는 우리가 성인이 된 뒤에도 여전히 어린 시절에 만든 필터로 세상을 바라볼 수 있고, 스스로에 대한 부정적인 느낌들이 자기 충족적 예언(자신이 믿는 대로 현실에서도 실현되는 현상—옮긴이)이 되어 실제로 부당하는 것처럼 느낀다는 사실을 깨달았다. 바로 이렇게 우리는 과거의 믿음들에 근거해 우리의 현실을 만들고 우리를 둘러싼 세계를 만들어나가는 것이다.

우리는 외부 현실에 대한 우리의 인식이 '실제 세상'이며, 우리 내면의 믿음들은 그저 외부에서 일어나는 것에 대한 반응일 뿐이라고 믿도록 배웠다. 그러나 사실은 그 반대이다. 현실에 대한 우리의 인식이 우리가 가진 필터로 인해 왜곡되어 있기 때문에, 우리는 외부 현실이 내면의 자아를 거울처럼 되비쳐주고 있다는 것을 깨닫지 못한 채 그 왜곡된 현실에 다시 반응하고 있는 것이다.

다른 이들이 현실에 대해 믿으라고 하는 말을 그대로 받아들이지 않기 위해서는 이런 필터들 너머를 볼 줄 알아야 한다. 그리고 우리는 예전처럼 순응해야 사회에 받아들여질 거라고 느낄 필요가 없다. 우리는 내가 이 책에서 말하는 원리들을 활용해, 즉 자기 자신을 사랑하고, 내면의 신비가에게 묻고 귀 기울이며, 우주 의식과 연결됨으로써 필터 너머를 볼 수 있다. 그렇게 할 때 우리의 본모습에 대한 거짓된 개념에 맞추기 위해 더 작아지는 것이 아니라 더 커지게 된다.


## 필터 없이 경험하기

나는 임사체험을 하면서 온갖 필터들이 사라진 것을 느꼈고 내 진정한 본모습이 무엇인지를 보았다. 내가 내 몸도, 내 이미지도, 인종도, 문화도, 성별도, 그밖에 나를 규정하는 그 무엇도 아니라는 것을 깨달았다. 그것들은 모두 이 물리적 영역에 속해 있는 필터였다. 그것들은 우리가 자신의 성별과 인종 등을 가지고 만들어내는 의견들이고, 이는 또다시 우리가 다른 이들을 판단하거나 평가하는 필터가 되었다.

지금 우리가 살고 있는 이곳의 지배적인 신념 체계는 우리가 그저 물질적 존재일 뿐이라는 것, 외부의 현실이 진짜 세계이고 우리 내면의 세계는 순전히 우리의 상상이라는 것이다. 사람들은 외부 세계가 마음에 들지 않으면, 열심히 노력을 한다거나, 무슨 수를 낸다거나, 강압을 한다거나, 잔인하게 물리력을 써서라도 바꿀 수 있다고 믿는다. 이런 방법들은 모두 외적인 통제력을 행사하려는 시도들이다.

그러나 나의 임사체험을 비롯해, 수많은 책과 사람들에게서 읽고 들은 변화의 경험들, 고대의 지혜와 가르침, 나아가 양자물리학의 발견들은 하나같이 이렇게 말하고 있다. 진실은 이 사회의 지배적인 패러다임과는 정반대된다고. 삶의 조건들이 마음에 들지 않는다면 우리는 우리 내면 세계를 들여다봐야 하며, 어쩌면 우리 자신을 더 사랑하는 데 힘써야 할지도 모른다. 우리는 우리 내면 세계의 빛이 밖으로 뻗어나가 외부의 물질 세계에 반영될 수 있도록 우리의 필터와 믿음 들을 내려놓아야 한다.

변형을 겪고 난 후의 삶은 엠패스들, 즉 남의 기분을 맞춰주려는 기쁨조나 스스로 호구가 되도록 방치해 온 사람들에게는 훨씬 더 힘들 수 있다. 내가 말했듯이 엠패스들은 물리적(외부) 세계와 개인적(내면) 세계 양쪽에 발을 걸치고 있다. 엠패스들은 내면 세계에 아주 민감하기 때문에 변형적인 생각들로 이어지는 통찰과 안내를 끊임없이 경험한다. 그러나 당신이 남의 기분을 맞춰주려는 기쁨조일 경우에는 아무리 강력한 변형이라도 이를 당신 안에 통합하기가 힘들 수 있다. 상대가 어떤 생각을 하는지, 당신에게 무얼 바라는지 훤히 보이는데다 그가 누구든 그를 서운하게 하고 싶지 않기 때문이다.

우리가 갖고 있는 필터들의 상당수는 두려움에 근거하며, 우리 자신이 충분하지 못하다고 믿게 만든다. 그 안경을 벗고 세상을 다르게 본다면 어떨지 상상해 보라! 당신이 평생 쌓아올린 그 뿌연 필터들을 치워버린다면 세상과 그 안의 사람들이 어떻게 보일까? 그리고 당신 자신에 대한 관점은 어떻게 달라질까? 그런 필터들이 없다면 그동안 그 필터들이 당신 삶에서 어떻게 작용해 왔는지, 그리고 다른 이들의 삶에서도 두려움이나 결핍감, 열등감 같은 필터들이 어떻게 작용하고 있는지가 보일 것이다.

나는 두 번째 책 《나로 살아가는 기쁨》에서 우리에게 도움이 되지 않는 신념에 자신을 맞추고 살아가는 것에 대해 이야기했다. 그런 것들이 바로 필터이고 그 필터들이 대개 우리 앞에 지옥 같은 삶을 만들어낸다. 정말이지 이 필터들을 치워버릴 때 삶은 실제로 천국이 될 수 있다. 천국은 사실 여기에 있다. 우리의 무한하고 장엄한 자아와 연결되는 것은 언제나 가능하니까 말이다.

그렇다면 필터들을 어떻게 내려놓을 수 있을까? 그것이 바로 내가 다루고 싶은 주제이다. 우리가 그 필터들을 알아차리고 내려놓을 수 있다면 우리의 진정한 자아와 연결되고 또 연결을 계속 유지하기가 더 쉬워지기 때문이다. 맨 먼저 물어야 할 것은 "내 필터들은 무엇인가? 나는 어떤 필터들을 통해 삶을 바라보는가?"이다. 나의 경우엔 어린 시절 학교에서 괴롭힘을 당하고 인종 차별을 경험하면서부터 스스로를 호구이자 기쁨조로 만들어버렸다. 내가 삶을 인식할 때 쓰는 필터는 "나는 내 주변 환경의 피해자다"라는 것이었다. 이제는 이런 낡은 생각 패턴과 태도가 나오려고 하면 나는 그것들이 내가 살아오는 데 어떤 역할을 했는지 알아차리며, 그 덕에 그것들은 더 이상 나에게 힘을 행사하지 못한다. 이런 알아차림 덕분에 나는 그런 필터 없이 세상을 보면 어떨지 상상할 수 있고, 필터들을 없애는 쪽으로 한 발 더 다가갈 수 있다.

사람들은 나에게 자꾸 과거의 낡은 필터와 신념 체계로 돌아가게 된다고 말하고는 한다. 예를 들어 직감적으로 성공하겠다는 느낌이 드는 창의적인 아이디어가 떠올랐는데, 이내 두려움이나 의심이라는 낡은 필터가 끼어든다는 식이다. 그러면 그들은 '아마 전에도 누군가 이렇게 했을 거야. 나만 이런 생각을 했을 리 없어. 이게 새로운 것일 리 없지'라고 생각하기 시작한다는 것이다.

훌륭한 가수인 클로디아Claudia는 나에게 오디션에 갔던 이야기를 들려주었다. 그녀는 설레고 긴장되고 떨리기도 했지만, 동시에 아주 멋지게 해낼 준비도 되어 있었다. 그런데 자기 차례가 다가오자 목구멍이 조여 오는 듯하면서 갑자기 이런 생각이 올라왔다. '전문 가수가 될 거라 생각하다니 네가 뭐라도 되는 줄 알아? 이건 그저 유치한 꿈일 뿐이라고!' 클로디아는 스스로에게 화가 났다. '지금은 그럴 때가 아니야. 정 오고 싶으면 나중에 와. 하지만 지금은 아니야.' 그 목소리는 클로디아가 밀어내려고 하면 할수록 더 끈질기게 따라붙었다.

중압감이나 슬픔, 화가 올라오거나, 목구멍이 조여오고 숨이 가빠지거나, 그 자리에 얼어붙는 것 같은 느낌이 든다면, 그것은 당신의 낡은 필터들이 다시 끼어들기 시작했다는 뜻이다. 이런 느낌은 그 낡은 필터들을 끌어올려서 의식적으로 해소하라는 신호이다. 그런 방법 중 하나는 당신을 둘러싼 필터들이 실제로 녹아 없어지면서 당신이 자유롭게 꿈을 좇고 있는 모습을 시각화해 보는 것이다!

클로디아는 그 오디션을 잘 해냈지만 통과하지는 못했다. 그러나 굴하지 않았고, 다음 오디션에서는 크게 심호흡을 하면서 필터들이 녹아 없어져 더 이상 그런 것 없이 오디션에 임하는 모습을 상상했다. 그 방법이 효과가 있었는지 클로디아에게 일이 점점 더 들어오기 시작했다.

몇 년 전에 나는 여러 강연자가 나오는 행사에 강연자의 한 사람으로 참석한 적이 있었다. 한 강연자가 나와서 이야기하는 것을 들었는데 아주 훌륭하다는 생각이 들어 대기실로 찾아가 강연을 정말 잘 들었다고 말을 건넸다. 그때 그의 반응이 다소 심드렁해 보였는데, 그러자 곧 내 필터가 가동해 그의 반응을 냉담하고 쌀쌀맞으며 어쩌면 살짝 거들먹거리는 것 같다고 해석했다. 즉 내 '피해자 의식'

필터가 등장해 그가 나에게 우월감을 느끼고 있으며, 나는 그와 담소를 나누면서 시간을 뺏을 만한 사람이 못 된다고 말하고 있었던 것이다.

다행히도 시간이 좀 지나고 나서 나는 정신을 차리고 그저 내 필터가 다시 작동했을 뿐임을 알아차렸다. 내가 "그 대화를 그렇게 해석한 건 내 필터 때문일지 몰라"라고 스스로에게 말한 순간, 나는 신성한 '다운로드' 또는 '목소리'를 내려 받기 시작했다. 그 목소리는 이렇게 말했다. "그 사람은 사실 네 팬이야. 그런데 네가 자기를 보러 오니 놀란 거지! 사실은 너를 너무 대단하게 생각해서 뭐라고 말해야할지를 몰랐던 거야!"

나에게 이런 다운로드는 내가 안내자나 더 높은 자아, 또는 우주의 지식에 닿아 있는 내면의 신비가의 '목소리'라고 부르는 것에서 온다. 그것은 실제 목소리는 아니다. 그런 대화는 그저 낱말 몇 개가 마치 스냅 사진처럼 순식간에 주어지는 게 다일 수 있지만, 그게 뭔지 나는 그냥 안다. 모든 사람이 다 이런 식으로 소리를 듣는 건 아닐 수 있다. 다른 이들에게는 어떤 인상이나 모습, 앎, 귓전의 울림, 전류가 흐르는 듯한 느낌, 그밖에 여러 가지로 나타날 수 있다. 보통은 그게 무슨 의미인지, 무엇을 말하려고 하는지 본인이 알 것이다.

나는 그 메시지에 너무나 놀랐다. '우와, 말도 안 돼! 누군가 나를 그렇게 대단하게 생각할 리 없어! 그게, 그러니까 나는 보잘것없는 호구 같은 존재잖아.' 내 머리는, 더 정확하게 말하면 내 필터는 그렇게 말하고 있었지만, 마음속에서는 동시 방송처럼 또 한 차례의 다운로드가 이루어지고 있었다.

이 다른 목소리는 필터들에서 쏟아져 나오는 생각들을 고요히 진정시킬 수 있을 때, 적어도 잠시 그것들에 의문을 제기할 수 있을 때만 들을 수 있다. 필터들은 당신이 그 생각들에 동의할 때만, 당신이 그런 판단을 받아들일 때에만 당신에게 힘을 행사할 수 있다. 그러나 당신은 그런 생각과 판단을 받아들일 필요가 없다. 그것이 바로 당신이 가진 힘이다. 그것들이 그 볼품없는 머리를 쳐들어 당신의 자각 속으로 들이밀 때마다 의문을 제기하라. 언제나.

당신이 부정적인 필터를 꼭 붙들고 있으면, 더 높은 '목소리'나 '다운로드'는 당신에게 전달될 수 없다. 그런 목소리는 필터들과는 다른 주파수에 있다. 안내자의 목소리를 들으려면 당신은 그런 필터들보다 더 높은 주파수대로 올라서야 한다. 그러면 그 목소리는 당신이 자신에 관해 한 번도 상상해 보거나 생각해 본 적 없는 것들을 들려주며 당신을 놀라게 할 것이다. 필터들보다 위에 있는 그 목소리는 늘 당신의 용기를 북돋지 결코 꺾지 않는다는 것을 기억하라. 그것은 언제나 영감을 주지 겁을 주지 않는다. 그것은 늘 당신이 자신의 신성함을 자각하도록 한 걸음 더 이끌어준다.

나는 나중에 이렇게 새로워진 에너지, 새로운 느낌으로 그 강연자를 다시 찾아갔는데, 아니나 다를까 그가 내 책들을 읽었고 내가 하는 일들을 잘 알고 있으며, 나의 열렬한 팬이라는 사실을 알게 되었다! 그는 아까 나와 만났을 때 청중석에서 내가 그의 강연을 듣고 있을 줄 몰랐기 때문에 어색하고 부끄러웠던 것이다. 그는 나와 이렇게 개인적으로 이야기를 나누게 되어 몹시 기쁘다고 했다. 나는 내 안의 목소리를 신뢰하고 그를 다시 찾아가기를 정말 잘했다고 생각했다. 그렇지 않았다면 내 삶을 풍성하게 해주는 또 한 명의 멋진 영혼을 사귈 기회를 놓쳤을 것이다. 그러니 내면을 끊임없이 확인하고 목소리에 귀 기울여라. 그런 필터들이 없을 때 당신의 삶은 당신이 결코 상상하지 못했던 것을 볼 기회와 그 길을 열어줄 수 있다.

## 주파수 맞추기

자신의 무한한 자아와 영적인 안내 시스템에 더 잘 연결되기 위해서 먼저 자신에게 어떤 필터가 있는지부터 살펴보자. 당신이 신성한 다운로드가 일어나는 주파수에 다가가지 못하게 막는 것이 바로 그 필터들이니 말이다.

사람들은 내게 자주 "왜 당신은 그런 안내를 받는데 다른 사람들은 못 받나요? 왜 당신은 특별한 거죠?"라고 묻는다. 내 대답은 내가 특별한 사람이 아니라는 것이다. 나는 특별하지도 않고 선택받은 것도 아니다. 이런 다운로드 정보들—나의 경우에는 목소리들—은 우리에게 늘 말을 걸고 있지만, 그 주파수에 조율해서 그것을 듣거나 보거나 느낄 수 있느냐 여부는 우리에게 달려 있다.

당신 눈에 씌워져 있던 렌즈가 떨어져나가고 필터들도 더 이상 없다면 당신의 삶이 어떨지 상상해 보라. 일단 렌즈가 떨어져나가는 것이 느껴진다면 한번 그 목소리에 귀 기울여보라. 그렇게 귀 기울일 때 떠오르는 긍정적인 생각, 아이디어, 통찰과 예감에 말이다. 그렇게 다운로드되는 것들을 보거나 듣거나 느끼기가 힘들다면 혼자 있는 시간을 더 늘리는 것부터 시작해 보자. 실제로 혼잣말하는 시간을 더 갖는 것도 좋다. 보통은 혼잣말이 미쳐가는 첫 번째 신호라고들 말한다는 걸 나도 알지만, 약속하건대 만일 그게 미친 거라면 난 제정신이라고 여겨지는 많은 사람들처럼 되기보다 차라리 그런 내가 되겠다. 내가 보아온 바로는 이 세상 대다수 사람들이 그렇게 행복해 보이지 않는 데 반해 나는 진정으로 행복하다. 이는 거짓된, 한갓 표면적인 긍정이 아니다. 그것은 깊은 곳에서 우러나는 행복이며, 설령 힘든 하루를 보낸 날이라 해도 내 깊은 중심에서는 여전히 행복하고 안전하다고 느낀다. 나는 더 이상 행복한 것에 대해 '생각'할 필요도, 행복하거나 긍정적인 것처럼 '행동'할 필요도 느끼지 못한다. 난 그냥 행복하다.

그렇다면 혼잣말을 하라는 건 무슨 뜻일까? 자기 자신에게 질문을 해보라는 말이다. 잠들기 전에 '내 필터들은 무엇일까? 필터들아, 나한테 모습을 드러내 봐!' 이런 식으로 질문하는 것도 좋다. 필터들이 대개 당신에 대한 부정적인 생각들로 나타난다는 걸 알게 될 것이다. 필터들은 우리가 우리 자신과 남들을 사랑하지 못하도록 막는 목소리이다. 만약 필터들을 찾아냈다면 이렇게 물어볼 수도 있다. '어떻게 하면 이 필터들을 내려놓을 수 있을까? 무한한 자아여, 나를 도와줘! 이걸 어떻게 할 수 있을지 알려줘!'

한밤중에 혹은 아침에 깨어났을 때 대답이 떠오를 수도 있다. 아침에 질문에 대한 답과 함께 깨어날 때를 대비해 펜과 공책을 머리맡에 늘 놓아두자. 떠오르는 통찰과 대답뿐 아니라 당신 내면의 자아에게 할 질문도 적어두고 싶을 수 있다.

처음에 이런 소통은 미묘하게 느껴질 것이다. 당신은 그 목소리에 의심이 들 수도 있고, 그저 머리mind의 소리라고 치부할 수도 있다. 높은 자아의 목소리와 머리의 소리는 구분할 수 있다. 당신의 높은 자아는 늘 정말로 좋게 느껴지는 것, 당신이 예상하지 못한 것, 영혼을 살찌우는 지혜와 통찰, 앎을 주고, 자기 사랑을 쏟아 부어줄 것이다. 그러나 어려서부터 학습을 통해 형성된 신념들은 당신이 받은 좋은 생각들에 의구심을 불러일으키며 의문을 제기하게 만든다. 예를 들어 당신이 새로운 일을 해보려 한다거나, 뭔가 쉽지 않고 불안감이 드는 일을 해보려고 한다면, 당신의 높은 자아는 "겁내지 마" 같은 메시지를 줄 것이다. 혹은 뭔가를 먹고 탈이 났다면 "따뜻한 물을 마셔" 같은 안내를 받을 수도 있다. 이건 사실 나한테 자주 있는 일이다. 이때 머리는 "나는 대체 왜 이런 메시지를 받는 거야?" 혹은 "이건 그냥 내 상상일 뿐이야"라며 이런 통찰들을 묵살하려 든다.

당신은 두려움에 기반해 있고 기분을 더 안 좋게 만들며 사랑의 메시시를 의심하게 만드는 메시지보다는, 당신이 보살핌받고 보호받고 있으며 사랑받고 있다는 느낌을 주는 메시지를 듣고 싶을 것이다. 그것이 바로 더 높은 자아와 머리, 더 낮은 자아, 육체적 자아를 구별하는 방법이다. 더 낮은 자아, 육체적 자아의 목소리는 대개 두려움에서 나온다. 또한 분노에서 나오고, 피해자 의식에서 나오며, 당신이 삶 위에 쌓아올린 어린 시절의 필터들로부터 나온다. 더 높은 자아의 목소리는 그런 것들을 전부 뛰어넘는다. 그것은 신the Divine의 목소리 혹은 수호 천사들의 목소리이다. 그것은 지극히 다정한 누군가의 목소리, 조건 없는 사랑의 목소리이다. 그러니 두려운 생각과 의심이 끼어들어 파티를 망쳐버리기 전에 오로지 좋은 느낌을 주고 영혼을 살찌우는 생각들만 품는다면, 그것이야말로 좋은 시작점이 될 것이다.

두 번째 방법은 그런 생각들이 마치 진짜인 것처럼, 당신의 안내자나 더 높은 자아로부터 나오는 것처럼 행동하는 것이다. 그렇게 한 번 해보면 자기 자신이나 삶 자체가 얼마나 좋게 느껴지는지 확인할 수 있을 것이다. 곧 삶이 당신의 느낌을 반영하기 시작하는 걸 보게 될 것이며, 앞으로도 계속해서 그렇게 하게 될 것이다. 시간이 가면서 그런 목소리를 듣고 신뢰하기도 더욱 쉬워질 것이다. 더 높은 자아에게서 오는 메시지를 신뢰하기가 쉬워질수록 그런 안내들을 더 많이 받게 될 것이며, 내용 역시 한층 더 명료해질 것이다.

나의 더 높은 자아는 끊임없이 나와 소통한다. 그것은 내가 다음에 무엇을 하고 무엇을 거절해야 할지 혹은 수락해야 할지 알려주며 끊임없이 나를 이끌어준다. 또한 내 영상과 책, 강연, 워크숍, 수련 프로그램의 주제에도 조언을 해주면서, 내가 물리적 세계와 비물리적 세계 사이에서 균형을 잘 맞출 수 있게 도와준다. 이러한 안내는 '아하!' 하고 깨닫는 순간들이 연속되는 것과 같다. 내 내면의 목소리는 이 글을 쓰고 있는 지금도 마치 채널링을 하고 있는 것처럼 아주 강력하게 나를 이끌고 있다. 실제로 어떤 형태로든 이와 같은 안내를 받는 것은 일종의 채널링이라고 할 수 있다. 나를 '채널러'라고 부르면 내가 채널링을 통해 자신들의 문제에 대해 대답을 받아주길 원하는 사람들을 끌어들이게 될까봐 이것을 채널링이라고 말하지 않을 뿐이다. 그 대신 나는 사람들이 스스로를 위해 자기 내면의 목소리를 들을 수 있기를 바란다. 요점은 내가 내 안내자와 연결되는 것과 똑같이 당신 역시 당신의 안내자와 연결될 수 있으며, 다른 누군가의 채널에 맞추려고 하기보다는 당신만의 주파수를 찾아 자신의 채널에 맞추는 쪽이 더 바람직하며 더 큰 힘을 발휘할 수 있다는 것이다.

더 높은 자아, 무한한 자아의 목소리와 두려움에 기반한 머리의 목소리를 구분하는 또 다른 방법들도 있다. 더 높은 자아의 목소리를 따라가면 느낌이 매우 가볍고 기운이 차오르는 반면, 두려움에 기반한 머리의 목소리를 따라가면 기운이 빠진다. 더 높은 자아는 조건 없이 사랑하며, 의도적으로 타인을 해치거나 해를 가하는 쪽으로 당신을 절대 이끌지 않지만, 두려움에 기반한 목소리는 당신이 남들보다 못하고 부적합한 존재라고 느끼게 만든다.

내면의 안내를 따라가기 시작하면 당신의 삶은 부드럽게 흘러갈 것이고, 모든 일이 힘들이지 않고도 펼쳐질 것이며, 그 느낌도 굉장히 좋을 것이다. 그게 바로 대부분의 시간에 내가 느끼는 기분이다. 그러나 뭔가가 내 흐름을 깬다고 느껴지는 때도 종종 있는데, 그럴 때 나는 마치 내 주파수에서 떨어져 나와 있는 듯한 기분이 든다. 내 주파수에서 떨어져 나와 있다는 것은, 내가 더 낮은 주파수인 물리적 주파수로 떨어지는 일이 발생해서 내 내면의 목소리를 들을 수 없게 된다는 뜻이다. 나의 경우는 비난을 들을 때가 그러한데, 특히 혹독한 비난이나 비열한 태도, 온라인에서 나를 향해 퍼붓는 악성 댓글 등을 마주할 때가 그렇다. 보통의 경우 사람들을 더 높은 주파수에서 떨어뜨리는 느낌과 행동은 죄책감과 두려움, 화, 비난, 인정을 갈구하는 것 등이 있다. 자신의 주파수에서 떨어져 나왔다고 느껴질 때가 언제인지, 그리고 그 원인이 무엇인지 알아차려 보라.

내가 더 낮은 주파수로 떨어져 나온다는 표현을 쓰기는 했지만, 그 말이 곧 내가 남들보다 더 높은 주파수에 맞춰져 있다는 뜻은 아니다. 전혀 그렇지 않다. 내 말은 우리 내면의 자아의 목소리가 마음의 목소리보다 더 높은 주파수에 있다는 뜻인데, 그것은 우리 마음이 주파수가 낮은 외부 세계로부터 자극을 받기 때문이다. 마음은 우리가 살아가는 환경과 패러다임에 영향을 받으며, 따라서 더 낮은 주파수에 있다는 말은 외부의 것들에 우리가 가진 힘을 내주고 있다는 의미이다.

주파수를 높이는 방법으로는 이런 것이 있을 수 있다. 뭔가가 당신의 기분을 가라앉게 만든다면, 혹은 그런 느낌이 드는데 왜 그런지 모르겠다면, 한두 단계 더 높은 생각이나 느낌, 상황을 떠올린 뒤 기분이 좀 나아지는지 살펴보라. 주변의 것들에서 기쁨을 찾아보라. 감사를 느껴보라. 내면에 집중해 보라. 이 모든 것이 당신의 주파수를 높이는 데 도움이 된다. 내면의 신비가에게 더 귀 기울이고 당신 몸 안에서 공명되는 생각과 통찰을 더 많이 느낄수록, 당신의 목소리에는 더 큰 권위가 실리게 될 것이다. 그러면 콧노래가 저절로 나온다.

당신의 오라aura가 점점 더 확장되고 커지는 모습을 시각화하는 것도 주파수를 높이는 방법이다. 이것은 내가 쓰는 방법이기도 하다. 나는 내가 환하게 빛나는 강렬한 빛의 공이라고 느껴질 때까지 내 오라가 점점 더 커지고 밝아지는 모습을 시각화한다! 이 밖에도 살면서 무척 행복했던 시간을 떠올리고 그때의 감정을 느껴볼 수도 있다. 혹은 사랑하는 사람이나 그들에 대한 당신의 감정을 떠올려볼 수도 있다. 그 대상은 연인이나 배우자, 자녀, 그리고 반려 동물이 될 수도 있다! 이런 방법 모두가 당신의 감정을 바꿔주고 주파수를 높여준다.

주변에서 필터를 제거한 사람이 엠패스이자 기쁨조인 당신뿐이라면, 온갖 필터를 끼고 살아가는 사람들로 가득한 현실 속에서 당신만 혼자 다르게 살아가기가 힘들 수도 있다. 변형의 경험을 자신 안에 통합시키려고 노력하는 사람들이 만든 시스템이 아니라, 그렇지 않은 다른 사람들의 필터를 가지고 만든 시스템에 자신을 맞추기는 더욱 어렵게 느껴질 수 있다. 심지어 당신이 남들과 다르다는 이유로 당신이야말로 틀렸다거나 망상에 빠졌다고 사람들이 말하면 그 말이 맞는 것처럼 들릴 수도 있다. 어떻게 그들 모두가 틀릴 수 있겠는가? 바로 이런 생각이 우리를 자신의 주파수에서 떨어뜨릴 수 있다.

엠패스인 우리는 이렇게 하다가 기운이 소진되고 병이 날 수 있다. 그것은 우리가 이 지배적인 패러다임에 순응하려고 노력하는 동안에도 우리 내면의 진실은 우리가 정말로 알고 있는 것들, 우리의 진짜 모습을 상기시키면서 우리를 불러내고 있기 때문이다.

내 주파수에서 떨어져 나왔을 때 나는 내 내면의 목소리는 거기 그대로 있고, 단지 주파수를 가리키는 바늘이 거기에서 멀어졌을 뿐이라는 것을 안다. 나는 그저 다시 거기에 맞추기만 하면 된다. 사람들의 비난에서 나 자신을 방어하거나 그들에 맞서 싸우면서 시간을 보내면, 나는 기운이 다 소진되고 만다. 그건 내 자연스런 상태가 아닌 주파수에 시간을 많이 쓰는 것이기 때문이다. 그래서 나는 그런 것에 결코 반응하거나 말려들지 않으려고 하며, 설령 잠시 물러나 나 자신을 돌봐줄 필요가 있을 때에도 내 초점은 여전히 내면의 목소리와 다시 연결되는 것에 맞추어져 있다.

그렇게 할 때 그런 비난은 오히려 한층 더 깊은 수준의 메시지를 내면으로부터 받도록 질문을 던지게 하는 연료가 되어준다. 그래서 나는 그런 비난을 내 안으로 더 깊이 들어가 주파수를 끌어올릴 수 있는 기회로 본다. 예를 들어 비난으로 깊이 상처받아 본 경험 덕분에 나는 엠패스들이 왜 그렇게 자신의 메시지를 나누기 두려워하는지 이해할 수 있게 되었다. 사실 이 책 전체를 관통하는 주제, "민감함이 새로운 강함이다"라는 말 자체가 내가 온라인 악플러들과 비난꾼들을 마주쳤을 때 느낀 아픔에서 영감을 받은 것이다. 그러한 고통이 나로 하여금 더 깊이 들어가 다음과 같은 질문을 하게 했다.

- 분명 이런 비난으로 이렇게 고통을 느끼는 게 나만은 아니겠지?

- 그렇다면 민감한 사람들은 모두가 사람들 앞에서 자신의 진실한 삶의 이야기와 특별한 경험을 나누기 두려워한다는 뜻일까?

- 더 나아가서, 민감한 사람들은 모두 비난의 표적이 될까봐 리더 역할이나 대중의 눈에 뜨이는 역할을 맡기 두려워할까? 바로 그래서 세상에 엠패스인 민감한 지도자가 그렇게 적은 것일까?

- 세상을 더 나은 곳으로 바꾸고 싶어 하는 엠패스들이 비난을 덜 두려워하는 법을 배운다면 어떨까? 그렇다면 대중 앞에 당당히 나서서(왕따시키거나 괴롭히는 가해자들이나 나르시시스트들의 그늘 뒤로 숨어 있는 게 아니라) 새로운 패러다임의 길을 닦는 데 일조할 수 있지 않을까?

이런 질문을 통해 얻은 통찰과 더불어 나는 우리 인간 종種이 앞으로도 살아남기를 원한다면, 우리를 구원할 도구는 민감함과 공감 능력이 될 거라는 메시지를 세상과 나누며 앞으로 계속 나아가기로 다짐했다. 솔직히 그런 비난들로 인한 고통을 내가 직접 겪어보지 않았다면, 나는 다른 엠패스들과 민감한 사람들이 앞에 나서서 모습을 드러내고 리더 역할을 맡도록 길을 닦아야겠다는 자각이나 동력을 얻지 못했을 것이다.

만일 내가 더 높은 자아의 목소리를 듣지 않고 두려움에 기반한 마음의 소리에만 귀를 기울였다면, 지금 하고 있는 일을 하지 못했을 것이다. 어쩌면 호구 의식과 피해자 의식의 주파수에 계속 머물러 있었을 수도 있다. 그러나 나는 그런 의식이 전에 나를 암으로 이끌었다는 것을 알고 있었고, 다시 그 길을 가고 싶지 않았다. 그래서 이번에는 내 내면의 자아의 목소리를 따르기로 선택했고, 그것은 나에게 사랑과 힘, 용기로 가는 길을 열어주었다.

당신의 필터들을 내려놓고 두려움 없이 살아가기를, 그리하여 당신도 자신의 변형 과정을 시작해 보기를 바란다. 특히 당신이 다른 이들의 신념에 반대되는 입장에 있다면 더더욱 그러기를 바란다.

# 내면에 조율하기 명상

이 명상은 내면의 안내를 받을 수 있도록 당신의 채널들을 열어줄 것이다. 시간이 갈수록 이 목소리들 또는 다운로드 내용들은 당신의 일부가 될 것이다.

≫

나는 고요하게 앉아 내 내면의 안내에 주파수를 맞춘다.

나는 귀에는 들리지 않는 그 작고 고요한 목소리를 듣는다.

때로 그것은 목소리가 아니라

눈에 보이는 형태로 나타나기도 한다.

그것은 언어나 그림으로 이루어진

사랑스러운 스냅 사진 형태의 텔레파시로 다가온다.

나는 나 자신을 열고, 숨을 들이쉬면서

이 스냅 사진들을 내 감각 안으로 들인다.

나는 그것들을 내 가슴과 영혼 속으로 깊이 받아들인다.

나는 보호받고 있음을 느낀다.

나는 사랑받고 있음을 느낀다.

# 8

# 죄책감 없이
# 풍요를 받아들이기

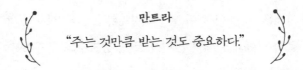

만트라
"주는 것만큼 받는 것도 중요하다."

우리가 이 세상 앞에 나서는 것, 소명을 따르는 것, 자신을 온전히 표현하는 것 등에 대해 이야기할 때 돈을 거론하지 않고 말하기란 거의 불가능하다. 그러나 그저 돈을 언급하는 것만으로도 두려움에서부터 행복감에 이르기까지 다양한 감정이 유발될 수 있으며, 때로 그런 느낌들은 상당히 강렬할 수 있다. 돈은 모두가 극구 피하려고 하는 민감한 주제이다.

나 역시 돈에 대한 이야기는 가급적 피하려고 하는 편이다. 우선 나는 재정 쪽에 전문가가 아니고, 그 다음 돈에 대해 언급할 때 조심하지 않으면 그 주제 자체로 사람들을 자극할 수 있기 때문이다. 특히 영성 쪽에서는 그러기가 더 쉽다.(이 점에 대해서는 이 장 후반부에서 더 다룰 것이다.)

그러나 이 물리적 세계에서 돈이 없으면 살아갈 수 없는 만큼, 나는 돈이 왜 그렇게 많은 사람들에게 민감한 주제가 되는지 그 이유를 다루지 않고서는 이 책이 완성되지 않을 것 같다는 느낌이 들었다. 사람들이 나에게 보내는 편지를 보면, 상당수의 엠패스들이 금전 문제로 힘겨워할 뿐 아니라 심지어는 넉넉하게 먹고살 만큼의 돈도 벌지 못한다는 걸 알 수 있다. 특히 영적 교사나 치유 쪽의 일을 하는 사람들, 그 밖에도 가슴에 기반한 서비스 직종에서 일을 하는 사람들의 경우에는 더 그랬다.

엠패스인 우리는 한편으로는 우주의 리듬에 주파수가 아주 잘 맞추어져 있기 때문에 돈과 힘의 강력한 통로가 될 최적의 위치에 있다. 우리는 우리 내면의 지혜와 목소리를 아주 잘 듣고, 모든 창조물과 연결되는 능력도 대단히 뛰어나다. 그러나 우리는 우리가 힘을 갖는 것을 꺼리고 마땅히 받아야 할 것을 요구하는 것도 주저한다. 특히 돈을 좋아하는 것이 모든 악의 근원이라거나, 받는 것보다 주는 게 더 성스러운 것이라고 배웠다면 더더욱 그렇다.

이 장에서는 정말 많은 엠패스들을 가난과 결핍감에 붙잡아두는 믿음과 장애물을 어떻게 극복할 수 있는지 알아보자.

# 우리 사회의 우선순위는 망가져 있다

먼저 개인의 영적 믿음이나 종교적 믿음을 넘어서는 우리의 더 큰 물리적 현실을 살펴보자. 은둔자가 아닌 이상 당신은 우리 문화의 모든 부분이 돈과 깊이 엮여 있다는 걸 쉽게 볼 수 있을 것이다. 너무도 깊이 얽혀 있어서 그 관계를 끊어내려면 커다란 희생이 따를 수밖에 없다. 돈은 먹을 것이나 지낼 곳 같은 기본 요소에서부터 자유로운 창조 행위들에 이르기까지 우리 삶의 거의 모든 것에 필요하다. 한마디로 현대 사회에서 우리는 돈 없이 살아갈 수 없다.

선진국에 사는 우리는 돈에 대한 의존이 더욱 심각해서, 돈을, 그리고 돈에 대한 통제력이 있는 사람들을 거의 숭배하다시피 한다.(에너지 공급이나 의료 서비스, 음식, 약품 등 삶에 필수적인 것들을 통제하는 사람들에 대해서도 마찬가지다.) 우리는 우리의 힘을 그들에게 내어주고, 그러면 그들은 세계의 지도자들과 대중 매체를 통제하며, 그렇게 해서 결국은 우리를 통제한다. 이런 통제가 가능한 것은 아마 우리가 돈을 얼마나 많이 가졌는지에 근거해 사람들의 가치를 매기고, 성공을 오직 경제적 부의 관점에서만 정의하기 때문일 것이다. 사실상 '성공'이라는 말은 '경제적 부'와 동의어가 되었다. 아마도 항상 그래왔을 터인데, 인터넷의 발달로 이제 이런 현상은 더욱 노골적이고 더욱 명확해졌다.

무엇이건 더 빠르고 더 반짝거리는 최신 모델이 하루가 멀다 하고 출시되는 세상에서, 우리는 더 많이 사들이고 더 많이 소유함으로써 자신이 (일시적으로나마) 성공했다는 기분을 느끼고 싶어 하며, 이를 위해 탈진할 정도로 스스로를 혹사하며 자기 삶을 희생한다. 대부분의 사람들이 훨씬 더 적은 것을 가지고 충분히 잘살 수 있는데도, 광고주들은 우리의 두려움과 불안감을 이용해 최신형 차나 최신 유행의 고급 가방, 바하마에 새로 개업한 리조트에서의 휴가 같은 것을 누리지 못하면 불완전하고 부족하다는 느낌이 들게 만든다. 그저 우리가 돈을 계속해서 더 쓰게 만들기 위해서 말이다. 그렇게 우리는 더 갖지 않으면 만족감을 느낄 수 없는 그 끝없이 돌아가는 다람쥐 쳇바퀴 같은 삶에서 벗어날 수 없게 된다.

그 결과 많은 이들이 건강, 인간 관계, 도덕적 가치나 영적 가치보다도 돈을 최우선순위에 올려놓게 된다.(다만 다행히도 밀레니얼 세대[대략 1980년대 초부터 1990년대 중반 사이에 출생한 세대—옮긴이]의 경우는 생각이 좀 다른 것 같다. 그들은 직업에 관한 한 경력의 개발, 목적 있는 일, 일과 삶의 균형, 회사의 문화 등을 금전적 보수보다 더 중요하게 여긴다고 한다.[1]) 오늘날 세계의 경제 불균형이 최고조에 달하고[2] 내가 이 글을 쓰고 있는 현재 지구상의 인구가 77억 명에 이른 상황에서, 우리는 세상에 돈이 충분히 돌지 않으며, 최대한 많이 갖기 위해서는 남들과 경쟁해야 하고, 안 그러면 다른 사람이 먼저 돈을 가져갈 거라는 인식을 갖기에 이르렀다. 이러한 인식 때문에 많은 이들이 돈을 손에 넣기 위해 비윤리적인 일은 물론 노골적인 범죄도 서슴지 않게 되었다. 나아가 많은 기업들이 인류에게 봉사하기 위해서가 아니라 자신들의 탐욕을 채우기 위해 운영되고(그들의 첫 번째 의무가 주주들에게 이윤을 남기는 것이므로),

그것이 실제로 이 지구를 죽이는 지경에까지 이르렀다.

또한 우리는 시간보다 돈을 더 값지게 여김으로 해서, 혹은 그저 수지타산을 맞추려면 더 많은 시간 일을 해야 해서, 우리에게 주어진 시간을 충만하게 누리지 못한다.

예를 들면 이런 식이다. 내가 한 라디오 프로그램에 게스트로 나간 적이 있는데 그때 한 여성 청취자로부터 전화를 받았다. 그녀는 내가 "안녕하세요?"라는 인사를 채 마치기도 전에 자기 말부터 쏟아냈다. "지금 제가 하는 일이 너무 싫고, 정말로 기운이 다 빠져서, 매일 출근하기가 겁이 나는데요, 어떻게 해야 할지 모르겠어요! 저 어떻게 해야 하죠?"

나는 그녀에게 정말이지 자신을 더 사랑하고 더 귀하게 여기면 좋겠다고 대답했다. "일하는 시간을 줄이거나, 아니면 일을 그만두는 걸 한번 고려해 보세요. 보수는 적더라도 더 좋아하는 일을 찾는다든지요. 그저 일시적으로라도 한번……" 내 말이 끝나기도 전에 그녀가 질겁하는 게 느껴졌다.

"안 돼요." 그녀가 말했다. "그렇겐 못해요! 이 직장을 관두면 보험 자격도 잃고요, 주택 대출금도 못 갚고, 생활비나 식비로 쓸 돈도 없을 거예요. 퇴사하면 전 죽는 거나 같아요."

나는 그녀에게 자기가 그토록 싫어하는 일을 계속 하는 것이야말로 스스로의 생명력을 고갈시키고 자신을 죽이는 일이라고 설명했다.

"알았어요, 고마워요." 그녀는 대답했지만, 목소리에 별로 진심이 담겨 있지 않다는 게 느껴졌고, 그녀는 그렇게 전화를 끊었다. 그녀에게는 내 말이 귀에 들어오지 않았을 것이다. 겁에 질려 있었고, 살아남아야 한다는 생존 모드에 사로잡혀 있었던 것이다.

연구에 따르면 이 여성처럼 생존 모드에 사로잡혀 있을 때 우리는 무언가를 수행할 능력이 떨어진다고 한다. 창조적 해결책을 짜낼 만한 여력이 없어지는 것이다. 자신의 중심을 잡고, 호흡을 하고, 의식의 망에 연결되어 있을 때, 우리는 마음을 고요히 가라앉히고, 새로운 시각으로 사물을 바라보며, 창조성을 발휘할 수 있다. 우리가 이렇게 고요하고 열린 상태에 있을 때 놀라운 기회들이 찾아온다. 나는 별안간 일자리가 생겼다거나, 기대치 못한 곳에서 돈이 들어왔다거나, 취미로 하던 일로 돈을 벌게 되었다는 식의 이야기를 사람들에게서 늘 듣는다.


## 영성과 풍요


돈과의 이런 왜곡된 관계 때문에 상당히 많은 영적 교사나 종교 기관이 "돈을 좋아하는 것이 모든 악의 근원"이라면서 영성 쪽에서는 돈을 멀리해야 한다고 목소리를 높이는 것 같다. 종교 경전들에는 부를 추구하는 것을 꾸짖으면서 돈이 우리의 영혼을 좀먹는다는 식의 경고가 가득하다. 종교 집단에서 돈은 영적이지 못한 것, 타락한 것, 영성의 파괴자로 간주된다. 그래서 큰돈을 버는 것은 영성 쪽에서는 거의 언급되지 않는 주제이며, 영성 관련 일을 하면서 돈을 버는 것은 금기로 여겨진다. 모든 영적 가르침과 치유 행위는 보수를 받지 않고 혹은 기부 행위로 제공되어야 돈에 오염되지 않고 순전무결함을 유지할 수 있다는 식이다. 어떤 치유 행위나 봉사, 영적 가르침에 가격을 매기는 사람들은 영적이지 않고 탐욕스럽다고 비판받거나, 다른 속셈이 있는 거라며 불신을 당하기도 한다.

표면적으로는 영적 기관들에서 돈을 멀리하는 것이 마치 돈에 혈안이 된 문화에 균형을 맞추는 건강한 방식으로 보일 수도 있다. 그러나 뒤집어 생각해 보면 이러한 사고방식은 돈 있는 사람들로 하여금 우리에게 다른 종류의 힘을 행사하도록 할 뿐이다. 엠패스들이 불로 뛰어드는 나방처럼 영성에 끌린다고 앞서 말했던 것이 기억나는가? 엠패스들은 태생적으로 삶의 깊은 신비 같은 것에 동조되어 있으며, 타고난 영적 교사나 치유자, 동물 구조가, 환경 운동가, 교육자, 평화 운동가, 창조적 예술가, 그 외 가슴에 기반한 방식으로 일하는 온갖 형태의 치료사가 되기 쉽다. 그들은 남들이 행복해지도록 돕는 데 자신의 재능을 쓰고 싶어 하며, 그럴 때 행복감을 느낀다. 그런 재능을 표현하지 못하게 하는 것은 그들에게서 산소를 빼앗는 것이나 다를 바 없을 것이다.

이제 여기에 영적인 일이나 가슴을 기반으로 하는 일에 돈을 매기는 것은 영적이지 못하다는 믿음까지 합쳐지면, 태생적으로 영적인 일을 하도록 타고난 사람들이 "나는 남들에게 도움이 되는 일을 하고 싶은데, 내가 좋아하는 일을 해서는 돈을 벌기가 너무 힘들어!"

라고 호소하게 되는 것이다.

다시 말해 우리 사회는 탐욕스럽게 큰돈을 벌어들이는 대기업들 (심지어 많은 경우 이들은 노동력 착취를 자행하는 작업장들에 하청을 준다)에게 는 눈을 감아주는 패러다임을 만들어놓고, 정작 영적 교사와 치유 자 들이 진심을 다해 일을 하고 거기에 비용을 부과하면 영적이지 않다고 비난하며 질책한다.

이러한 사고방식은 엠패스들이 이용당하는 지름길이 될 뿐이다. 치유자들이나 가슴 기반의 일을 하는 사람들이 경제적으로 어려움 을 겪고 자신의 민감한 본성을 존중해 주는 분야에서 보수를 받으 며 일하지 못하게 되면, 그저 생활비를 벌기 위해 자기 영혼의 목적 과도 맞지 않는 일을 할 수밖에 없으며, 결국 몇 년 안 가 번아웃으 로 힘들어하게 된다. 심지어 밀레니얼 세대조차도 학자금 대출을 갚 기 위해 두세 가지 일을 동시에 하면서 분주하게 살도록 내몰리고 있다. 정말이지 성인기를 시작하는 이상적인 방법은 아닌 것이다.

암 투병에서 임사체험으로 이어진 여정에서 돌아온 직후 나는 내 남은 인생 동안 무엇을 하며 살아갈지 알아내야 했다. 그때 나는 홍 콩에 살고 있었다. 병을 앓던 4년 동안 나는 일을 하지 않았는데 이 제 와서 다시 내가 떠나온 그 기업의 세계로 돌아가고 싶은 마음은 추호도 없었다. 대니도 나를 간호하려고 일을 그만둔 상태라—우리 둘 다 내가 죽어가고 있다고 생각했다—역시 직장이 없었다. 우리 두 사람 모두 내가 경험한 것에 깊이 영향을 받았고, 우리의 우선순 위는 바뀌어 있었다.

우리는 직업이 없기는 했지만, 돈보다 훨씬 더 값지게 여기는 것들을 정말 많이 갖고 있었다. 나는 이제 건강했고, 우리는 둘 다 내가 다시 삶의 기회를 얻었다는 사실에 몹시 감사했다. 나는 안전하며 보살핌받고 있다는 걸 알았다. 당시 우리는 정말 땡전 한 푼 없이 매달 근근이 먹고살았지만, 그래도 걱정할 이유가 하나도 없었다. 나는 내가 다시 돌아오게 된 데는 분명 더 큰 이유가 있다고 알고 있었다! "저편에서 널 기다리고 있는 선물들이 있단다"라고 아버지가 말씀해 주시지 않았던가. 나에게는 무슨 일인가가 펼쳐질 거라는 확신이 있었다.

나는 온라인 게시판에 내 경험담을 써서 올리며 내가 임사체험에서 알게 된 것들을 모두 나누기 시작했다. 어쩌면 내 경험을 나누는 것이 혹은 내가 알게 된 것을 가르치는 것이 내 할 일인지도 모른다는 생각이 들었다. 그 생각에 나는 설렜고, 내가 배운 걸 가르치는게 내 목적이 될 수 있다는 사실이 마음에 쏙 들었다.

나는 내가 배운 것을 나누는 소규모 행사를 열기 위해 지역의 대체 의료 센터에 장소 대여를 문의했다. 두어 달 후로 공간을 예약하고 계획을 짜기 시작했다. 나는 내가 저쪽 세상에서 배운 모든 것을 나누고 싶었다. 사람들이 자기가 육감을 가진 존재라는 걸 알기 바랐고, 그들에게 자기 내면의 자아와 연결되는 법을 알려주고 싶었다. 나는 다 함께 에너지를 끌어올리는 법을 가르쳐주고 싶었고, 만일 거기 모인 사람 중에 건강이 안 좋은 사람이 있으면 다 같이 집중해서 그 사람에게 치유 에너지를 보내줄 수도 있을 터였다.

나는 그 행사를 알리는 광고지를 만들어 친구들과 지인들에게 이메일로 보내며 다른 이들에게도 공유해 달라고 부탁했다. 그때는 2008년으로 소셜 미디어가 지금처럼 대중화되기 전이었다. 나는 그 행사에 큰 기대를 하고 있었고, 마치 내 목적을 찾은 것 같은, 아니 적어도 내 목적으로 이끌어줄 뭔가가 시작되는 느낌이 들었다. 그러다 브렌다Brenda라는 여성이 본인은 좋은 뜻이라고 생각하고 보냈을 이메일 한 통에 모든 것이 백팔십도 뒤집혔다.

내게는 신랄하게 느껴졌던 그 이메일에서 브렌다는 자신을 "남이 잘되길 바라는 사람"이라고 소개하며 나에게도 축복을 빈다고 운을 뗐다. 그러나 이어서 내 행사에 참가비를 받는 건 취약한 사람들을 이용해 먹는 짓이라며 나를 비난했다. "어떻게 그러고 사세요?" 그녀가 물었다. "어떻게 당신이 하는 봉사에 값을 매길 수 있나요? 당신의 임사체험과, 거기서 알게 된 모든 건 신이 준 선물입니다. 당신은 이 행사에 값을 매김으로써 절망에 찬 사람들, 특히 암에 걸린 사람들을 이용해 먹고 있어요. 부끄러운 줄 아세요."

이게 바로 자신의 재능을 서비스로 제공하는 엠패스들, 특히 영성 계통에 있는 이들이 매일 직면하는 상황이자, 우리가 마땅히 받아도 될 돈을 받기 어렵게 만드는 원인이다. 그녀의 말이 내 머릿속에 크게 울려 퍼지면서 나는 귀가 새빨개졌다. 가슴이 쿵쾅거리고, 그녀가 쓴 문장들이 가슴 깊숙이 파고들었다. 한껏 부풀었던 마음이 식고, 나는 완전히 기가 죽었다. 취약한 사람들을 이용해 먹는 짓처럼 보일 수 있는 일을 하고 싶을 리 없었다. 그건 내가 가장 원치 않는 일이었다. 나는 온라인상에서는 이미 무료 강연을 많이 하고 있었지만, 비록 소규모 행사일지라도 오프라인 행사를 무료로 열 만큼의 돈은 없었다. 대관료가 너무 비싸서 결국 나는 행사를 취소했다.

그 당시에 나는 그녀가 크게 성공한 대기업 고문 변호사로 시간당 수백 달러를 받고 일을 하며 호화 주택에 사는 부자라는 아이러니를 보지 못했다. 그녀 역시 신이 준 재능을 가지고 일하고 있었다.(그 무렵 대니와 나는 경제적으로 힘든 상황이었다는 것, 홍콩 외곽의 가난한 시골 마을에 있는 조그마한 집에서 말 그대로 한 달 벌어 한 달 먹고살고 있었다는 점을 참고하자.) 나는 그녀가 돈을 버는 일이나 그녀가 가진 부에 아무런 부정적 감정도 갖지 않은 반면, 나 자신은 거꾸로 판단받는 느낌이 들었다. 심지어 그녀는 나를 잘 알지도 못했다!

나는 사람들을 이용해 돈은 벌려고 밖으로 나온 게 아니었다. 내가 제공하는 것들은 사람들의 두려움을 덜어주는 데 도움이 되었다. 나는 사람들에게 자신의 몸과 병을 기존과는 다르게 보는 법, 즉 병을 넘어선 자신의 본모습을 보는 법을 알려주고 있었다. 이러한 관점 덕분에 그들은 계속해서 질병을 없애는 데만 집중하는 게 아니라, 점점 회복되어 가는 자신의 모습에 초점을 맞출 수 있었다. 스스로를 사랑하고 삶에 열정을 갖게 되었기 때문이다. 나는 병을 대면하고 있는 사람들에게 힘을 실어주고 싶었고 희망을 주고 싶었다. 그러면서도 나는 그들이 필요한 의학적 치료를 멀리하는 일은 없도록 책임감 있게 행동했다.

내가 경험한 것이 신으로부터 혹은 우주로부터 받은 선물이라 해

217

도, 내가 원한 건 어쨌거나 이 세상 속에 살면서 그것을 남들과 나누는 것이었다. 우리가 가슴으로 하는 일도 다른 온갖 일들이나 서비스에 보상이 주어지는 것처럼 보상이 주어지면 안 되는 것일까? 이미 온라인상으로 내 도움을 받았던 이들이 그렇게 말했기 때문에, 나는 내가 저쪽 세상에서 배운 것이 사람들에게 도움이 될 거라고 백 퍼센트 확신했다. 그러나 이제 나는 다른 사람들도 브렌다처럼 느낄까봐, 특히 내가 이 일로 지속적인 소득이 생기기 시작하면 더욱 그렇게 생각할까봐 밖으로 나가 임사체험에서 깨달은 것들을 가르치기가 겁이 났다.

정말 많은 엠패스들이 나에게 똑같은 문제로 힘들어하고 있다고 토로한다. 어떤 이들은 자기가 제공하는 서비스에 값을 매기기를 두려워하고, 어떤 이들은 돈을 받는 것 자체로 혹은 가격을 올리는 문제로 비난을 받고 있다. 교사들을 생각해 보라. 그들은 정말이지 적은 임금으로 일하고 있지만, 그래도 여전히 학생들을 마음을 다해 가르친다. 그러나 교사들이 봉급 인상을 요구하거나 나아가 파업이라도 한다면, 그들은 돈 때문에 아이들 교육을 저버렸다는 비난을 받는다. 이것은 그들의 생계 문제이다. 이게 그들이 자기 식구들을 먹여 살리는 방법이다. 필요한 것들이 충족되지 않는다면 그들은 아이들에게 아무것도 줄 수 없을 것이다. 당신은 자신에게 필요한 것들을 충족시켜서 스스로의 빛이 사그라들지 않게 해야 하며, 그래야 그 빛을 남들에게도 나눠줄 수 있다.

# 다르게 보기

내가 취약한 사람들을 이용해 먹는다고 생각하는 사람이 또 나오지 않도록, 나는 생활비도 벌 겸 내가 정말로 하고 싶은 일, 즉 내 영혼에서 우러난 일도 계속 하기 위해서 파트타임으로 기업 컨설팅 일을 하기로 했다. 파트타임 일을 하지 않을 때는 저쪽 세상에서 알게 된 것을 사람들과 나누는 일을 할 수 있었다. 나는 그 경험에서 내가 알게 된 것 그리고 계속해서 알아가고 있는 것을 온라인 상에 꾸준히 올리고 있었고, 그것을 계기로 알게 된 세계 각지의 사람들과 화상 통화도 했다. 나는 그 일이 정말 좋았기 때문에 시간이 갈수록 기업 컨설팅 일은 점점 적게 맡는 한편, 온라인 치유 세션과 명상, 여타 에너지 작업을 통해 사람들이 자신의 생명 에너지를 높이도록 돕고, 병을 앓고 있는 사람들에게 희망과 힘을 주는 데 더 많은 시간을 할애하기 시작했다. 나는 이런 일들에 값을 전혀 매기지 않았다. 그저 그렇게 하는 게 좋았을 뿐이다. 그러나 이제는 내가 좋아하는 일을 하려고 기업 컨설팅 일을 줄여나갔기 때문에 벌어들이는 돈은 그리 많지 않았다.

대니도 새로운 사업을 시작하려고 구상하던 중이라 우리 둘 다 생활에 충분한 돈을 벌지 못했는데, 나는 시간이 지나면 그 문제가 해결되지 않을까 막연히 기대하면서 이 부분을 계속 회피하고 있었다. 나는 내가 돌아온 데는 다 이유가 있다고, 내가 보살핌받고 있다는 것을 알고 있다고 스스로를 설득했다.

그러나 청구서를 받고 돈을 낼 때마다 금전적인 두려움이 고개를 쳐드는 게 느껴졌다. 우리가 저금해 놓은 돈이 점점 줄어드는 게 보였다. 나는 이런 식으로 어떻게 계속 살아나갈지도 알 수 없었지만, 이 문제를 어떻게 다뤄야 할지도 알 수 없었다. 다시 대기업의 부속품처럼 살면서 생활비나 벌려고 여기로 돌아왔다고는 도무지 생각되지 않았기 때문에 괴로웠다. 그저 돈 자체를 위해 돈을 버는 것에는 조금도 흥미가 생기지 않았다.

설상가상으로 나는 극도로 기운이 고갈되기 시작했다. 나는 무료로 치유 상담을 해주고 있어서 나와 이야기를 하고 도움을 얻고 싶어 하는 이들을 정말 많이 끌어들였는데, 내가 다 감당할 수 없을 정도였다. 게다가 쉬지도 않았고, 나만을 위한 시간도 갖지 못하고 있었다. 쉬려고 하면, 또 다른 아픈 사람들이 있고 어떻게 하면 나을 수 있을지 나와 이야기하길 원한다는 사실에 죄책감이 느껴졌다. 나는 완전히 번아웃이 되었고, 스멀스멀 두려움이 밀려들기 시작했다. 애초에 나를 암에 걸리게 했던 그 오래된 감정들이 느껴졌다. 두려움, 모두를 도와줄 수 없다는 좌절감, 그리고 나는 건강한데 그들은 그렇지 않다는 죄책감.

'이런 식으로 어떻게 계속할 수 있겠어?' 나는 속으로 물었다. '이런 일로 돈을 번다고 비판받지 않으려면 그냥 다시 직장인의 삶으로 돌아가야 할까?' 사실 이 물질 세계에서는 돈을 더 많이 벌수록 존경받지 않는가! 그러나 한번 죽었다가 돌아와서 한다는 게 고작 영혼 없는 회사 생활이라면 그건 너무 무의미하게 느껴졌다. 어떻게 해

220

야 할지 알 수 없었다.

그에 대한 대답은 내가 이런 상황에서 2년 정도, 더 고생하고 난 뒤에 찾아왔다. 나는 '홍콩 인터내셔널 코칭 커뮤니티Hong Kong International Coaching Community'에서 주최하는 저녁 만찬에 초대를 받았다. 그 행사에는 레니 라비치Lenny Ravich라는 동기 부여 강사도 참석해 감동적인 강연을 들려주었는데, 그는 내 임사체험에 대해 들어본 적이 있다면서 그 이야기를 더 자세하게 듣고 싶다고 했다. 나는 그의 옆에 앉아서 내 이야기를 들려주었고 저쪽 세상에서 아버지가 들려주신 말로 이야기를 마무리했다. "그리고 아버지가 저에게 말씀하셨죠. 돌아가서 두려움 없이 네 삶을 살라고요! 바로 그때 저는 혼수 상태에서 깨어났고, 그렇게 암도 나았어요. 그리고 지금 여기 이렇게 있고요!"

레니가 이 대목에서 환한 얼굴로 물었다. "그럼, 하고 계세요?"

내가 당황스러운 얼굴로 되물었다. "뭘 해요?"

"두려움 없이 삶을 사는 거요."

"음…… 그런 편이죠."

"그게 무슨 뜻이에요? 그렇게 살거나 아니거나 둘 중 하나 아닌가요?" 그가 물었다.

나는 대부분은 그렇게 살지만, 요새는 다시 삶에서 금전적인 두려움이 올라오기 시작한다고 대답했다.

"당신은 죽었다가 다시 살아난 거잖아요! 암에 걸렸다가 지금은 깨끗이 나았고요. 그런데 그러고도 도대체 뭘 두려워할 수 있죠? 하물며 돈이 없는 걸 겁낸다고요?" 그가 말했다.

나는 그에게 브렌다의 편지에 대해, 그리고 내 열정을 좇아서 하는 일로 돈을 버는 데서 오는 두려움에 대해 털어놓았고, 내가 취약한 사람들, 아픈 사람들을 이용해 먹는 것처럼 보이고 싶지 않다고 말했다.

레니가 믿을 수 없다는 눈으로 나를 바라보았다. "당신은 이유가 있어서 돌아왔어요. 당신 아버님도 돌아가서 두려움 없이 삶을 살라고 말씀하셨다면서요! 그런데 어떻게 고작 그 여자가 한 말 때문에 그런 두려움의 굴레로 돌아갈 수가 있어요? 그 여자는 당신이 암에서 나온 뒤 깨고 나온 그 패러다임에 속해 있죠. 당신 가슴을 따라가면 우주가 어떤 식으로든 보상을 해줄 텐데 왜 그렇게 몸을 사리고 있어요?" 레니가 얼마나 열성적으로 말하던지 그의 말은 나에게 정말로 깊은 인상을 남겼다.

"아버님이 두려움 없이 살라고 말씀하셨잖아요." 그가 다시 말했다. "당신이 나을 거라고도 말씀하셨는데, 정말로 나았고요! 그런데 어떻게 이 부분에서 아버님을 믿지 않을 수 있어요? 어떻게 아버님 말을 저버리고, 아버님이 말한 대로 두려움 없이 살지 않을 수가 있어요?"

그가 맞았다. 두려움 없이 내 가슴을 따라 살지 않는다면 그건 아버지의 말을 저버리는 것이었다. 나아가서는 나 자신을 저버리는 일이었다. 내가 어떻게 아버지를 의심할 수 있었던 걸까? 나는 하마터면 레니를 껴안을 뻔했다. 사실 내가 착각하고 있는 게 아니라면 난 실제로 그를 껴안았던 것 같다!

그렇게 말할 때 레니 본인은 몰랐겠지만, 마치 아버지가 그를 통해 채널링으로 말하고 있는 것 같았다. 그 대화를 나눈 후 내 마음 깊은 곳의 뭔가가 바뀌었고, 나는 돈과의 관계를 완전히 새로운 차원에서 바라보게 되었다.

내가 만일 가슴에서 우러나는 일을 하면서 돈을 받는 건 영적이지 않다는 믿음을 받아들인다면, 나는 그저 생활비를 벌기 위해 다른 일을 찾아야 할 것이었다. 돈이 영적이지 않다고 믿을 때 나는 어쩔 수 없이 나의 영성과 동떨어진 일을 찾을 수밖에 없을 터였다. 내 다르마dharma(따라야 할 법法, 소명을 뜻하는 힌두교의 개념—옮긴이)를 희생해 가며 그저 생활비를 벌려고 영혼 없는 일을 하면서 말이다.


## 태도를 바꿀 시간!

돈은 영적이지 않다는 믿음이 나에게 얼마나 해로웠는지 알고 나자 비로소 나는 그 믿음을 놓아버릴 수 있었다. 엠패스로서 나는 내가 돈을 얼마나 많이 벌든 사람들을 돕지 않고서는 제대로 된 삶을 살 수 없으리라는 것을 알고 있었다. 이 책을 읽고 있는 당신을 비롯해 다른 엠패스들도 마찬가지일 것이다. 당신은 탐욕의 덫에 빠져들지 않을까 걱정할 필요가 없다. 엠패스인 당신이 사람들을 도울 거라는 사실은 당신이 숨을 쉴 거라는 사실만큼이나 자명하다. 어떤 식이 되었든지 말이다. 그건 정해진 사실이다.

그러고 나서 나는 가슴에서 우러나는 일만 하겠다고 스스로에게 다짐을 했다. 내 목적을 따르는 것, 나에게 에너지를 주는 일을 하는 것이 중요하며, 내게 에너지가 넘칠 때 남들에게도 잘 줄 수가 있기 때문이었다. 기쁨과 열정에서 우러나는 일을 하는 것, 그것이 나 자신을 위해서나 남들을 위해서 내가 할 수 있는 최선의 봉사였다. 그리고 계속 그렇게 하려면 나는 금전적 풍요를 삶 속으로 받아들여야 했다. 이러한 사고의 전환이 나에게 완전히 새로운 세상을 열어주었다. 나는 마침내 친구가 운영하는 치유 센터에서 보수를 받고 강연을 하기로 했고(그 친구는 내게 한참 전부터 유료 강연을 요청했었다), 그 제안을 받아들이자 거의 곧바로 웨인 다이어 박사가 인터넷상에서 내 이야기를 발견하고는 출판사를 통해 내게 연락을 해왔다. 이후는 모두가 아는 이야기고 말이다!(그 결과로 나온 책이 앞서도 언급한 아니타 무르자니의 첫 책《그리고 모든 것이 변했다》이고, 이 책은《뉴욕 타임스》베스트셀러가 되었다.—옮긴이)

내가 돈은 영적이지 않다고 믿는 사람들에게 비판받을지 모른다는 두려움을 놓아버리고 나자, 세상도 내가 하는 일을 지지해 주는 쪽으로 반응했다. 나는 우리가 스스로를 믿고 자신이 가치 있음을 더 잘 알수록 돈이 더 잘 흘러들어 온다고 진심으로 믿는다. 이는 우리가 사람들을 위해, 우리 자신을 위해, 그리고 세상 전체를 위해 더 많은 일을 자유롭게 할 수 있도록 해준다.

돈을 버는 것에 대한 죄책감은 엠패스들이 맞닥뜨리는 공통된 문제이다. 엠패스들은 다른 이들이 힘들어하는데 자신이 돈을 버는 것에 죄책감을 느끼고, 세상에 기아와 빈곤이 있는데 스스로에게 돈을 쓰는 것에 죄책감을 느낀다. 엠패스들이 주는 데는 뛰어나면서 받는 것은 너무 못하는 게 바로 이것 때문이다.

나는 페이스북 라이브 방송에서 죄책감과 돈에 대해 이야기하면서, 금전적으로 힘든 시간을 겪고 있는 어떤 엠패스의 댓글을 언급한 적이 있다. 댓글에는 "내가 돈을 받는 날엔 노숙자들이 밥을 먹는다"라는 부분이 있었다. 다시 말해 그녀는 수중에 돈이 들어오면 곧바로 자신보다 덜 가진 사람에게 주고 자기는 다시 빈털터리가 된다는 것이었다. 이것은 굉장히 고귀한 행동이지만, 스스로에게 그렇게 박하게 굴면서까지 삶을 힘들게 살 필요는 없었다. 만일 그녀가 스스로에게 돈을 쓸 수 있었다면 상황은 반전되었을 것이다. 우리가 자신을 사랑하고 스스로 가치 있다고 생각할수록, 실제로 돈이 더 많이 들어오며 다른 이들과 나눌 것도 더 많아지기 때문이다. 돈은 제한되거나 한정된 것이 아니다. 우리 삶으로 들어오는 정말 많은 것들이 우리가 '받는 것'에 얼마나 열려 있는지, 스스로를 '받을' 가치와 자격이 있는 존재라고 얼마나 느끼는지에 달려 있다.

나는 최근에 영국 팟캐스트 '런던 리얼London Real'의 진행자 브라이언 로즈Brian Rose와의 인터뷰에서 엠패스들이 자신이 하는 일에 값을 매기기를 얼마나 힘들어하는지 이야기했다. 그는 자신의 '경영자 양성 프로그램'을 들은 한 참가자 이야기를 들려주었다. "그 참가자는 엠패스 성향을 굉장히 많이 띠었는데, 가격 매기는 걸 힘들어했어요. 그래서 늘 사업체를 비영리 조직으로 세웠지만, 결국에는 재정적으로 타격을 입곤 했습니다. 그것 때문에 결혼 생활까지 파탄이 났고요. 내 프로그램을 들으러 왔을 때 그에게 분명히 말했죠. '아뇨, 아뇨. 돈은 나쁜 게 아닙니다. 사실 돈이 있어야 사람들을 더 많이 도와줄 수 있어요.' 그가 그렇게 관점을 바꾸자 모든 게 바뀌었습니다. 사업에서 훨씬 크게 성공을 거뒀죠. 그건 말하자면 그가 자신을 먼저 사랑하기 시작해서 생긴 일이었어요."

나는 이 글을 읽고 있는 많은 사람들이 그 참가자가 겪은 문제나 그가 얻은 교훈에 공감할 거라 확신한다. 당연히 받을 만큼의 가격을 매길 때 당신은 당신이 하는 일에 기꺼이 돈을 지불하려는 사람들, 그리고 함께 즐겁게 일할 수 있는 사람들을 끌어당긴다.


## 불쾌한 것에서 신나는 것으로

대부분의 사람들이 놓치고 있는 점이 있으니, 돈을 통제하는 대기업들과 자기 일에 값을 매기지 않고 모든 걸 무료로 하려는 엠패스들이 똑같은 동전의 양면이라는 것이다. 세상에는 모든 사람에게 골고루 돌아갈 만큼 돈이 충분히 있지 않다는 믿음이 바로 그 동전이다. 스스로를 순교자로 만들며 힘들게 사는 엠패스들은 탐욕스러운 대기업들을 손가락질할지 모르지만, 그들은 사실 '부족'이라는 똑같은 신념 체계를 갖고 있는 것이다.

돈을 좇느라 건강이나 시간, 인간 관계, 삶을 잃고 있다면 당신은 돈의 노예가 된 것이며, 이때 돈은 실제로 당신 삶에 뭔가를 더해주는 게 아니라 삶에서 뭔가를 '빼가는' 것이다. 당신이 자기 자신이나 주변 사람들에게 해줄 수 있는 가장 좋은 일은, 돈이 좋은 것일 수 있음을 믿고 그것이 당신을 통해 흐르도록 통로가 되어 남들을 돕는 것이다.

내 페이스북 라이브 방송에 댓글을 달았다는 여성도 "내가 돈을 받는 날엔 노숙자들이 밥을 먹는다"라고 썼지 않은가. 당신이 돈을 많이 받았다고 생각해 보라. 그러면 더 많은 사람들이 먹을 수 있을 것이고, 나아가 당신 자신도 돌볼 수 있을 것이다!

자, 그렇다면 이제 어떻게 하면 돈이 당신을 통해 흐르게 할 수 있을까?

1. 먼저 당신이, 받지는 않으면서 자신을 너무 많이 내어주는 경향이 있는지, 쉽게 죄책감을 느끼지는 않는지, 가령 당신에게 자연스럽게 여겨지는 일이나 영혼의 목적에 부합하는 일을 하고서 돈을 받는 것에 죄책감을 느끼지는 않는지 살펴보라. 만약 그렇다면 그 사실을 인정하자.

2. 다음과 같은 질문을 통해 내 삶의 목적을 명확히 해보자. "나는 누구인가? 무엇이 내게 기쁨을 주는가? 내가 자연스럽게 하고 있는 일이 무엇인가? 무엇이 내게 살아있다는 느낌을 주는가? 무엇을 하면 에너지가 솟는가? 내가 돈을 안 받고도 하는 일은 무엇인가? 번아웃되지 않고 날마다 할 수 있는 일이 무엇

인가?"

3. 당신이 삶의 목적을 위해 일한 것에 대해서 보상받을 자격과 가치가 있다는 사실을 알고, 남들로부터 '받을' 수 있는 통로를 열어보라. '받기'를 허용할 수 있을 만큼 스스로를 충분히 사랑하라. 당신의 신체뿐 아니라 당신의 모든 부분을 사랑하라. 당신의 마음, 영적인 자아, 눈에 보이지 않는 부분까지 당신의 온 존재를 사랑하라.

사실 세상에는 무제한의 돈과 풍요가 있음을 알자. 이 앎은 고대의 지혜에서도 발견되고, 오늘날에도 스티븐 코비Stephen Covey(세계적인 베스트셀러《성공하는 사람들의 7가지 습관》의 저자—옮긴이), 웨인 다이어, 에스더 힉스Esther Hicks와 아브라함Abraham(아브라함은 '비물질 차원의 집단 의식'으로 알려진 존재로서 에스더 힉스를 채널로 자신의 메시지를 전한다.《우주는 당신의 느낌을 듣는다》등 이들의 채널링 메시지를 담은 도서들이 많이 번역되어 있다—옮긴이), 디팩 초프라Deepak Chopra(세계적으로 알려진 영성가이자 심신의학자로《우주 리듬을 타라》등 다수의 저서가 번역되어 있다—옮긴이), 브레네 브라운Brene Brown(수치심, 취약성, 불안 등 현대인의 감정 문제를 연구해 온 심리 전문가로《진정한 나로 살아갈 용기》등 다수의 저서가 있다—옮긴이),《시크릿 The Secret》의 저자 론다 번Rhonda Bryne 등의 가르침에서 볼 수 있다. 나는 수피의 격언 중 "풍요는 그저 이미 주어져 있는 것을 받을 수 있을 때 온다"는 말을 좋아한다. 다시 말해 감사가 풍요를 여는 방법이라는 것이다. 또한 이 장에서 살펴보았듯이 우리 안의 제한들을 놓아버리는 것도 방법이 될 수 있다. 웨인 다이어는 이렇게 썼다. "대상을 보는 방식을 바꾸면 우리가 바라보는 그 대상이 바뀐다. 세상을 풍요롭고 우호적인 곳으로 볼 때 당신의 의도는 진짜 가능성이 된다."[3]

이 점을 명심하고, "돈을 벌려면 열심히 일해야 한다" "땅 판다고 돈 나오지 않는다!"(돈이 많지 않으니 아껴 쓰라는 뜻—옮긴이) 혹은 "영적인 일에는 돈을 받으면 안 된다" 같은 신념을 버리자. 세상은 당신이 잘 살아남아서 재능을 나누기를 바란다.

이런 신념을 버리는 데 도움이 되는 방법으로 내가 곧잘 쓰는 방법을 하나 소개해 보겠다. 눈을 감고, 매고 있는 배낭에 당신의 제한된 신념들을 넣는 모습을 상상해 보라. 그런 다음 그 배낭을 벗어서 바로 앞에 서 있는 영적 안내자에게 건네준다. 부처, 예수, 수호 천사, 대천사, 상승 마스터 등 누구든 상관없다. 그들이 당신에게 말한다. "그 배낭을 나에게 주세요. 나에게 배낭을 줘요. 당신은 더 이상 그걸 지고 다닐 필요가 없습니다. 내가 그 짐을 덜어주겠습니다. 당신은 자유롭고 깨끗합니다. 이제 깨끗해져서 당신은 신성을 표현할 수 있어요. 당신은 이제 자유롭고 깨끗합니다." 나는 배낭을 건네주는 이 명상을 아침마다 한다.

4. 엠패스라는 것이 재능임을 자각하고, 스스로를 돈의 흐름을 막는 댐이 아니라 돈이 흐르도록 하는 통로라고 생각하라. 그 돈을 어떻게 쓸지를 생각해 보라. 스스로를 어떻게 보살펴서

에너지가 채워지게 할 것인가? 남들을 어떻게 도울 것인가? 돈이 흘러들어 오기 시작했다면 세상을 위해 무엇을 할 것인가? 겁내지 말고 크게 꿈꾸자. 지금 돈이 없다는 두려움 때문에 꿈을 제한하지 말자.

5. 이제 좀 어려운 부분이다. 앞의 네 가지 요점을 잘 소화했다면 돈에서 시선을 떼고 당신의 목적에만 집중하라. 그 목적을 삶의 우선순위로 놓아라. 당신이 여기 와서 이루고자 하는 것, 당신 자신과 세상에 대해 갖고 있는 꿈, 그리고 당신의 에너지를 높이는 방법에만 집중하라. 아직 목적을 찾지 못했다면, 자신을 즐겁게 하는 일을 하면서 그리고 받는 법을 배우면서 생명력을 높이는 데 집중하라.

6. 돈이 들어오기 시작하면 그것을 즐겨라! 죄책감은 사절이다. 당신이 가난하다고 해서 그것이 남에게 도움이 되지는 않는다. 더 많은 것이 들어올 수 있는 깨끗한 통로가 되는 가장 좋은 방법은 감사하기, 그리고 들어오는 돈을 기쁜 마음으로 받는 것이다.

7. 남을 돕는 데 돈을 다 써버리는 경향이 있거나, 스스로를 내팽개치면서까지 가족 등 사랑하는 사람을 돌보는 경향이 있다면, 이제는 그 습관을 바꿀 때이다. 자기 돌봄과 자신의 기쁨을 위해 에너지를 좀 남겨두자. 죄책감 갖지 말고 자신에게 돈을 (최소한 일부라도) 쓰자. 그렇게 해야 당신이 돈을 쓸 가치와 자격이 있는 사람임이 내면에서 다시금 확인되고, 또한 더

많은 돈이 들어올 거라는 당신의 신뢰도 강해진다.

8. 당신이 벌이는 사업이나 직장에서 하는 일이 잘되기 시작하거든 그것을 사랑하는 법을 배우고, 당신의 사업이나 일이 당신을 사랑하고 있음을 깨달으라. 가슴 기반의 일을 하는 우리 엠패스 가운데 많은 이들이 돈과 사업이 우리의 진짜 목적을 저해한다며 그것을 불쾌하게 여기는 경향이 있다. 혹은 사업체를 어쩔 수 없이 운영하기는 하지만 재미없고 따분한 일로 여긴다. 내가 이런 관점을 바꾸자 사업이 훨씬 더 번창하기 시작했다!

그러한 변화는 내 사업이 나를 돌봐주고 있음을 깨달았을 때 일어났다. 사업은 나와 내 가족, 내 팀원들을 돌보는 데 필요한 것들을 제공해 주며, 우리가 세상에 나와 이런저런 일을 할 수 있게 해준다. 내 사업이 나를 보살펴주고 있기 때문에 나는 그것이 나를 사랑한다는 것을 깨달았고, 그러자 내 사업을 어쩔 수 없이 해야 하는 따분하거나 불쾌한 일이 아니라 가치 있는 일로 여기게 되었다. 그때부터 내 사업이 커가는 걸 지켜보는 게 정말로 즐거워졌고, 내 팀은 물론 회계사들과 갖는 업무 회의도 즐기게 되었으며, 내가 계속해서 이 사업을 성장시켜 세상에도 다른 이들의 삶에도 훨씬 크게 영향을 줄 수 있겠구나 싶어졌다. 정말로 짜릿한 경험이다.

이 단계들을 하나씩 해보기를 권한다. 정말로 효과가 있다! 핵심은 돈이라는 주제에서 불쾌함을 빼고 돈을 있는 그대로 바라보는 것이다. 즉 당신이 세상에 나가서 할 일을 하는 동안 당신과 당신이 사랑하는 사람들을 먹여 살릴 수 있도록 주어진 도구로서 말이다. 당신이 이런 믿음을 내면에서 더욱 강화할수록 우주의 풍요를 받는 당신의 통로는 더 많이 열리게 된다.

돈을, 당신이 잘 가고 있으며 흐름을 잘 타고 있다는 신호라고 보면 기분이 좋을 것이다. 혹시 돈이 원하는 대로 들어오지 않고 있다면, 그것은 당신이 잘못된 길 위에 있다는 뜻이라기보다는 그저 지금이 때가 아니기 때문일 수 있다. 당신이 하고 있는 일에 열정이 있다면 계속 그 일을 해나가라!

## 자신의 힘을 활용하기

이 장은 쓰기가 굉장히 어려웠다. 그러나 우리가 자신의 금전적 필요 문제를 제대로 다루지 못하면 돈이 혹은 돈의 부족이 우리 삶을 지배할 것이기 때문에 이는 반드시 다뤄야 하는 중요한 주제라고 여겼다. 나는 돈이란 우리가 우리 영혼의 목적을 실현하는 동안 우리 자신은 물론 함께 일하는 사람들까지 먹고살도록 도와주는 도구, 즉 에너지의 한 형태라고 본다. 나의 경우 돈은 내가 세상에 도움을 주는 동안 나와 내 팀원들을 먹고살 수 있게 해준다.

나는 엠패스들이 마땅히 받아야 할 만큼의 돈을 받고, 직장과 사회에서 힘 있는 자리에 오르거나 리더 자리를 맡기 시작하면, 세상에 경제적 평등과 균형이 더 커지고 돈을 바라보는 방식도 바뀔 수 있다고 생각하고 또 그러기를 희망한다. 내가 볼 때 엠패스들과 민감한 사람들은 현재 존재하는 불균형을 바로잡기에 가장 적합한 사람들이다. 그런 만큼 내면 깊이 들어가서 우리 안에 있는 힘을 찾아 용기 있게 활용하는 것이 중요하다.

어떻게 하면 그렇게 할 수 있을까? 먼저 이 책에서 제시한 개념들을 충분히 익히면서 당신 안에 있는 힘과 앎을 키워나가라. 그런 다음 바깥을 향해 당신의 생각들을 말하고 나눠라. 당신의 앎과 확신, 자기 사랑을 유지한 채 당신 자신을 표현하라. 그런 태도로 행동하고, 앞에 나서고, 리더가 되기로, 즉 당신의 힘을 포기하는 게 아니라 당당히 선언하기로 의식적으로 선택하라.

직장에서도 마찬가지다. 본인의 사업체를 운영하든 다른 사람들과 함께 일하든, 또 어떤 위치에 있든 간에 당신의 힘을 당당히 주장하고 표현하라. 당신의 의견을 남들에게 밝히고, 해결책을 찾는 데 기여하며, 사랑의 마음을 잃지 않도록 하라. 그렇게 내면의 힘을 잃지 않으면서 사람과 상황을 대할 때도 자신의 강한 직관에 의존한다면, 거기서 얼마나 큰 자유가 비롯되는지 놀랄 것이다. 사람들이 늘 당신의 의견을 귀담아들을 거라거나 당신 뜻대로 다 될 거라는 말이 아니라, 내적으로 자유로워지면서 그것을 외부로도 표현할 수 있게 된다는 뜻이다. 세상에서 영향력 있는 존재가 되려면 이런 것은 반드시 필요하다. 그리고 잊지 말자. 어떤 일에서나 어떤 고객과의 만남에서나 만약 숨 막히는 느낌이 든다면, 당신은 그 일을 그만둘 수 있다. 사랑의 마음으로 그 고객을 가게 놔줄 수 있다.

더 이상은 남들이 당신을 인정해 주기를, 또는 뭔가 행동을 해도 된다고 '허락'해 주기를 기다리지 말아야 한다. 우리는 우리 자신의 허락만 있으면 된다는 것을 알고 스스로를 가치 있게 여겨야 한다. 이것이 핵심이다. 나는 엠패스들이 더 성공하기를 바란다. 더 많은 엠패스들이 성공을 거둬서, 이 세상이 극소수가 가진 부에 좌우되는 곳이 아니라 더 많은 사람들에게 더 살기 좋은 곳이 되기를 바란다. 나는 그게 맞다고 믿는다. 엠패스들이 자기 자신을 믿고 자신의 힘을 주장하는 것은 거역할 수 없는 명령이다. 나는 당신이 앞으로 한 발 내딛길 바란다.

한 발 앞으로 내딛고 자신의 힘을 주장하려면, 당신이 당신 삶에서 중요하게 여기는 어떤 가치보다 돈을 더 우선순위에 두고 있는 부분은 없는지 주의 깊게 살펴봐야 한다. 예를 들어 인간 관계, 시간, 우리가 살아가는 이 지구, 숨 쉬는 공기 같은 것들이 오늘날 사람들이 돈을 위해 희생하고 있는 것들이다. 나는 이 우선순위를 뒤바꾼다면 우리의 삶이 더 풍성해질 것이라고 믿는다. 그게 얼마나 큰 전환일지 한번 생각해 보라.

당신에게 있는 힘을 쓰는 법을 알아가고 당신을 밖으로 드러내며 더 힘 있는 존재가 되어감에 따라 난관들—당신을 이용해 먹으려는 사람들, 돈에 관한 당신의 철학에 동의하지 않는 사람들, 당신이 하는 일에 값을 매긴다거나 그 일로 돈을 너무 많이 번다고 당신을 힘들게 하는 사람들—에 직면하겠지만, 그래도 계속해서 당신의 힘을 사용하며 앞으로 나아가라. 나는 내가 겪은 것을 그 무엇과도 바꾸지 않을 것이다. 내가 선택한 방향으로 계속해서 나아갈수록 훨씬 더 많은 사람들을 도울 수 있게 된다는 걸 알아가기 때문이다. 가능한 한 많은 사람들을 도울 수 있다는 것은 내게 아주 큰 기쁨이다. 당신의 소명은 다른 이들을 위해 요리해 주기, 가르치기, 글쓰기, 연기하기, 치유 작업하기 등 여러 가지일 수 있다. 당신의 힘을 사용해 감에 따라서, 당신은 더 많은 사람들에게 가 닿을 수 있고, 남들에게 주고도 남을 정도로 넘치는 풍요를 즐길 수 있다는 걸 알게 될 것이다.

기준을 약간 바꿔서, 돈만 좇으며 돈을 최우선 순위에 놓는 대신 우리의 건강이나 생명 에너지를 최우선 순위에 놓기로 한다면 어떨까? 우리가 가진 생명 에너지의 양을 성공의 척도로 삼는다면 어떨까? 그렇게 되면 우리 삶의 질이 얼마나 바뀔 것인가?

우리가 돈의 영향력에서 놓여난다면 우리의 삶과 세상은 극적으로 바뀔 것이다. 우선순위들이 바뀔 것이다. 내가 볼 때 그것은 '성공'을 가늠하는 척도가 바뀌는 것, 우리 모두가 누리기엔 충분하지 않은 '부족함'의 세상에서 살고 있다는 믿음을 뒤집는 것에서부터 시작한다. 그것은 우리가 갖고 있는 것에 감사하는 마음으로 살아가고, 저마다 갖고 있는 능력과 그 능력으로 사회에 이바지하는 것을 귀하게 여기며, 우리 자신을 자유롭고 기쁘게 표현한다는 뜻이다. 우리 모두가 연결되어 있다는 것을 알 때, 그리고 그 연결을 느낄 때 우리 안의 신성이 흐르기 시작한다.

# 풍요를 위한 명상

아래 문장을 반복해 말함으로써 주기와 받기가 풍요롭게 흐르는 통로를 열 수 있다.

나는 모든 방식으로 지지받고 있으며,

이는 금전적으로도 마찬가지다.

내 재능을 세상에 나눌 때,

나는 내가 풍요를 누릴 자격이 있음을 알고

나 자신을 활짝 열어 기꺼이 그것을 받는다.

나는 내가 풍요가 흐르는 통로가 되도록 허용한다.

그때 그것이 나를 채워주고,

나는 내가 만나는 모든 이들에게 도움이 될 수 있다.

# 9

# 싫을 땐 싫다고 말하기

만트라
"'싫다'고 말할 수 있을 만큼
자신을 사랑해도 괜찮다."

우리의 신성을 기꺼이 받아들인다는 것은 우리 안의 그 신성을 존중한다는 뜻이다. 그것은 쉽지 않은 일일 수 있다. 당신이 나 같은 사람이라면 아마 당신은 정말로 싫을 때도 "싫다"고 말하기를 힘들어하는 사람일 것이다. 모든 엠패스들이 거절하기를 힘들어하는 것은 아니지만, 엠패스들에게 이는 흔한 일이다. 우리는 주변 사람들의 느낌을 다 감지하고, 자신보다 다른 이들의 감정적 요구를 더 자주 느끼기 때문이다. 엠패스들이 남을 돕기 좋아하는 것은 좋은 일이지만, 도움을 주는 행위가 자신의 생명 에너지를 증가시켜 주는지 아니면 고갈시키는지 스스로에게 물어봐야 한다. 다시 말해 당신이 정말로 "좋다"고 말하고 싶어서 "좋다"고 하는지 아니면 단지 의무감 때문에 "좋다"고 하는지를 물어볼 필요가 있는 것이다.

우리 엠패스들은 실제로는 좋지 않을 때에도 "좋다"고 말을 하면서 자신의 욕구를 희생할 때 자기가 남들에게 도움을 주고 있다고 생각하는 것 같다. 그러나 사실은 "싫다"고 말하기를 꺼려하는 그 성향 때문에 솔직하게 말을 못하고 구실을 둘러대거나, 단지 "싫다"고 말을 못해서 원하지도 않는 것들을 하거나 하는 것이다. 전자는 솔직하지 못한 것이고, 후자는 우리를 지치게 만들어 결국 기운을 모두 소진시키거나 과로하게 만들거나 때로는 병에 걸리게 한다. 그 결과 우리는 주변 사람들, 특히 우리를 깊이 아끼는 이들까지 지치게 만든다.

민감하면 할수록 남들을 실망시켰을 때 죄책감과 수치심, 불편함을 더 많이 느낀다. 앞에서도 언급했듯이 남들을 만족시켜 주려는 욕구는 두 가지 동기에서 기인한다. 하나는 상대가 느끼는 것을 자신도 느끼기 때문에 그들의 문제를 덜어주려는 것이고, 다른 하나는 남들을 실망시키거나 그들의 기대를 채워주지 못했을 때 죄책감이 드는 게 괴로워 그 고통을 피하려는 것이다.

당신의 욕구에 대해서는 신경도 쓰지 않는 사람들의 욕구를 채워주느라 오랫동안 자신의 욕구를 억누르다 보면 분노와 원망이 쌓이게 마련이다. 하버드 보건대학원과 로체스터 대학교의 2013년 연구에 따르면, 감정을 억누르는 사람들의 경우 갖가지 이유로 일찍 죽을 가능성이 그렇지 않은 사람들보다 30퍼센트나 더 높고 암에 걸릴 가능성은 70퍼센트나 더 높았다.[1] 그렇다면 엠패스들은 가까운 관계들을 어떻게 풀어가야 할까? 우리의 이런 성향 때문에 가까운 사람들과의 관계에 어떤 악영향이 미칠 수 있을까?

가까운 관계를 맺고 있다는 것은 양쪽 모두에게 어려운 일일 수 있다. 엠패스들은 혼자 있는 시간이 많이 필요하고, 자신만의 공간과 조용한 환경이 필요하다. 상대에게 맞춰주려고 하고, 자신의 경계를 양보하며, 또 상대를 위해 스스로를 억제하는 행위들로 우리는 의도치 않게 관계를 파괴할 수 있다. 우리는 또한 극단적일 만큼 자신을 내어주고, 상대를 이해해 주며, 상대의 욕구를 민감하게 살피고, 지나치게 상대를 도우려고 한다.

만일 우리가 엠패스를 이해하지 못하는 사람, 우리의 욕구를 존중하지 않는 사람과 함께 있다면, 우리는 우리 자신을 잃어버릴 수도 있고, 평화를 유지하려고 자기 욕구를 희생하다가 곤란에 빠질 수도 있다. 우리가 우리의 핵심 욕구와 매우 다른 욕구를 가진 사람과 함께하고 있다면—가령 한시도 떨어지지 않고 딱 붙어 있기를 좋아한다든지, 사람들과 어울리기를 즐긴다든지, 늘 배경 소음이 있는 것을 좋아한다든지, 계속해서 대화하기를 좋아하는 사람일 수 있다—그 관계는 양쪽 모두에게 힘들 것이다. 서로의 차이점을 인정하고 존중하는 것이 건강하고 효과적인 타협점을 찾아내는 첫걸음이될 수 있다.

우리가 가까이 하고 싶어 하지 않는 사람들은 유독 자기한테만 관심이 많은 이들이다. 나르시시스트들은 특히 우리 같은 부류에게 끌리는데, 그것은 우리가 그들이 세상에 내보이는 가면 뒤의 진짜 자아를 보며, 그런 그들을 사랑하고 보살펴주고 싶어 하기 때문이다. 그리고 그들은 그런 조건 없는 사랑과 보살핌을 간절하게 원한다. 그러나 우리가 그들을 거스르는 순간—그들과 다른 의견을 갖거나, 그들의 단점을 찾아내거나, 무엇이 되었건 그들의 불안정하면서도 과장된 자아를 위협하는 행동을 하는 순간, 그들은 우리를 못마땅해하고 애정을 거두어들일 수 있으며, 우리는 그런 상황을 피하려다 자신을 완전히 잃어버릴 수 있다.

엠패스인 두 사람이 만나면 가슴의 연결과 서로에 대한 이해, 그리고 상대가 느끼는 것을 느낄 수 있는 능력을 바탕으로 영혼 차원의 깊은 관계가 형성될 수 있다. 단점이 있다면 각 파트너가 서로의 감정적·신체적 고통을 흡수한다는 것이다. 비밀이라는 게 있을 여지도 없는데, 상대방은 당신이 어떤 기분인지, 말하지 않고 있는 게 무엇인지 언제나 안다.

관계란 영적인 연결이며, 양쪽 모두 사랑과 이해로 서로를 대해야 한다. 그래서 엠패스와 그들의 친구들에게는 자신이 무엇을 하고 싶고 무엇을 좋아하는지 표현하는 동시에 서로를 존중할 방법을 찾는 것이 매우 중요하다. 소통과 사랑, 존중은 탄탄한 기반 위에서 관계를 오래 지속시키는 데 필수적이다.

# 죄책감에 발목 잡히다

엠패스들이 타인을 위한 삶에는 익숙하면서 정작 자기 돌봄을 못하는 주된 이유는 '죄책감' 때문이다. 엠패스들은 죄책감에 완전히 함몰될 때가 많고, 그 감정은 거절하는 것을 어렵게 만든다. 나 역시 거절이 어려웠던 가장 큰 이유가 상대방을 실망시키거나 기대를 저버렸을 때 나에게 드는 죄책감 때문이었다. 나는 하고 싶지 않은 것을 하는 게 더 나쁜지, "싫다"고 말하고 나서 죄책감을 느끼는 게 더 나쁜지 계속해서 재고 있었다.

한 예로 내가 이십대 초반 싱글이었을 때, 내 친구 타니샤Tanisha 는 이미 어린 자녀들을 둔 싱글 맘이었는데, 학교에 다니는 두 아이를 돌보면서 생계를 꾸리느라 고된 생활을 하고 있었다. 친구는 정말로 다시 연애를 하고 싶어 했지만 그 바쁜 생활 속에서 일과 육아 말고 다른 것을 할 짬을 내기는 어려웠다. 나는 친구가 너무 안타까웠다. 정말로 깊이 말이다! 마음속에서 나는 그녀의 상황이 되어보고—엠패스라면 자연스럽게 하는 행동이다—그녀가 얼마나 힘들지를 느껴보았다. 그 느낌이 영 좋지 않았기 때문에, 나는 친구를 돕는 것을 나의 임무로 삼았다. 내 입장에서는 친구의 마음이 나아지지 '않으면 안 되었기' 때문이다. 나는 친구가 외출을 할 때 아이들을 자주 돌봐주었고, 그 외에도 도울 수 있는 일이 있으면 언제나 도왔다.

그러나 시간이 가도 친구의 상황은 나아지지 않았고, 친구는 그런 나의 도움을 너무 편안하게 받아들이기 시작했다. 나는 내가 점점 당연하게 받아들여진다는 기분이 들었다. 친구가 나를 자기 문제에 대한 영구적인 해결책으로 본다는 게 느껴졌다. 나 역시 젊은 싱글 여성으로서 필요한 것이 있고 욕구가 있었는데, 그녀에게 필요한 것들을 충족시키느라 내 욕구들이 점점 묵살되고 있다는 느낌이 들기 시작했다. 그렇다고 타니샤를 탓할 수도 없는 게, 이게 엠패스들이 자주 맞닥뜨리는 패턴이기 때문이다. 우리는 도움이 필요한 사람들을 끌어당기고 그들이 아주 편안하게 느끼도록 만들기 때문에, 그들로서는 그 상황을 바꿔야 할 이유가 전혀 없는 것이다.

우리는 친구라면 이 정도는 해줄 수 있다고 스스로를 설득하지만, 마음 깊은 곳에서는 만일 우리가 똑같은 걸 남들에게 부탁한다면 마음이 불편하리라는 걸 안다. 우리는 받는 걸 어려워하니까 말이다. 문제는 이런 상황이 길어질수록 거기에서 빠져나오기가 더욱 어려워지고, 그러다 보면 좀 더 일찍 피하거나 해결할 수도 있는 일을 더 키우게 된다는 것이다. 타니샤의 경우 나는 화가 쌓이고 쌓이다가 결국 한 차례 크게 다투게 되었는데, 애초 문제의 원인에 비하면 너무 심하게 싸운 꼴이었다. 그러나 상황이 진정되고 나서 감정을 폭발시켜 미안하다고 사과한 건 나였다. 발단이 된 일 자체는 내가 그 정도로 화를 낼 만한 것은 아니었기 때문이다. 근본적인 문제는 해결되지 않은 채였고, 이제 나는 친구에게 화를 낸 것에 대한 죄책감까지 느끼고 있었다. 그런 느낌들 때문에 나는 스스로를 판단하고 질책했으며, 내가 형편없는 친구라는 생각까지 들었다. 그래서 좋은 친구가 되기 위해 몇 배로 더 노력했고, 그러자 내 시간과 주의를 완전히 다 빼앗기는 것 같아서 친구에게 화가 더 쌓였다. 이렇게 '분노하고-폭발하고-죄책감을 느끼고-다시 몇 배로 더 노력하는' 패턴은 내 삶의 많은 상황들에서 나타나는 대표적인 문제였다. 이렇게 모두에게 득이 되지 않는 상황이 엠패스들에게는 흔히 일어난다. 얼마나 이상한 삶의 방식, 에너지 사용 방식인가.

상황은 내가 남편 대니를 만나 사랑에 빠지면서 마침내 정점에 다다랐다. 나는 데이트를 하면서 대니와 많은 시간을 보냈는데, 그런 나를 타니샤가 달가워하지 않는다는 느낌을 받았다. 나는 몹시 놀랐다. 날 행복하게 만들어주는 남자를 만난 것에 그녀가 뛸 듯이 기뻐해 줄 줄 알았기 때문이다. 그러나 더 이상 내가 친구에게 전처럼 많은 시간을 쓸 수 없게 되자 친구는 대니를 미워하기 시작했다. 나는 그녀를 달래려고 쩔쩔매고 있었다. 하지만 친구는 대니가 내 인생에 들어온 걸 환영하는 게 아니라, 나로 하여금 자신과 대니 중 한쪽을 선택하게 만드는 상황을 자꾸 만들었다. 그저 대니를 환영해 주는 게 건강한 반응이었을 텐데 말이다.

물론 나는 대니를 골랐고, 몹시 아파하고 슬퍼하고 죄책감을 느끼면서 그 우정에서 멀어졌다. 그 관계가 객관적으로 어떤 관계였는지는 시간이 한참 지나고 나서야 보였다. 나중에 타니샤가 찾아와 사과까지 했지만, 친구는 내가 그 관계로 돌아가지 않을 것이며 그녀 없이도 내 삶이 진정 행복하다는 것을 확인했을 뿐이다.

타니샤와의 잘못된 우정, 그리고 그와 비슷한 내 인생의 사건들을 이제 와서 돌아보면, 무슨 수를 써서라도 부딪치거나 싸우는 걸 피하려고 한 것이 길게 볼 때 더욱 심한 갈등으로 이어졌다는 것을 알 수 있다. 우리는 우리에게 싸울 힘이 없을 거라는 두려움에 다른 사람과 맞서기를 피한다. 그러나 우리가 스스로를 위해 목소리 내기를 겁내지 않고 최대한 부드럽게 의사 표현을 할 수 있다면 그것이 더욱 쉬운 방법이 될 것이고, 나아가 스스로를 돌보는 데서 나오는 강한 자기 사랑도 느낄 수 있을 것이다. 내가 내 가슴의 소리를 더 일찍 귀 기울여 듣고 표현했더라면, 당시에는 힘들었을지 모르지만 나중에 훨씬 큰 아픔을 겪는 일은 피할 수 있었을 것이다.

## 건강하지 않은 관계에 "싫다"고 말하기

사람들을 실망시킬까봐 두려워할 때 우리는 결국 그들이 원하는 대로 해주게 된다. 실망시키는 것에 대한 두려움 때문에 계속해서 남의 장단에 맞추게 되는 것이다. 이제 나는 건강하지 못한 관계에 대해 "싫다"고 말할 때 그게 사실은 건강한 관계들이 들어올 공간을 마련하는 것임을 안다. 혹은 건강하지 못한 관계를 맺고 있던 상대방이 이 관계의 소중함을 새삼 깨닫고 이를 건강하게 만들려고 노력하는 일도 가끔 일어난다.

여기에 조언을 하나 덧붙이자면, 상대가 바뀌기를 마냥 기다리거나 바라지 말라는 것이다. 나는 타니샤가 바뀌기를 오랫동안 기대했지만, 그런 일은 일어나지 않았다. 우리가 계속해서 호구 노릇을 해주는 한 상대로서는 바뀌어야 할 이유가 전혀 없는 것이다. 나는 그 관계를 떠나야 했다. 만일 당신이 일방적인 관계에 있다가 그 관계를 떠나기로 결심한다면 상대방이 바뀌겠다고 약속할 수도 있지만, 거기에 너무 큰 기대를 하지는 말자. 그리고 그들이 바뀌지 않는다면 이는 그 관계가 오직 당신이 호구일 때만 성립하는 관계라는 뜻이다. 그것이 당신이 원하는 게 아니라면 그 관계를 그대로 떠나길 바란다. 가장 어려운 부분은 상대가 바뀌겠다고 약속하면서 다시 당신을 붙잡을 때 거기에 넘어가지 않는 것이다. 나의 경우 타니샤는 나와 대니가 서로 얼마나 사랑하는지를 깨닫고 태도를 바꿀 수밖에 없었다. 그래서 더 이상 내 시간과 에너지를 쓰는 데 있어 대니와 자기 가운데 한 명을 선택하라거나 나를 강압적으로 밀어붙이지 않으려고 조심하게 되었다.

주변 모든 사람이 괜찮아야 본인도 괜찮다고 느끼는 경향은 역기능적인 관계나 상호 의존적 관계를 맺고 있는 경우 훨씬 더 큰 문제가 된다. 그런 경우 당신의 파트너는 마치 밑 빠진 독처럼 아무리 욕구를 채워줘도 만족하지 않을 것이다. 나는 내가 대니의 욕구를 민감하게 알아차리듯 그도 내 욕구를 세심하게 챙겨줘서 정말로 고맙다. 나는 나에게 이보다 더 꼭 맞는 사람은 있을 수 없고 그 역시 같은 마음이라는 것을 안다.

내가 대니를 처음 봤을 때부터 정말로 마음에 들었던 점은 그가 나에게 내키지 않을 때면 싫다고 말해도 된다고 늘 격려해 준 것이었다. 그는 내가 진실하기를, 내가 정말로 느끼는 것을 표현하기를 원했고, 무엇에 대해서든 나를 판단하지 않았다. 그는 내가 단지 그를 즐겁게 해주고자 내키지 않는 일을 하는 건 절대로 원하지 않았고, 나에게 늘 그 점을 상기시켰다. 그는 내가 그렇게 하는 경향이 있다는 걸 알고 있었던 것이다. 나는 그에게 조건 없이 사랑받는다고 느꼈다. 그러나 다른 사람들과 있을 때는 싫다고 말하지 못했다. 심지어 암에 걸렸을 때도 나는 그게 어려웠다. 죽음이 마침내 그 고질병을 치료해 주었고, 임사체험 후 나는 더 이상 다른 사람들을 위해 희생하지 않았기 때문에 타니샤를 비롯해 친구들을 많이 잃었다. 돌아보니 내 몸은 "싫다"고 말 못하는 내 병을 암을 통해 고쳐준 것이다.

죽음을 경험하기 전에 나는 타니샤처럼 요구가 많은 사람들을 끌어들였던 것 같다. 요구가 많은 사람들은 엠패스들에게 끌리는데, 덜 엠패스적인 사람들은 그런 일방적인 관계를 떠나버리기 때문이다. 그러나 엠패스들은 그런 요구를 갖고 있는 사람들을 구해주거나 도와주지 않으면 죄책감을 느껴서 그 관계를 지속한다. 그 역학은 사람을 매우 지치게 만든다.

나의 이전 책들을 냈던 헤이하우스Hay House 출판사는 저자들이 출연하는 라디오 방송을 운영했는데, 나도 거기서 주간 프로그램을 하나 맡고 있었다. 한번은 그 프로그램을 진행하는 도중에 로레인Loraine이라는 여성으로부터 전화를 받았다. 타니샤와 나 사이에 있었던 이야기를 듣고는 자신도 벤Ben이라는 상사와 비슷한 상황에 있다면서 전화를 건 거였다. "그건 제가 꿈꾸던 일이었어요." 그녀가 맡은 마케팅 회사의 프로젝트 매니저 자리를 가리키며 한 말이었다.

"저는 일을 정말 기가 막히게 해내서 제가 이 직책에 가장 걸맞은 사람이라는 걸 증명하겠다고 다짐했죠. 제가 최고의 적임자라는 걸 모두에게 알리고 싶었어요. 제 상사는 물론이고, 솔직히 저 자신에게 도요. 바로 첫날부터 전 몸을 사리지 않았죠. 보고서를 제출하고, 엑셀로 도표를 만들고, 프로젝트들도 마감 기한보다 일찍, 정해진 예산 안에서 다 마쳤어요. 야근도 하고요. 하루 온종일 저는 속으로 물었죠. '뭘 더 하면 좋을까? 어떻게 하면 더 잘할 수 있을까? 어떻게 하면 벤의 업무를 더 쉽게 만들어줄 수 있을까?' 전 9시부터 5시 반까지가 아니라 매일 아침 7시 반에 사무실에 도착해서 저녁 8시에 퇴근했어요. 전 상관없었어요. 일을 사랑했죠. 하지만 벤이 웃거나 인정한다며 고개를 끄덕이는 걸 보려고 그렇게 기를 쓰고 미친 듯이 일하는 데 중독이 되고 말았어요. 게다가 아주 소소한 것 하나라도 놓치거나, 남들보다, 특히 벤보다 일찍 퇴근할 때면 그렇게 죄책감이 들더라고요."

물론 벤은 여기에 익숙해졌고, 마침 로레인이 인생의 사랑을 만나 데이트를 시작하고 애인과 시간을 보내기 위해 6시 반쯤 퇴근하는 날이 늘어나자 벤은 그녀에게 '일찍' 퇴근한다며 비방을 하기 시작했다. 그는 "어제 저녁에는 아주 쏜살같이 튀어나가더군요" "좋았겠어요" 같은 말을 했다. 그녀는 여전히 7시 반에 출근했고 점심을 먹으면서도 늘 일을 했기 때문에 그건 억지였다. 그리고 로레인이 내 라디오 프로그램에 전화하기 며칠 전, 상황이 정점으로 치닫는 일이

터졌다. 로레인이 6시 반에 퇴근하려고 컴퓨터를 끄자 벤이 짜증 섞인 목소리로 "다음부터는 일찍 퇴근할 거면 나한테 미리 말을 하세요. 검토할 보고서를 더 일찍 줄 테니까"라고 말한 것이다.

"저도 쏘아붙였죠." 로레인이 말했다. "처음이었어요. 그가 어찌나 오만하고 독선적인 표정으로 말을 하던지, '그쪽이야말로 다음에 내가 야근하길 바라면 나한테 먼저 알려주시죠!' 그러고는 엘리베이터로 성큼성큼 걸어갔어요."

로레인은 속이 후련했다고 했다. 한 5분 동안만 말이다. 그 이후로는 벤에게 쏘아붙인 것도, 남아서 벤을 도와주지 않은 것도 다 죄책감이 들었다. 일자리를 잃는 건 아닐까 걱정도 되었다. 다음날 아침 그녀는 벤의 마음을 풀어주려고 벤에게 엄청 친절하게 굴었다. 그런 식으로 계속 할 수는 없다는 걸 알면서도 그녀는 다시 야근을 하기 시작했다. "또 갇혀버렸죠. 더 잘하고, 더 빨리 하고, 최고가 되어야 한다는 강박에 다시 갇힌 거였어요." 그녀가 말했다.

전화 통화를 하면서 나는 그녀에게도 개인 생활이 있다고, 날마다 그렇게 야근을 계속하며 살 수는 없다고 벤에게 솔직하게 이야기하는 게 좋겠다고 말했다. 그녀는 정말로 이런 식으로는 계속할 수 없다는 것을 상사에게 솔직하게 알릴 필요가 있었다. 그래서 그가 뭐라고 하는지 들어보고, 만일 그가 비상식적으로 나오면 이직도 고려해 봐야 했다. 나는 그녀에게 나중에 어떻게 되었는지 우리 프로그램에 다시 전화해서 알려달라고 했다.

2주 후, 로레인은 우리 프로그램에 전화해서 정말로 벤에게 솔직하게 터놓고 이야기했다고 전했다. 좋은 소식은? 벤은 로레인이 쏘아붙였던 그날 그동안 자신이 고약하게 굴었고 그녀의 착한 성품을 이용해 먹고 있었다는 걸 깨달았다고 인정했다. 그는 또 자신이 그녀를 정말로 소중하게 생각하고 있으며 연애하게 된 것도 축하한다고 말했다. 그녀는 그와 솔직하게 대화를 나눈 것이 정말 잘한 일이었다면서, 그동안 화를 꾹꾹 눌러두지 말고 더 일찍 말할 걸 그랬다고 덧붙였다. 게다가 이제 그녀는 상사가 자신을 얼마나 중요하게 여기는지 알게 되었다! 더 좋은 점은 그녀 스스로도 자신을 소중하게 여기게 되었다는 것이고 말이다.

자신이 적절한 관계나 상황 속에 있는지 알아보고 싶다면 스스로에게 이렇게 질문을 던져보자. "내가 내 친구/동료/상사/파트너를 위해 하는 이 모든 것이 내가 그들을 아끼고 사랑하기 때문에(혹은 직장이라면, 그들을 좋아하고 존중하기 때문에) 진심으로 돕고 싶어서 하는 것인가? 그리고 그들에게 정말로 내 도움이 필요하기 때문인가? 아니면 그래야 하기 때문에, 좋은 사람이 되려고, 그들에게 판단받고 싶지 않고 나중에 죄책감을 느끼기 싫어서 하는 것인가?" 만일 후자라면 당신은 그 사람에게 솔직하지 못한 것이다.

당신의 친구나 파트너가 당신에게 해준 것이 전부 그런 이유라고, 즉 의무감을 느껴서나 나쁜 사람으로 낙인찍히기 두려워서라고 생각해 보라. 그들이 오직 의무감에 그러는 것임을 알게 되었다면 당신은 기분이 어떻겠는가? 혹은 그들이 당신을 위해 하고 있는 일 때문에 당신을 원망한다면? 만일 그게 사실이고 당신이 그걸 알게 되었다면, 당신은 틀림없이 죄책감을 느끼거나 상처를 받을 것이다.

또 하나 스스로에게 물어봐야 하는 것은 "나는 그들에게 내 죄책감이나 의무감에 대해 말하기가 두려운가?"이다. 다시 말하면 당신이 이런 식으로 계속 도움을 줄 수는 없다는 것과 그게 당신에게 어떤 영향을 주고 있는지를 그들에게 부드럽게 알려줄 수 있느냐는 것이다. 친구나 파트너에게 당신이 진짜로 어떻게 느끼는지를 말하기 두렵다면, 그래서 터놓고 이야기를 못하고 그저 화를 쌓아두고만 있다면, 그 관계는 이미 건강한 관계가 아니며 결국 좋지 않게 끝날 가능성이 매우 높다. 또한 만일 당신이 그 관계를 계속 묵인하고 있어야 상대방이 당신을 떠나지 않을 것 같다면, 그것 역시 계속 유지할 만한 건강한 관계가 아니라는 증거이다.

이제 다시 한 번, 당신이 지금 하고 있는 이런 질문을 상대방도 머릿속으로 하고 있다고 상상해 보라. 당신 기분이 어떻겠는가? 그들이 당신에게 이런 식으로 느낀다고 생각했을 때 기분이 좋지 않다면, 이 점을 기억하라. 그게 바로 당신이 지금 그들에 대해 하고 있는 생각이라는 것을! 한마디로 당신은 이 관계 속에서 상대에게는 물론 당신 자신에게도 전혀 솔직하지 않은 것이다.

당신이 진실로 아끼는 누군가와 사귀고 있다면, 심지어 그 사람이 죽을병에 걸렸거나 매우 힘든 상황에 있다 하더라도 당신은 여전히 그 사람하고 있는 것 말고는 다른 무엇도 원하지 않는다는 것을 가슴으로 안다. 심지어 다른 일을 하느라 그 사람 곁을 지키고 있지 못할 때조차 당신의 머릿속은 상대방으로 가득 차 있다는 것을 안다. 그러나 만일 당신의 배우자나 연인, 친구가 힘들어하고 있는데 당신이 속으로 '아이고, 제발 이런 것 좀 안 할 수 있다면 좋겠어! 남들은 다 자유의 몸인데 나만 만날 발목이 잡혀 이 사람을 도와줘야 하잖아. 나중에 판단받기는 싫으니까 곁에 있기는 해야겠지. 하지만 할 수만 있다면 다른 곳에, 다른 사람과 있고 싶어'라고 느낀다면, 당신은 분명 잘못된 관계를 맺고 있는 것이다.

예를 들어 나는 만일 대니가 지금 신체적으로든 정신적으로든 힘든 일을 겪고 있다 하더라도 내가 그의 곁을 떠나고 싶어 하지 않으리라는 것을 안다. 그가 그 경험을 잘 겪어나가도록 도울 수 있다면 무엇도 마다하지 않을 것이고, 그렇게 하는 데에 어떤 죄책감이나 의무감도 갖지 않을 것이다. 난 그를 사랑하고 그의 행복이 내게는 무엇보다 중요하니까 말이다. 만일 내가 재충전을 위해 휴식이 필요하다면, 그 역시 내 욕구를 이해해 줄 만큼 충분히 공감적이므로 나는 그에게 편하게 말할 것이다. 우리는 각자가 원하는 것이나 서로의 감정 상태를 너무나 잘 알고 있어서 서로를 억누르지 않는다. 우리는 각자가 원하는 것, 행복해하는 것을 하도록 서로 격려하고, 그런 것을 말할 때도 상대방이 실망하거나 사이가 깨질 것이라는 두려움 없이 자유롭게 이야기할 수 있다. 우리 각자는 서로에게 가장 좋은 것을 해주고 싶어 하고, 서로를 행복하게 해주는 일을 하고 싶어 한다.

내가 암 투병 중일 때에도 대니는 나를 위해 뭐든 다 해주었는데, 그게 그에게 의무감이었다고 느껴진 순간은 단 한 순간도 없었다. 그는 내 곁 말고는 이 세상 어디에도 있고 싶어 하지 않는다는 것을 내가 잘 알게끔 해주었다. 당신과 당신의 친구, 파트너가 서로에게 이렇게 느끼지 않는다면, 단지 의무감으로 그 상태를 지속하기보다는 솔직해지는 편이 낫다.


## "싫다"고 말할 때 따라오는 죄책감에 대처하기

이제 당신은 싫다고 말하는 게 얼마나 중요한지 잘 알았을 테니, 그렇게 하고 나서 따라올 수 있는 죄책감을 처리하는 법도 알 필요가 있다. 앞서 말했듯이 죄책감은 사람들이 "싫다"고 말하고 싶을 때 "좋다"고 말하는 가장 큰 이유 중의 하나이다. 우리는 타인에게 갖는 죄책감 때문에 우리 자신의 건강과 행복을 희생하며, 특히 여성들, 엄마들이라면 더 그런 경향이 있다. 남편, 자녀, 친구들, 거리의 노숙자 등 모든 이들이 자신보다 우선인 것이다.

엠패스들은 심지어 자신에게 상처를 주는 사람들로부터 자신을 보호하기 위해 경계를 만들 때조차 죄책감을 느낀다. 또한 그들을 판단한 것에도 죄책감을 느끼곤 하는데, 그렇게 되면 우리에게 해를 입힐 수도 있는 사람들로부터 우리를 보호하기가 힘들어진다.

우리는 또 행복할 때나 일이 잘 돌아갈 때도 죄책감을 느낀다. 심지어 우리가 아무것도 잘못하지 않았을 때조차, 아무에게도 상처주지 않았을 때조차, 우리의 행복이나 성공을 정직하게 얻어냈을 때조차 죄책감을 느낀다. 우리는 스스로 기분 좋게 느끼는 것에도 죄책감을 느낀다. 와우! 이것은 터무니없는 죄책감이다. 엠패스들은 자신의 성공과 행운이 정당한 것이고 마땅히 누릴 만한 것이라는 사실을 자주 기억해야 한다.

수많은 시행착오 끝에 나는 죄책감을 효과적으로 다룰 수 있는 도구로 다음과 같은 것들을 찾아냈다.

1. 수용과 알아차림. 이것은 두려움, 죄책감, 자기 부정 등 엠패스로 사는 것의 어두운 면을 잘 알아차리고 그것과 친구가 되는 것을 의미한다. 죄책감을 느낀다고, 극도로 민감하다고, 남의 기분을 맞춰주고 싶어 한다고 더 이상 스스로를 판단하지 말고, 그런 특징을 당신이 가진 재능의 이면이라고 받아들이자.

2. 더 나은 대안을 선택한다. 서로에게 득이 되지 않는 상황에 있을 때 내키지 않지만 상대의 기대대로 해주는 것과, 상대의 기대를 저버리고 자신을 먼저 챙기면서 죄책감을 느끼는 것 사이에서 고민이 된다면, 두 상황을 모두 떠올려보라. 각각의 상황을 시각화해 보고, 어느 쪽이 아주 조금이라도 더 좋게 혹은 더 진실하게 느껴지는지 살펴보라. 죄책감이 남는다 하더라도 자신을 먼저 챙기는 것이, 호구가 되어 자신의 욕구를 무시하는 것보다는 차라리 더 나을 것이다.

3. 위의 두 가지를 시도해 보고 여전히 죄책감이 남는다면, 관찰자가 되어보자. 그 죄책감이 얼마나 터무니없는지, 당신이 얼마나 반사적으로 갈등을 피하려고 하는지, 그렇게 하려고 얼

마나 애쓰고 있는지를 관찰해 보라. 그런 다음 마치 몸 밖으로 나와서 바라보듯 당신의 느낌과 감정을 관찰하라. 몸에서 무엇이 느껴지고 그 느낌이 어디서 느껴지는지 알아차려 보라. 삶에서 이런 느낌들을 반복적으로 유발하는 상황들을 알아차려 보라. 패턴을 찾아내라. 마치 다른 사람을 바라보듯 스스로를 관찰해 보라. 나는 임사체험을 하고 난 뒤부터 이렇게 하기가 쉬워졌지만, 연습하면 누구나 할 수 있다고 생각한다. 이 연습은 부정적 감정이 우리 몸에 미치는 영향을 줄여준다. 스트레스와 두려움을 유발하는 그 무거운 느낌을 줄여준다.

4. 싫다고 말하고 싶을 때 이를 부드럽게 나타낼 수 있는 당신만의 표현을 만든다. 갈등 상황을 해결하는 데 도움이 될 것이다. 예를 들어 적어도 지금 당장은 "좋다"고 말하고 싶지 않은 것을 사람들이 요구할 때, 이런 식으로 말할 수 있다.

- 한번 생각해 보고 알려드릴게요.
- 생각을 좀 해봐야겠어요. 지금 당장 결정하지 않아도 괜찮지요?
- 저에게 그런 부탁을 해주셔서 정말 고맙습니다. 하지만 지금은 제가 할 일이 너무 많아서, 저를 좀 챙기려면 부득이 당신 부탁은 거절해야 할 것 같아요.
- 제가 생각해 봤는데 지금은 적당한 때가 아닌 것 같아요. 하지만 저를 생각해 주셔서 고마워요.

5. 받는 법을 배운다! 너무 자주 언급한다는 걸 알지만, 받는 것은 아무리 강조해도 지나치지 않다. 당신이 받기를 얼마나 어려워하는지 알아차리고, 받는 통로를 열어라. 선물과 풍요를 받아들이는 자신을 그려보라. 사랑을 받아들이는 자신을 그려보라. 싫다고 말하고 싶을 때 싫다고 말하도록, 자신이 믿는 바를 포기하지 않도록 밀어주며 스스로 잘 돌봐주는, 그런 자신을 받아들이는 모습을 그려보라. 받을 줄 알아야 배터리를 충전할 수 있다. 그래야 자신에게 진실해지고, 싫을 때 싫다고 말할 수 있으며, 누구도 실망시키면 안 된다는 속박에 묶이지 않고, 세상에 좋은 영향을 줄 수 있는 존재로 계속 남을 수 있다.

6. 일기를 쓴다. 나는 내 느낌들을 일기장에 쓰고 나면 무척 후련하고 쌓인 감정이 많이 씻겨나가는 걸 느낀다. 또한 일기를 쓰면 앞서 3번에서 말한 관찰자가 될 수 있고, 따라서 자신의 감정을 한 걸음 물러나 바라보는 데 도움이 된다. 또 몇 주나 몇 달 후에 일기를 다시 읽어보면 자신이 얼마나 많이 달라졌는지도 확인할 수 있다.

7. 마지막으로 굉장히 중요한 점은 이렇게 하는 내내 자신을 사랑하라는 것이다. 스스로를 질책하지 말자! 자신을 더 사랑해 주고, 스스로를 보고 웃을 수 있도록 하라. 당신의 특성들을 보고 웃어넘기고, 그런 자신을 너무 심각하게 받아들이지 말자. 싫다고 말할 때 죄책감이 들어도 웃어넘기자. 누군가를 거절하기 전에 또는 거절하고 싶을 때 머릿속에 떠오르는 온갖 생각

들도 그저 웃어넘기자. 이런 점들에 대해서 다른 사람들에게 말해보라. 충돌을 극도로 꺼리는 데서 생기는 복잡한 느낌들, 남들을 도와주지 못하거나 실망시키는 것에 대한 두려움과 죄책감 등에 대해 툭 터놓고 말해보라. 그들은 거기서 자기들이 미처 생각 못한 참신한 것을 볼 것이다. 당신이 이런 특성들에 대해서 남들에게 말할 수 있고 그런 게 더 이상 심각한 문제로 느껴지지 않는다면 이는 당신이 스스로를 사랑하고 받아들이고 있다는 확실한 신호이다. 당신은 강한 사람이지만, 스스로를 혹독하게 판단하지 않고 괜한 죄책감에 끌려 다니지 않을 때 훨씬 능력 있는 사람이 될 수 있다.

이러한 일곱 가지 방법을 통해 당신은 터무니없는 죄책감을 다루고 대처할 수 있을 뿐 아니라, 죄책감이나 갈등 회피에 따르는 불안감과 스트레스, 고통도 덜 수 있다.

내면의 안내에 더욱 민감해지고 자신이 원치 않는 것에 "싫다"고 말하는 법을 배우는 이 간단한 행동들이 당신의 삶을 더 낫게 바꾸는 데 얼마나 결정적인지는 아무리 강조해도 지나치지 않다. 이렇게 할 수 있는 것만으로도 당신은 더욱 진실해질 수 있고, 당신의 본모습에 충실한 삶을 살아갈 수 있다!

# "싫다"고 말할 용기를 위한 명상

싫다고 말할 용기가 필요할 때 자신에게 수시로 이런 말을 속삭여주면 좋다.

≫

나는 내면의 안내에 귀 기울임으로써
나 자신을 존중한다.
나는 죄책감 없이 거절할 수 있다.
거절한다고 내가 나쁜 사람이 되지는 않는다.
오히려 그럼으로써 나는 더 진실한 사람이 된다.
내가 아닌 걸 전부 놓아버릴 때
나는 나 자신을 자유롭게 해줄 수 있고,
그리하여 마침내 드러나는 진짜 나의 모습을
온전히 받아들일 수 있다.

## · 10 ·

# 성별 규범 깨뜨리기

만트라
"나는 내 성별을 받아들인다."

우리는 너무나 오랫동안 남성 지배적인 패러다임에서 살아왔고, 여성 에너지(여성 에너지는 남성이나 여성 모두 갖고 있다)를 억압한 데 따른 결과들을 현재 목격하고 있다. 이제는 추를 반대 방향으로 흔들어 균형을 맞출 때이다.

엠패스인 여성들은 죄책감을 느끼거나 남들로부터 못마땅한 시선을 받거나 상대를 실망시키는 게 싫어서 현재 상태에 순응하려고 할 수 있다. 엠패스인 남자들 역시 고충을 겪는데, 특히 '남자답지' 못하다는 것 등 반대의 성별 편견으로 고통받는다.

나는 성별 불평등이 매우 심한 문화적 환경에서 자랐다. 나는 여성은 남성보다 열등하다고 믿었고, 성인이 될 때까지도 그 믿음을 고수했다. 그것은 여성들은 너무 약하고 '민감해서' 남성들이 보살펴야 한다는 인도 문화의 패러다임 가운데 하나였다. 여성은 아버지의 보살핌 아래에 있는 것으로 시작해서, 결혼할 때까지는 가정에서 부모와 함께 살아야 하고, 결혼한 후에는 남편의 보살핌을 받는다.

성인이 되었어도 결혼하기 전까지 나는 저녁에 여자 친구들과 외출을 할 때면 친오빠나, 우리 가족이 알고 신뢰하는 다른 남자 등 남자 보호자를 대동해야 했다. 모든 집안일은 내 몫이었고 오빠는 집안일에 손도 대지 않았다. 내가 부모님에게 왜 오빠는 청소나 요리를 돕지 않아도 되냐고 물으면, 부모님은 "너는 여자이고, 오빠는 남자잖니?"라고 하셨다. 리더가 되는 것에 있어서도 나는 똑같은 믿음을 주입받았다. 리더는 남자이며, 만약 여자가 권력 있는 직책을 맡거나 리더 자리에 오르려고 하면 남자들이 불편해한다고 했다. 의사나 정부 인사, 뉴스 앵커 등은 모두 남자들의 일이었다. 그에 반해 조수, 비서, 간호사처럼 보조하는 역할은 모두 여성들이 맡았다.

당신도 이와 비슷한 문화에서 자랐다면 이런 것이 우리 안에 어떤 믿음을 만들어낼지 생각해 보라. 여성은 늘 남자에게 보호받아야 한다는 믿음이 만들어지고, 여성으로서 생각하고 반응하고 창조할 수 있는 자신의 능력을 의심하게 될 것이다. 우리가 가진 힘을 의심하게 되고, 우리의 느낌과 반응에 확신을 갖지 못하게 될 것이다.

성별에 대한 이 같은 편견은 사실 모든 문화에 존재한다. 많은 이들이 서구 문화, 특히 미국 문화에서는 여성들이 불평할 게 하나도 없을 거라고 말한다. 그들은 아주 자유롭고 이런 온갖 편견들로부터 해방되어 있다고 생각한다. 어느 정도는 맞는 말이지만, 그건 정말 어느 정도까지만 맞는 말이다.

실제로 미국에서도 1973년까지는 여성들이 아버지나 남편의 서명 없이는 신용카드나 대출을 신청할 수 없었다. 가족 안에서 돈을 가장 많이 버는 사람이 여성일 수도 있었지만 그런 점은 고려되지 않았다. 얼핏 보더라도 나는 미국 사회가 거기에서 얼마나 더 바뀌었을까 싶다. 임금만 보더라도 여성의 소득이 여전히 남성의 소득 대비 80퍼센트밖에 되지 않으며, 가족 등 사랑하는 사람들을 돌보기 위해 휴직을 더 많이 해서 봉급 인상과 승진에서 뒤처지는 기회 손실까지를 고려하면 사실상 수치는 49퍼센트 정도이다.[1] 여성들은 남성 동료들보다 더 적합한 자격을 갖추었을 때도 리더 자리에 오르는 데 필요한 자신감이 부족한 경우가 많다. 여성은 자격 조건을 100퍼센트 갖추었을 때에만 어떤 직무에 지원하는 반면 남성은 60퍼센트만 충족해도 지원한다는 그 유명한 휴렛패커드Hewlett Packard 내부 보고서가 잊히지 않는다.

그리고 전 세계적으로 진전이 있기는 하지만, 여전히 성별 간에는 심한 격차가 있다. 세계경제포럼World Economic Forum의 《세계 성별 격차 보고서Global Gender Gap Report》에 따르면, 현재의 속도라면 세계적으로 전반적인 성별 격차는 서유럽의 경우는 61년 후에, 남아시아의 경우는 70년 후, 북미는 165년 이후에야 좁혀질 것이라고 한다.[2]

성별에 대한 이 같은 고정 관념과 문화적 신념은 극복하기 쉽지 않으며, 이는 "나는 중요한 사람이 아니야" "난 너무 부족해" "나는 힘 있는 남자가 곁에 있지 않으면 아무 가치도 없어" "결혼한 여성이 미혼 여성보다 더 가치가 있어" 등 훨씬 더 잘못된 신념으로 이어질 수 있다. 우리의 문화적 성별 편견과 제약은 진실이 아니라 한갓 필터일 뿐이다. 이 3차원 현실 바깥에는 성별 편견 같은 것은 없다. 성별이란 것이 없기 때문이다. 그저 에너지만 있을 뿐이며, 이 에너지에는 여성적인 것도 남성적인 것도 없다. 성별은 몸을 입고 살아가는 이 지구상에서 재생산을 위해 필요한 생명 현상의 일부일 뿐이다. 이 점을 인지할 때 우리는 성별에 대한 편견과 제약이 거짓된 필터들임을 더욱 선명하게 볼 수 있고, 우리 자신과 다른 이들이 그 필터들을 깨뜨리고 나오도록 도울 수 있다.

## 도망친 신부

그런 필터들을 깨뜨리고 자유로워지는 것은 힘든 일일 수 있지만, 우리가 내면에 힘을 갖고 있다면 훨씬 쉬워진다. 그 힘은 진정한 우리 자신이 되는 것에서 나온다. 우리가 이런 필터들로 만들어진 편견에 맞설 때 만약 우리에게 자기 사랑과 힘, 확신, 평화가 없다면, 그런 필터들을 깨고 자유로워지기란 굉장히 고통스러울 수 있다.

앞에서도 언급했지만, 우리 문화에서 나에게 가장 크게 바란 삶은 부모님이 골라준 적합한 남편을 만나 좋은 아내가 되는 것이었다. 그 사람은 같은 문화, 같은 혈통, 같은 사회경제적 수준에 있는 사람이어야 했다. 결국 내가 할 수 있는 가장 중요한 일은 남자들에게 나를 매력적으로 보이게 만드는 일이었다. 나는 이런 고정 관념을 앞으로 죽는 순간까지 계속 내면화했다. 슬프게도 인도 전통 문화에서는 여성이 결혼을 하지 않으면 가치가 떨어지기 때문에 짝을 찾기 위한 사냥이 일찍부터 시작된다.

내가 아직 십대 초반이었을 때부터 우리 부모님은 장래의 남편에게 좋은 아내가 되어야 한다고 나를 길들이기 시작했다. 그것은 곧 순종적이고 고분고분하며 말을 잘 듣고 참하고 집안일을 잘하는 여자가 되어야 한다는 뜻이었다. 그것은 또한 내 장래의 남편과 시댁이 허락하지 않는다면 나는 일이나 공부도 할 수 없다는 뜻이었다. 인도 전통 문화에서 결혼은 상대 남자하고만 하는 게 아니라 남편의 가족 전체와 하며 남편의 부모형제들과도 함께 산다는 뜻이기 때문이다. 결국 여성은 결혼하기 전까지는 아버지를 따르고 결혼을 하면 죽을 때까지 남편을 따라야 한다는 말이다.

이런 삶은 늘 나를 두렵게 했다. 그건 마치 감정의 죽음같이 느껴졌다. 나는 내가 열정적으로 할 수 있는 일을 자유롭게 찾아서 하는 독립된 존재이고 싶었다. 또한 세계를 돌아다니며 큰 꿈들을 이루고 싶고 내 손으로 돈을 벌고 싶었다. 나는 나만의 길을 찾고 싶었다. 내가 가장 원하지 않는 게 바로 나 대신 누군가가 골라준 사람과 결혼하는 것이었다. 나는 내가 직접 선택한 사람을 만나 걷잡을 수 없는 사랑에 빠지기를 원하는 대책 없는 낭만주의자였다.

나는 나와 가장 가까운 인도인 여성 친구들이 하나둘 결혼하는 것을 지켜보았다.(한 명은 열일곱 살에 했고, 열아홉에 한 친구도 있었다!) 친구들 대부분은 부모님이 알고 있는 그 좁은 범위에서 고른 남자와 하는 결혼인데도 상당히 기대했다. 친구들이 결혼식 예복을 입을 때마다 사람들은 우리 부모님에게 왜 그 집 딸은 아직 미혼이냐고 묻곤 했다. 혹시 나를 원하는 남자가 없어서 결혼을 못하고 있는 거 아니냐는 뉘앙스로 말이다. 나와 비슷한 상황에 있던 친구들이 자신들도 머잖아 그런 식으로 결혼한다는 데 아무 의심도 품지 않는다는 걸 알게 되자 나는 자신이 더욱더 의심스러워지기 시작했다. 사실 친구들은 나에게는 두렵기만 한 그것을 한껏 기대하고 있었다.

깨지기까지 몇십 년이 걸린 필터는 바로 그렇게 만들어졌다. 나는 내 내면의 자아를 의심하기 시작했고, 정말로 내가 어딘가 잘못된 건 아닐까 하는 생각이 들었다. 당시 나만의 길을 가겠다고 당당히 주장하지 못했던 나는 외로웠고, 오해받는 것 같았고, 결국 이러다 평생 외톨이가 되는 건 아닐까 겁이 났다. 나는 나를 표현해야 된다는 생각과 가족들에게 맞춰주고 싶다는 열망 사이에서 갈팡질팡하다가, 결국 주변 사람들에게 "싫다"고 말하고 싶을 때에도 "좋다"고 말하고, 나만의 스포트라이트 속으로 걸어 들어가기보다 그것을 피하는 사람이 되었다.

결국 이십대에 나는 중매 결혼에 동의했고, 그 결과 1980년대 초반 머리카락에 분홍색 스프레이를 뿌리고 다녔던 것보다 훨씬 더 파격적이고 충격적인 일을 하게 된다. 막판에, 결혼식이 열리기 바로 직전, 내 내면의 목소리가 소리를 지른 것이다. '하지 마! 이건 네가 아니야! 너 이러려고 여기 와 있는 게 아니잖아!' 결국 나는 도망쳤다.

결혼식은 뭄바이에서 열리기로 되어 있었고, 세계 각지의 친척들이 다 참석하는 성대한 결혼식이 될 것이었다. 장소가 예약되었고, 사진사와 출장 요식업자, 악사 들도 모두 준비되었다. 인도 결혼식에서 으레 그러듯 적어도 일곱 가지 행사가 줄줄이 예정되어 있었다. 이런 결혼식을 물린다는 것은 굉장히 어려운 결정이었지만, 나로선 그것 외에는 아무런 대안도 떠오르지 않았다. 약혼자와 8개월 전에 약혼을 했는데, 나는 그 8개월 동안 그의 가족이 나에게 원하는 것들을 전부 맞춰주려고 노력했다. 나는 평상시에 입을 옷을 고르는 것에서부터 결혼 후 만들어 먹을 음식의 조리법을 익히는 것에 이르기까지 크든 작든 내 모든 결정에 대해 약혼자와 그 부모의 허락을 받아야 했다. 결혼식이 다가왔을 즈음 나는 이미 지쳐 있었다. 게다가 나는 약혼자와 시댁 식구들의 견해에 따라서 밖에 나와 일을 하며 돈을 벌거나 여행을 하거나 내 꿈을 펼치면서 살 수 없을 터였다.

그런 결혼을 하는 것은 혹 떼려다 혹 붙이는 것과 같았다. 앞서도 말했듯이 인도의 중매 결혼 문화에서 여자에게 결혼은 한 남자와만 하는 게 아니라 완전히 새로운 가족을 하나 얻는 것이다. 약혼자 부모님에게 며느리로서의 내 역할은 이 결합에서 핵심적인 부분이었고 (특히 내가 그들과 함께 살아야 했기 때문에 더욱 그랬다), 게다가 시부모님은 우리 아버지보다도 훨씬 더 엄격해 보였다!

결혼식 사흘 전, 가슴속에서 요동치는 폭풍을 잠재우지 못하고 나는 엄마에게 속마음을 털어놓기로 했다. 엄마에게 8개월이 지났지만 나는 사실 약혼자를 전혀 알지도 못한다고 말했다. 그의 부모님은 내 삶에 그 사람보다 훨씬 더 큰 영향력을 행사하면서, 나를 완벽한 인도 아내로 만들려고 교육시키고, 나에게 그 사람이 가장 좋아하는 음식을 만드는 법, 인도 전통 의상 입는 법 따위를 가르치고 있었다. 결혼식 날 밤을 내가 알지도 못하는 남자와 보낸다는 것은 생각만 해도 너무 무서웠다.

영화 속 주인공처럼 엄마는 나를 꼭 껴안고 다독여주면서 억지로 결혼하라고 떠밀지는 않겠다고 말씀하셨다. 한편으로 나는 안심이 되었다. 그러나 다른 한편으로는 시댁에서 어떻게 나올지, 멀리서부터 비행기를 타고 온 결혼식 하객과 친척 들이 뭐라고 할지 생각만 해도 겁이 났다. 예약한 결혼식장이며 이런저런 준비와 행사를 위해 고용한 업체들 문제는 또 어떻게 처리할지! 엄마는 내 약혼자와 시댁에 전하는 것을 비롯해서 식장과 업체들은 물론이고 친척들과 하객들에게도 알리고 보상하는 등 모든 건 당신이 다 알아서 하겠다고 하셨다. 엄마는 이 문제를 하나부터 열까지 직접 수습하셨고, 나에게는 오직 왜 좀 더 일찍 털어놓지 않았느냐고 꾸짖었을 뿐이다.

예상한 대로 엄마가 약혼자와 시댁에 이 말을 전했을 때 그들은 길길이 날뛰면서 엄마가 나를 잘못 키웠다고 비난했다. 한바탕 말싸움이 벌어졌고, 그들은 엄마에게 결혼식 날 나를 때려서라도 억지로

식장에 데려오라고 요구했다. 엄마는 그런 일은 절대로 하지 않을 거라고 말씀하셨다.

나는 그 자리에 참석해서 그들의 반응을 지켜보고 싶은 마음은 없었다. 또한 그들이 날 찾으러 오리라는 것도 알고 있었으므로, 가장 친한 친구 집으로 도망가서 거기서 숨어 지냈다. 열아홉 살에 중매 결혼을 했다가 이제는 후회하면서 그 여파를 감당하며 살고 있는 친구였다. 그녀는 당시 뭄바이에 살고 있어서 나에게 흔쾌히 집을 내어주었다. 약혼자의 가족이 친구 집 앞에 나타나서 나를 찾았지만, 나는 친구가 그들을 맡아서 처리하는 내내 침실에 숨어 있었다. 그들이 친구 집 앞과 거리에서 혹시 내가 나타나지 않을까 계속 감시하고 있었기 때문에 나는 친구 집을 떠날 수 없었다. 나는 결국 이 열기가 잦아들고 해외에 사는 친척들이 한 분도 남지 않고 다 집으로 돌아갈 때까지 한 달을 친구 집에 있었다.

결혼식장에서 도망친 것은 누군가에겐 용감한 행동처럼 보일지 모르지만, 여러 면에서 그것은 대표적인 엠패스적 행동이었다. 나는 "싫다"고 말할 용기가 없어서, 즉 사람들을 실망시키거나 분란을 일으키고 싶지 않아서 나를 숙이고 들어가 중매 결혼을 하겠다고 한 것이었다. 그러나 실제로 부부의 연을 맺어야 할 순간이 다가오자 줄행랑을 쳤고, 그것은 사람들에게 훨씬 더 큰 실망을 주고 훨씬 더 큰 분란을 만들어냈다. 애초에 모두의 말을 순순히 따름으로써 피하려고 했던 바로 그 상황을 자초한 것이다. 어느 모로 보나 나는 옹호받을 수 없는 상황에 놓여 있었다. 그리고 그에 따른 커다란 소란은 내

가족과 신랑의 가족 모두의 위신을 떨어뜨렸다.

우리 엄마는 당신 자신이 중매 결혼을 강요당했을 때 만일 딸을 갖게 되면 절대로 똑같은 족쇄를 채우지는 않겠다고 다짐했다고 한다. 결국 중매 과정을 거쳐 아빠와 결혼하면서 엄마는 당신의 진정한 자아를 억눌러야 했다. 그래서인지 내가 그 전철을 밟길 원하지 않는다고 했을 때 나에게 화를 내지도 않았고, 내 반항적인 기질을 억누르려 하지도 않았다. 결국 엄마는 내가 도망갈 때 내 편을 들어주기까지 했다. 조부모님이나 다른 친척들은 나를 잘못 길렀다며 엄마를 비난했다. 엄마가 나를 혼내거나 집에 못 들어오게 해서라도 예비 남편에게 돌아가도록 했어야 한다는 것이다. 그런 와중에도 엄마는 아버지의 마음을 누그러뜨려 허락을 받아내는 한편으로 나를 도와 함께 있어주려고 노력하는 등 아슬아슬한 줄타기를 했다. 엄마는 아버지를 포함해 온 세상이 내게 손가락질을 하는 것 같았을 때도 나를 비난하거나 판단하지 않았다. 엄마는 세상으로부터 나를 보호해 주고, 우리 문화의 경계와 내 꿈 사이를 오가며 내 곁을 지켜주었다.

엄마는 한 번도 내 편이 아닌 적이 없었지만, 아버지는 그렇지 않았다. 나는 아버지에게 인정을 받으려고 정말로 열심히 노력해야 했고, 인정을 받아도 아주 잠깐이었다. 따라서 아버지 눈 밖에 나지 않기 위해 나는 최선을 다할 수밖에 없었다. 그리고 다시 아버지의 눈 밖에 나면 늘 그게 내 잘못인 것 같았고, 내가 아버지 마음을 상하게 하는 어떤 잘못을 했다고 생각했다. 아주 작은 것으로도 나는 아버지 눈 밖에 나거나 외면받을 수 있었다. 나는 내 방 벽에 남자 가수의 실물 크기 포스터를 걸어놓기도 했고, 친구와 밤늦게까지 전화로 수다를 떨기도 했다. 그저 보통의 십대들이 하는 일이었지만, 이런 행동에 대한 아버지의 반응은 도를 넘어선 것이었다. 아버지는 나에게만 불같이 화를 낸 게 아니라 엄마에게까지 자식 교육을 잘 못했다며 성을 냈다. 아버지의 분노에 나는 죄책감이 들었고, 그러면 다시 나 자신을 지나칠 만큼 단속하고, 다시 아버지의 눈에 드는 좋은 딸이 되기 위해 무엇이든 불사하는 악순환을 반복했다.

그리고 내가 선을 넘으면 그런 일은 늘 일어났다. 즉 내가 허락받은 시간보다 늦게까지 밖에서 놀거나, 우리 문화권 출신이 아닌 남자친구와 데이트를 하거나, 옷을 아주 조금이라도 야하게 입으면, 아버지는 나와 엄마에게 불같이 화를 내셨다. 그러면 나는 처참한 기분이 들고 아버지와의 갈등은 더 커졌다. 이제 내가 아버지가 시키는 대로 하고 전통적인 인도 문화의 억압적인 규범들에 순응한다면 그 것은 아버지가 두려워서가 아니었다. 부모님 두 분 사이에 분란을 만들고 싶지 않기 때문이었다. 이것은 당시에는 인식하지 못했지만 나에게 이중으로 감정적 부담이 되었다. 당시 우리 문화에서 여성은 결혼할 때까지 부모 집을 떠날 수 없었기 때문에, 취직을 해서 부모로부터 독립하는 것은 내게 주어진 선택지가 아니었다. 아버지와 나의 순탄치 않은 관계는 아버지가 돌아가실 때까지 계속되었다. 우리 사이의 문제들은 풀리지 못했다가, 내가 임사체험 중 저쪽 세상으로 건너가 아버지를 만났을 때에야 해소되었다.

# 유리 천장 깨뜨리기

죽었을 때 나는 그곳에는 성별이 없다는 것을 깨달았다. 우리에게 생물학적 몸이 없으므로 성별도 없는 것이다. 거기에서 우리는 그저 순전히 영적인 존재들이다. 우리는 믿을 수 없을 정도로 장엄하며 강하고 힘이 있다. 이런 특질들은 모두 우리 자신의 일부분, 우주 의식의 일부분이다. 우리는 그런 특질들을 이 물리적 삶에서도 품고 살기를 원한다. 우리의 단호함뿐 아니라 공감 능력과 민감성도, 우리의 남성성뿐 아니라 여성성도 우리 각각의 존재 전체를 형성하는 데 똑같이 중요하다. 예를 들어 음양 개념을 생각해 보라. 그 영역에서는 음과 양 중 어떤 것이 더 긍정적이라거나 부정적이라는 판단이 없다. 사실 그곳에는 판단이라는 것 자체가 아예 없다. 그뿐이다!

거기서는 이러한 자각이 너무도 생생하게 느껴졌다! 정말이지 맞게 느껴졌다! 내가 자랄 때는 늘 뭔가 아니다 싶은 게 있었는데, 임사체험 중에는 이런 것들이 백 퍼센트 명료하게 자각되었고, 정말이지 옳게 느껴졌다.

나는 그동안 교육받은 성 역할 등 우리가 당연하게 여기고 고수해 온 것이 그저 문화적인 역할일 뿐임을 깨달았다. 우리가 감정적으로 당연하게 받아들이는 것들, 그러니까 여성이 집 밖에서 일을 할 때 죄책감을 느끼는 것이나, 자기 희생(자기 사랑의 반대말이다)을 당연히 받아들이도록 배운 것, 에고를 죽이고 살라는 압박을 남성보다 더 심하게 받는 것 등이 모두 문화적인 학습의 결과였다. 그러나 나는 저 너머의 세계를 보면서 우리가 그런 문화적·성적 제약에서 자유로워질 수 있으며 또 그것이 참으로 멋지다는 것을 깨달았다.

남편 대니는 집안일을 나보다 늘 잘했지만, 죽기 전에 나는 그것을 대니가 가진 멋진 능력으로 보지 않고 내가 가진 부족한 점으로 보았다. 그 점이 나를 곤혹스럽게 했고, 나는 친구나 가족이 찾아오면 늘 그 사실을 숨기려고 했다. 그러나 저 너머의 세계를 경험하고 나서부터 나는 집안일을 잘하는 대니가 얼마나 멋진지 뿌듯해하며 사람들에게 자랑하고, 그러면 대니는 내가 집안일에 얼마나 젬병인지 놀리며 재밌어하고는 한다.(물론 유머러스하게.)

여기 지구에서는 남녀 두 성별이 모두 똑같이 중요하다. 음과 양처럼 서로 다른 쪽 없이 어느 한쪽만 있다면 불균형이 초래된다. 엠패스로서, 따라서 다른 이들보다 감정이 더 풍부한 사람으로서, 나는 당신이 지닌 이런 특별한 능력들을 강점으로 받아들이기를 권한다. 당신이 여성이든 남성이든, 트랜스젠더든, 동성애자든, 혹은 이성애자든 어느 경우라도 기꺼이 받아들이라. 우리는 우리의 '민감성'에 여성적 자질이라는 꼬리표를 붙이는데, 그게 틀린 말은 아니지만, 이를 또한 '음陰'의 특성이라고 표현할 수도 있을 것이다. 우리는 이런 자질들에 성별을 붙일 필요가 없다. 그것은 단호함, 완고함, 완강함, 공격성, 강인함 등 오늘날의 패러다임에서 가치 있게 여겨지는 '양陽'의 특성들이 중요한 것과 똑같이 중요하다.

이렇게 훨씬 섬세한 특성들을 기꺼이 받아들이는 엠패스적인 남자들도 많이 있다. 그러나 그들은 약하다는 꼬리표가 붙는 게 두려워 그런 면을 드러내기를 겁낸다. 그 반면 이 세상에서 성공하려면 남자 같아져야 한다고 믿는 여성들도 있다. 그것은 사실이 아님을 알았으면 한다. 현재 우리에게는 그 어느 때보다도 여성적 자질이 필요하다.

우리는 역할 모델을 할 수 있는 여성들이 더 필요하다. 여성적 자질을 기꺼이 받아들이는 더욱 강한 여성들이 우리 모두에게 역할 모델로서 필요하다. 지도자의 역할을 맡으려면 에고가 필요하므로 당신의 에고를 기꺼이 받아들이기를 권한다. 당신의 에고는 적이 아니다. 당신의 영적인 자각과 내면의 신비가를 억누르는 것, 의식의 망과의 연결을 억누르는 것이 바로 적이다. 영적인 자각 능력과 놀라운 공감 능력을 지닌 엠패스로서 당신은, 당신의 메시지가 중요하며 적게든 많게든 사람들과 공유할 필요가 있다는 점을 알려면 자신의 에고를 받아들여야 한다.

내가 배운 것 하나는 내 성별과 무관하게 언제나 당당하고 진실해야 한다는 것이다. 당신도 그러하기를 바란다. 있는 그대로의 자신을 받아들이자. 자신의 강점과 재능을 받아들이자. 한편 가령 수학이나 철자법 등 뭔가 잘하지 못하는 부분이 있다면 겁내지 말고 그점을 인정하자. 스스로를 판단 없이 받아들일수록 다른 이들에게서도 덜 판단받는다는 점을 나처럼 당신도 알게 되길 바란다. 그리고 그렇게 함으로써 당신의 강점들을 끄집어낼 수 있다.

# 자신의 성별을 받아들이는 명상

당신은 이 세상에 기여할 것이 정말로 많다. 아래 문장들은 당신의 온 존재를, 당신의 음과 양을 기꺼이 받아들이는 데 도움이 될 것이다.

나는 내가 지금의 나인 데는 이유가 있음을 깨닫는다.

내 성별은 나무랄 데 없이 완벽하다.

나의 모든 것은 이 물질적 삶에서 필요하고 소중하다.

나는 나 자신을 완전하게 그리고 진실하게 표현한다.

나는 내 강점들을 당당하게 받아들인다.

나는 부끄러움 없이 내 몸을 받아들이고 보살핀다.

# ·11·

# 두려움 없이 살기

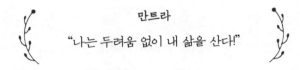

만트라
"나는 두려움 없이 내 삶을 산다!"

내가 죽었을 때 아버지는 나에게 돌아가서 두려움 없이 내 삶을 살라고 말씀해 주셨고, 나는 지금 그렇게 하고 있다. 내가 임사체험 중에 배운 바로는 그것이 우리가 여기에 있는 이유의 전부이다. 우리 자신이 되고, 있는 그대로의 자신을 사랑하고, 바로 그런 태도로 자기 삶을 살아가는 것. 두려움 없이 사는 것은 우리의 진정한 자아를 표현하는 것이다. 이것은 우리의 생각들을 부정적인 것이든 긍정적인 것이든 전부 받아들인다는 뜻이다. 오감에 국한된 패러다임에서는 기존의 사고방식에 부합하지 않는 생각들은 억누른다. 그러나 정말 많은 엠패스들을 만나보면서, 나는 우리가 다른 이들을 읽을 수 있는 능력 때문에 자기 생각을 억누르기도 한다는 것을 알게 되었다. 우리는 우리가 사람들을 읽을 수 있는 것만큼 그들도 쉽게 우리를 읽을 수 있다고 생각한다. 그래서 우리의 진솔한 생각을 더 깊이 숨기고 보호막을 쳐 숨는다.

그런 한편 우리가 아주 잠시라도 부정적인 생각을 한다면 그 부정적인 생각이 구현될 것이라는 아주 무서운 생각도 한다. 엠패스들은 암시의 힘에 매우 민감하기 때문에 이런 두려움은 엠패스들 사이에 특히 만연해 있을 수 있다. 내가 암이라는 시련을 이겨내려 고전하고 있었을 때 모든 사람이 '끌어당김의 법칙Law of Attraction'에 대해 이야기했다. 정말 엄청났다. 얼마나 많은 이들이 "네가 암을 끌어당긴 거야" "네 생각들이 암을 끌어들였어" "부정적인 생각들이 부정적인 현실을 끌어당기지" 같은 말을 했는지 셀 수 없을 정도였다. 나는 이해할 수 없었다. 어떻게 그럴 수 있단 말인가? 나는 늘 굉장히 긍정적인 사람이었다. 나는 항상 유쾌한 사람, 누구나 긍정적인 응원이 필요할 때면 찾는 사람이었다. 내 친구들 중에는 종종 퉁명스럽거나 침울해하거나, 심지어 못돼먹은 친구도 있었지만 나는 절대로 아니었다. 나는 늘 모두를 기분 좋게 해주는 사람이었다. 나는 모두가 나를 좋아하기를 바랐다. 기억 안 나는가?

우리의 생각과 감정을 억누르려고 하는 것은 스스로에게 "난 부족한 사람이야. 그러니 나의 이런 부분은 없애버려야 해"라는 메시지를 보내는 것이다. 우리의 본래 모습을 억누르는 것은 건강하지 않은 행동이다. 억누르든 아니면 하나하나 살펴보고 허용하든, 모든 생각을 일일이 검열하려면 우리는 우리의 생각들을 판단해야 하고, 그렇게 할 때 우리는 우리 자신을 판단하게 된다. 그것은 진실하게 사는 게 아니라 짐짓 꾸민 모습으로 사는 삶이다.

이것이 우리가 이런 '끌어당김의 법칙' 같은 믿음을 온전히 이해하지 못하고 맹목적으로 따를 때 조심해야 하는 부분이다. 나는 우리가 생각으로 사람과 사건, 환경을 끌어당긴다고 생각하지 않는다. 생각이 아니라, 그때 우리가 어떤 사람이냐에 따라(즉 어떤 상태에 있느냐에 따라—옮긴이) 우리에게 올 것을 끌어당긴다고 생각한다.

나는 죽음을 통해, 있는 그대로의 자기 자신을 사랑하는 것이 핵심이라는 것을 알기 전까지는 '끌어당김의 법칙'을 제대로 이해하지 못했다. 스스로를 사랑하고 소중히 여길 때 당신은 더 이상 자신의 생각을 검열할 필요가 없다.


## 당신 자신이 되라!

내 경험에 따르면 우리는 자기 자신이 될 때 비로소 자신의 부정적인 생각들도 두려움 없이 받아들이게 된다. 설령 부정적인 생각들이 당신에게 들어오더라도 그냥 스쳐 지나간다. 이런 부정적인 생각들은 긍정적인 생각들과 마찬가지로 그저 우리 자신의 일부일 뿐이며, 우리가 자기 자신으로 존재하도록 허용할 때 우리는 진짜로 자신의 것을 끌어당긴다. 우리는 우리가 하는 생각들에 대해 걱정할 필요가 없다. 긍정적인 결과나 기회, 관계, 경험 들을 끌어당겼을 때 그런 것을 어떻게 계속 유지해 나아갈지 걱정할 필요도 없고, 힘든 시기를 지나고 있을 때 부정적인 생각이 든다고 겁낼 필요도 없다. 그것들은 그저 생각일 뿐이며, 전부 당신을 당신으로 만드는 데 일조하는 것들이다.

이제 나는 내 생각들에 긍정적이거나 부정적이라는 이름표도 붙이지 않는다. 그것들은 그냥 나이다. 당신도 이런 상태에 도달할 수 있다. 어린아이들을 생각해 보라. 아이들은 온갖 부정적인 생각들도 그냥 불쑥 내뱉고 그 다음 것으로, 그 다음 놀이로 넘어간다. 아이들은 그것 때문에 어마어마한 결과를 끌어당기지 않는다. 당신은 아이들을 판단하지 않고, 아이들도 저 스스로를 판단하지 않는다. 그들은 그래도 자신이 여전히 사랑받고 있음을 안다. 그들은 배우는 중이다. 우리 또한 그러하다. 스스로에게 여유를 좀 주라. 그저 당신 자신을 사랑하라. 당신 자신이 되라.

진정으로 자기 자신이 되는 방법은 스스로에게 이런 질문을 해보는 것이다. "내가 나 자신을 새롭게 창조한다면 어떤 모습일까? 아무도 보고 있지 않다면 나는 어떤 사람일까?" 스스로에게 이런 질문들을 할 때, 1장에서 살펴보았듯이 당신이 더 이상 눈을 감은 채 살고 있지 않다는 점을 기억하자. 당신은 더 이상 오감의 세계에만 있지 않다. 당신은 세상을 새로운 눈으로 바라보고 있다. 그렇다면 모든 게 어떠해야 한다는 일체의 믿음이 없는 지금, 당신은 자신을 어떻게 바라볼 것인가? 스스로를 어떻게 경험할 것인가? 잘 모르겠다면 당신 내면의 신비가에게 이렇게 물어보라. "나는 나 자신을 가볍고 자유로운 사람, 성공한 사람, 창조적인 사람으로 보고 싶은가?" 그런 다음 어떤 이미지가 떠오르는지 살펴보라.

우리가 원치 않는 것을 삶에 끌어들이는 이유는 부정적인 생각들 때문이 아니라 우리가 과거의 짐과 믿음을 통해 현실을 창조하고 있기 때문이다. 내면의 신비가에게 귀 기울이고 우리 자신을 있는 그대로 사랑하게 되면서 과거의 짐과 믿음을 전부 놓아버리고 나면 이제 세상은 명료하게 보이기 시작한다. 우리는 원하는 삶을 창조하며, 세상은 그것을 우리에게 되비쳐 보여준다.

우리가 세상을 어떻게 보느냐는 우리가 갖고 있는 렌즈에 의해 좌우되며, 우리가 우리의 믿음들, 즉 렌즈를 바꿀 때 세상을 보는 우리의 시각도 바뀐다. 만일 우리가 세상을 좀 더 자애로운 렌즈로 바라본다면 우리는 그러한 것들을 더 많이 보게 될 것이다. 만일 우리가 세상을 분노의 눈으로 바라본다면 똑같은 것들이 우리에게 되비쳐져 돌아올 것이다. 예를 들어 새 차를 사면 그 차를 몰고 거리로 나오기 전까지는 주변에서 한 대도 보지 못했던 똑같은 차들이 갑자기 여기저기서 눈에 띄지 않던가. 혹은 그저 좀 튀고 싶어서 독특한 색깔의 차를 샀다고 해보자. 그러면 갑자기 비슷한 색깔의 차들이 수두룩하게 눈에 들어온다. 내 첫 차는 선명한 빨간색이었다. 도로에 빨간 차들이 그렇게 많을 거라고는 생각하지 않았는데, 빨간 차를 사고 나니, 웬걸!

좀 어려운 예를 들어보겠다. 우리가 환경에 어떻게 영향을 미치는지 보여주는 과학적 증거가 있다. 물을 가지고 일련의 실험을 한 에모토 마사루江本勝 박사의 책《물은 답을 알고 있다The Hidden Messages in Water》를 생각해 보자. 그는 실험을 통해 생각과 느낌, 존재의 상태, 음악 등이 물리적 현실에 영향을 미친다는 사실을 발견했다. 이 실험에서 그것들은 얼린 물의 결정 모양에 영향을 주었다.[1] 그리고 1998년, 와이즈만 연구소Weizmann Institute of Science의 연구자들은 전자電子가 관찰 행위에 의해 어떤 영향을 받는지를 입증하는, 고도로 통제된 실험을 진행했다. 실험 결과 '관찰하는' 시간의 양이 많을수록 관찰자가 실제로 발생하는 일에 미치는 영향도 큰 것으로 나타났다.[2]

내가 임사체험 상태에서 아주 분명하게 안 것은, 내 현실을 창조하는 데 영향을 미치는 것은 단지 내 생각만이 아니라, 있는 그대로의 나 자신을 존중하고 사랑하는 것 또한 거기에 영향을 미친다는 점이었다. 내가 해야 할 일은 단 하나 그저 나 자신이 되는 것이다. 두려움 없이 말이다. 두려움 없이 나 자신이 된다는 것은, 세상을 남들이 보듯이 혹은 남들이 보라는 대로 보지 않고도, 또한 수많은 짐과 믿음 없이도 살아갈 수 있을 만큼 스스로를 사랑한다는 뜻이다. 그것은 곧 당신이 가치 있다고 느끼기 위해 남들의 승인이 필요하지 않다는 뜻이다. 스스로를 보살피기 위한 구실로서 병을 앓을 필요도 없고, 당신 자신이 되는 것을 정당화해야 할 필요도 없다는 뜻이다. 그것은 그저 스스로를 증명해 보일 필요 없이 자신이 가치 있고 자격 있음을 아는 것이다.

한마디로 내가 나 자신이 되지 못하게 막는 것은 두려움이고(미움 받을지 모른다는 두려움, 눈 밖에 날지 모른다는 두려움, 가치 없거나 부족한 사람 일지 모른다는 두려움), 나 자신이 되도록 도와주는 것은 사랑이다. 내가 나를 사랑하면 할수록, 나는 사과할 필요 없이 나 자신을 표현할 가 치와 자격이 있다는 것을 안다. 바로 그런 이치이다. 당신이 자기 자 신이 되도록 허용하면 할수록 당신은 스스로에게 "나는 나를 사랑 해. 그리고 나한테는 잘못된 것이 하나도 없어"라는 메시지를 더 많 이 보내는 것이다.

그러니 오로지 진실해지고, 진정한 당신 자신이 되라. 당신이 그렇 게 할 때 당신은 또한 스스로에게 당신의 생각들에도 잘못된 게 하 나도 없다고 말해주는 것이다. 가끔씩 부정적이거나 두려움에 찬 생 각이 올라오더라도 그저 허용할 수 있다. 당신은 "그래, 이것도 내 일 부인걸. 뭐라고 하는지나 들어보자. 다 말하고 나면 사라지겠지" 하 는 태도를 취할 수 있다. 이렇게 하는 편이 "오, 맙소사. 이런 부정적 인 생각은 부정적인 현실을 끌어당길 테니까 억눌러야 해" 하면서 그 생각을 두려워하고, 다시 그에 따르는 두려움을 두려워하는 것보 다는 훨씬 느낌이 좋다. 부정적인 생각을 두려워한다면 그런 생각을 하는 내내 당신은 애초에 그런 생각을 한 것에 대해 스스로를 판단 하고 있는 것이다.

어떻게 하면 내면의 두려움에서 벗어날 수 있을까? 그리하여 진 정한 자신이 되지 못하게 하는 장애물 쌓기를 멈출 수 있을까? 다시 말해 자기 자신이 되기를 두려워하는 상태에서 어떻게 자신을 사랑하는 상태로 옮겨갈 수 있을까?

두려움이 어디에서 나오는지를 이해하자. 두려움은 대개 외부에서 온다. 당신 마음속에서 느껴지므로 두려움이 당신 내면의 것이라고 느낄 수도 있겠지만 사실은 그렇지 않다. 당신 내면으로 깊이 들어가 보면 거기엔 사랑뿐이다. 오직 사랑밖에 없다. 현재 우리 지구의 현실이 불균형해 보이고, 사랑보다는 두려움에 의해 돌아가는 것 같은데, 이 글을 읽고 있는 이들 상당수가 엠패스인 만큼 이런 점이 더욱 깊이 느껴질 것이다. 이 때문에 당신은 이런 게 다 본인 내면의 두려움이라고 생각하기 쉽다. 그러나 그렇지 않다. 그런 두려움은 현재 우리 외부의 패러다임에서 오는 것이다.

외부 세계에서 받아들이는 것을 최소화하라. 우리는 3장에서 플러그를 뽑는 것에 대해 이야기했다. 또한 두려움을 유발하는 사람들로부터 떨어져 있는 시간을 갖는 것도 방법이다. 당신 내면의 신비가와 이야기해 보라. 언제든 두려움이 느껴지거든 그것은 곧 내면으로 들어가라는 신호임을 알아차려라. 여기 이 물리적 세상과 육체로부터 빠져나가는 것이 아니라 그 속에 머물러 있는 것이 당신의 목적이기는 하지만, 그래도 우리 사회의 패러다임은 때로 너무 시끄럽고 두렵게 느껴질 수 있다. 이것은 우리의 균형을 앗아갈 수 있다. 내면 세계와 연결되어 있는 시간이 그런 불균형을 바로잡아 줄 수 있다. 여기에서 핵심은 우리 영혼의 부름과 의도에, 그리고 당신을 애초에 이 세상으로 끌어들인 사랑에 다시 연결되는 것이다.

# 자신을 사랑하고 소중히 여겨라!

지금까지 자신을 사랑하는 법, 그리고 자신을 더 사랑할 수 있는 법에 대해 이야기했으니, 이제 내면의 안내자에게 도움을 청하는 법에 대해 설명해 보자. 우선 이런 질문을 하는 것으로 시작해 보자. "어떻게 하면 나 자신을 더 사랑할 수 있을까? 어떻게 하면 더 진실해질 수 있을까? 어떤 부분에서 나의 두려움을 내려놓을 수 있을까?" 다시 말하지만 진실한 삶을 산다는 것은 자신의 생각을 예의주시한다거나 두려워한다는 게 아니다. 핵심은 "좋아, 어떻게 하면 날 더 사랑할 수 있지?"이다.

병을 앓고 있거나 우울증을 겪고 있거나 인생에서 어두운 시기를 지나고 있는데, "네가 이걸 끌어들인 거야" "너의 부정적인 생각이 이런 현실을 끌어당겼어" "그렇게 부정적이어선 안 돼" 같은 말을 스스로에게 하고 싶지는 않을 것이다. 그건 자신에게 가장 하고 싶지 않은 말일 것이다. 아픔과 상처, 혼란과 두려움, 병 같은 것을 겪고 있다면 스스로에게 "이건 나를 더 사랑해 주고, 좋은 것들을 삶 속으로 더 많이 허용해 들이라는 초대구나" 같은 말을 해주고 싶지 않을까? 스스로에게 물어보라. "어떻게 하면 그렇게 할 수 있을까? 어떻게 하면 나 자신한테서, 내 삶에서 더 많은 즐거움을 찾을 수 있을까? 나를 행복하게 해주는 것들은 무엇일까?"

이렇게 초점을 맞추면 더 진실해지는 데 도움이 될 것이다. 진실해지는 것이 매우 중요한 이유는 앞에서도 언급했듯이 우리는 우리가 있는 상태 그대로를 끌어당기기 때문이다. 그래서 당신이 즐거울 때는 삶 속으로 즐거움을 더 많이 허용하게 된다. 더 즐거워지는 방법은 자신을 더 사랑하는 것, 그리하여 자신의 생각들을 지나치게 판단하지 않는 것이다. 힘겨운 시간을 겪고 있는 다른 이들을 응원해 줄 때도 이 기술을 쓸 수 있다.

스스로에게 더 다정해지는 한 가지 방법은 완전히 새로운 방식으로 자기 자신에게 말을 하는 것이다. 건강이 안 좋다거나 너무 힘들때, 자신을 판단하거나 화를 내는 게 아니라 스스로를 가장 친한 친구처럼 대해주는 것이다. 만일 가장 친한 친구가 지금 당신이 겪는 일을 겪고 있다면 당신은 뭐라고 말해줄 것인가? 아마도 "겁내지 마. 내가 곁에 있어줄게"라든지, "결국 다 지나갈 거고, 그러고 나면 넌 더 강해져 있을 거야" "네가 이런 일을 겪고 있지만 그래도 널 사랑해" 같은 말일 것이다. 당신도 당신 내면의 안내자에게 주파수를 맞추고 이런 질문들을 해본 다음 대답을 들어보기 바란다. 마음에 와 닿는 대답들이 있거든 행동에 옮겨보라.

당신은 늘 자신이 사랑받는다고 느껴지는 상태에 있고 싶을 것이다. 언제나, 언제나 말이다. 또한 자신을 더 받아들여 주고 더 사랑해 주는 법을 배우기 원할 것이다. 그것이 바로 더 높은 주파수로 옮겨가는 방법이다. 더 높은 주파수 또는 진동으로 옮겨가는 원리는 이렇다. 우리는 모든 것이 에너지로 이루어졌다는 것을 안다. '진동의 법칙Law of Vibration'에 따르면 에너지는 언제나 진동 상태에 있다. 당신을 이루는 부분들도 모두 마찬가지다. 진동이 더 높을수록 당신은 더 가볍고 직관적이며 더 깨어 있다고 느낀다. 더 높은 주파수로 올라가는 것은 자신의 생각들을 두려워하는 게 아니라 받아들임으로써 가능하다. 당신은 또 힘들어하는 사람들이 스스로를 더 받아들이고 사랑하게끔 도와주기를 원하는데, 그렇게 함으로써 당신의 주파수도 같이 올라간다. 이 점 하나만 기억하자. 사랑이 이 세상 모든 문제의 답이다. 사랑은 모든 것의 해결책이다.

엠패스들은 주변 사람들에게 기쁨과 행복과 빛을 가져다주기를 정말 좋아하며, 바로 그래서 어딜 가나 사람들을 도와주고 구해주려고 한다. 우리는 다른 이들의 기운을 북돋아주기를 정말 좋아한다. 그렇게 하려면 우리는 스스로를 사랑해야 한다. 바로 그래서 내 슬로건이 "사랑하지 않으면 죽을 것처럼 자신을 사랑하라. 왜냐하면 정말로 그러니까!"인 것이다. 나는 삶을 거의 앗아갈 정도로 아주 비싼 값을 치르고서야 나를 사랑하는 법을 배웠다.

엠패스들은 스스로를 사랑하거나 자신에게 필요한 것들을 채우는 게 이기적이 아니라는 것을 정말이지 알 필요가 있다. 사실 그렇게 하지 않으면 결국 문제를 만드는 데 일조할 뿐이니 그것이야말로 이기적인 것이다. 그러나 당신이 스스로를 먼저 돌보면 당신은 그것을 이기적이라고 보는 사람들과 부딪칠 수 있다. 내가 임사체험과 암 치유 경험을 나누고 다니던 초기에 가끔 그런 식으로 말하는 사람들을(특히 소셜 미디어에서) 만나곤 했다. "적어도 당신은 자신에게 필요한 것들을 해결할 수 있을 만큼 여유 있게 살잖아요. 하지만 고통받는 사람들이 있다고요. 너무 가난하거나 아픈 사람, 죽어가는 사람들이 있다고요! 자기를 사랑하는 게 가장 중요한 일이라고 생각하는 사람이 그런 사람들을 어떻게 도울 수 있겠어요?"

그러나 그것은 앞뒤가 바뀐 생각이다. 사람들은 영적인 메시지를 전하는 사람들에게 전적인 희생을 기대한다. 진정한 봉사는 자기 희생이라고 믿는 사람들의 그런 사고방식을 바꾸기는 어려울 수 있다. 사람들은 치유자들에게도, 교사들에게도, 부모나 리더에게도, 내가 자란 문화권에서는 여성에게도 그런 종류의 이타심을 기대한다. 그런 믿음을 가진 사람들을 맞닥뜨릴 때, 나는 내가 나를 사랑하지 않고 돌보지 않는다면, 내가 내 내면의 안내자와 직관을 따르지 않는다면 그에 상응하는 결과를 얻게 될 것이고, 그것은 아마 몸이 아파지는 것일 수도 있다고 스스로에게 상기시킨다. 나 자신을 돌보지 않은 결과로 내가 몸이 아프거나 병을 앓거나 심지어 죽게 된다면 내가 다른 사람들에게 무슨 도움이 되겠는가? 그렇게 되면 내가 해답의 일부가 아니라 문제의 일부가 되는 것이다.


## 끌어당기기가 아니라 허용하기


두려움 없이 산다는 것은 두려움 없이 '당신 자신'이 된다는 말이다. 그리고 그것은 질서를 지키기 위해 자신을 숨기거나 두려움 때문에 스스로를 틀에 가둔 상태에선 상상하지 못했을 가능성들에 자기 자신을 연다는 뜻이다. 가끔 사람들이 나에게 목표를 세우는 것에 대해 어떻게 생각하는지 묻는다. 대체로 나는 그런 것들을 썩 좋아하지 않는다. 목표를 세우면 거기에 제한될 수 있다고 생각하기 때문이다. 우리는 우리가 생각하는 것보다 훨씬 더 많은 것을 성취할 수 있다. 그리고 우리 자신의 온전한 모습이 어떠한지를 아직 모르기 때문에 우리가 무엇을 할 수 있는지 미처 다 알지 못한다. 우리의 관점은 눈에 보이는 것, 즉 물질적 몸에 국한되어 있다.

핵심은 당신이 누구인지를 아는 것이다. 당신의 육체적 자아가 당신의 전부가 아님을 아는 것이다. 지금 당신의 몸을 보고, 그것을 한번 있는 그대로 바라보라. 그 몸은 그저 빙산의 일각이라는 사실을 당신이 정말로 알기를 바란다. 그것은 20퍼센트에 불과하다. 나머지 80퍼센트는 다른 영역에 있다. 육체의 눈에는 보이지 않겠지만 그것은 분명 존재한다. 당신의 에너지를 멀리 확장하면 모든 이들의 에너지와 맞닿을 것이다. 그러나 이 세상에서 우리는 서로를 그 빙산의 한 조각들에 불과한 것처럼 대한다. 마치 우리가 그저 이 시간과 공간 속에 있는 물질적 몸일 뿐이며, 그 이상은 없는 것처럼 말이다.

내가 육감의 존재들에 대해 말하거나 육감을 지닌 당신의 자아를 알아차리라고 말할 때, 그것은 눈에 보이지 않는 그 80퍼센트를 알아차리라는 말이다. 그 80퍼센트는 우리가 상상할 수 있는 것보다 훨씬 더 많은 것을 할 수 있다. 바로 그것이 내가 죽었을 때 느꼈던 것이다. 나는 그것을 전부 보았고 느꼈다. 몸이 아닌 나에게는 몸인 나보다 훨씬 더 많은 것들이 있었다. 나는 단지 눈에 보이는 빙산의 일각에 불과한 게 아니었다. 나는 사실 빙산 전체였다. 나는 형언

할 수 없이 거대하고 장대했다!

육체적 자아가, 나라고 하는 존재 전체의 일부에 불과하다는 사실을 깨달을 때, 우리는 우리가 이 세상에서 만나는 사람들도 모두 그들 본래 모습의 극히 일부에 불과하다는 점을 자각하게 된다. 그 정도 되면 우리는 우리가 맞서 싸우고, 걱정하고, 논쟁하는 이 모든 것들이 얼마나 사소한지 알게 된다. 그 사실을 알지 못해서 우리가 그렇게 소소한 문제들을 크게 키워왔다는 것도 깨닫게 된다.

최근에 어떤 사람에게서 받은 편지에 이런 질문이 들어 있었다. "만일 삶에서 큰 소망을 갖고 있다면요? 생각과 느낌으로 그런 소망에 집중하고 노력하는 게, 그러니까 '끌어당김의 법칙'을 적용하는 게 맞나요? 그렇게 한다면 나 자신을 제한하는 것일까요?" 내 대답은 그런 미래에 대한 전망이나 소망이 현재 상태를 바탕으로 만들어진 것이라면 그것은 당신이 지금 볼 수 있거나 알고 있는 것에 제한되어 있을 수 있다는 것이다.

내 삶에서 예를 들어보겠다. 암을 앓고 있을 때 나의 가장 큰 소망은 낫는 것이었기 때문에 그에 관한 비전 보드vision board를 만들기 시작했다. 당시는 디지털 비전 보드가 유행하기 전인 2005년도였다. 나는 코르크 판을 사서, 잡지에 나온 건강한 사람들 사진을 오려 붙여 일종의 콜라주를 만들었다. 비전 보드를 만드는 것은 한동안은 아주 즐거웠지만, 건강이 회복되지 않고 몸이 나아지는 기미조차 보이지 않자 나는 더 겁이 나기 시작했다. 비전 보드의 한 가지 문제는 당신의 소망이 바라는 대로 이루어지지 않으면 두려움과 의심이 들기 시작한다는 것이다. 그리고 두려움을 느끼기 시작하면 애초에 당신이 온 곳, 즉 사랑과 영감의 본향을 잃어버리게 된다.

내가 힘든 시간을 겪고 있다면 그것은 나의 현재 순간이 내가 바랬던 대로 가고 있지 않다는 뜻이다. 당신은 그런 상태에서 뭔가를 창조하고 싶지는 않을 것이다. 지금 이 순간 화가 나거나, 겁이 나거나, 짜증스럽다면 당신은 생존 모드를 발동시키고 있는 것이고, 영감이 흐르는 것을 막고 있는 것이다. 우리가 생존 모드에 있을 때는 창조성이 흐르기를 멈추며, 따라서 우리는 좋은 결과를 상상할 수가 없다. 그러기보다는 이 순간을 아주 조금이라도 더 낫게 만들어주는 것을 찾아보라. 어떤 삶의 조건 속에 있든 뭔가 더 나아질 수 있는 것이 있는지 찾아보라. 그것은 사랑하는 사람과 시간을 더 보내는 것이 될 수도 있고, 혼자 있는 시간을 더 갖는 것이 될 수도 있으며, 음악을 듣는 것, 더 높은 자아에 연결되는 것, 그 상황이나 순간이 당신에게 무엇을 말해주거나 보여주려고 하는지 묻는 것, 아니면 그저 스스로에게 "아무도 보고 있지 않다면 나는 어떤 사람일까?" 하고 물어보는 것이 될 수도 있다. 나는 그렇게 한다.

한 여성이 나에게 이렇게 편지를 써서 보낸 적이 있다. 비전 보드를 만들어 사용하고 '끌어당김의 법칙' 전문가들이 하라는 방법들도 모두 따라해 보았는데, 원하는 결과를 전혀 얻지 못했다는 것이다. 그런데 그 뒤 내가 만든 영상을 보고는 자신이 두려움과 결핍, 생존 모드에서 그런 것을 하고 있었고, 그것이 바로 자신이 세상을 바라보는 렌즈였음을 깨달았다고 했다. 그 후 그녀는 지금 이 순간 기분이 더 좋아지는 쪽으로 초점을 맞추기 시작했고, 한 순간 한 순간 그렇게 하면서 계속 앞으로 나아갔는데, 그러다 마침내 자신이 훨씬 폭 넓게 미래를 창조할 수 있는 훨씬 좋은 상태에 와 있다는 것을 알게 되었다고 했다. 이내 비전 보드 같은 도구도 필요 없게 되었는데, 그게 실은 두려움에 사로잡혀 있었을 때 의지한 도구였기 때문이다.

이제 와서 돌아보면, 내가 비전 보드에 붙여놓고 소망했던 현실은 내 다르마(신성한 진짜 목적)가 나를 위해 준비해 놓은 미래에 비하면 아주 제한된 것이었다. 미래는 그때 내가 상상할 수 있었던 것보다 훨씬, 훨씬 큰 것이었고, 특히나 당시 나는 살아남아야 한다는 두려움의 상태에 있었기 때문에 더 제한적인 현실을 소망할 수밖에 없었다. 바다 속에 잠겨 있는 빙산의 80퍼센트를 보지 못하는 것처럼, 우리는 우리 눈에 보이지 않는 부분을 상상하지 못한다. 우리가 어떤 목표들을 세우면, 또는 비전 보드 같은 걸 만들면, 우리는 우리 안에 준비되어 있는 것을 제한된 시각으로만 보면서 스스로를 가로막고 제한하는 셈이다. 그런 상태에서 우리는 우리 본모습 전체를 볼 수 없기 때문이다.

당신이 상상하는 것보다 더 큰 미래가 당신을 기다리고 있을 수 있으며, 우리 대부분은 우리가 현재 알고 있는 것보다 더 큰 무엇을 상상하지 못한다. 그래서 당신이 할 일은 단 하나, 바로 당신의 현재 자아를 사랑하고 이 현재 순간 속에서 기쁨을 찾는 것이다. 만일 기쁨을 느끼지 못하고 있다면, 당신의 자아가 한껏 고양되었다고 느낄 수 있을 만큼 뭔가 기분을 북돋아주는 일을 하라. 예를 들면 나는 상황이 나빠지고 있는 것 같아 스트레스를 받으면 실제로 몸을 움직여 완전히 다른 것에 집중한다. 해변을 산책하거나, 요리를 하거나, 샤워를 하거나, 혹은 내가 정말로 즐기는 어떤 것을 한다. 그런 것들을 하고 있을 때 나는 명료한 상태가 되고 삶은 늘 더 좋게 느껴진다. 그 결과 나는 그 좋지 않은 상황에 더 잘 대처할 수 있게 된다. 당신이 현재 순간에 할 수 있는 최선을 다한다면 그게 곧 최고의 미래가 펼쳐지도록 허용하는 것이다.

내가 비전 보드에 붙여둔 이미지들은 현재 내가 살아가고 있는 삶의 모습과는 전혀 달랐다. 나는 지금의 이런 삶은 상상도 할 수 없었다. 이런 삶이 있는지조차 몰랐다! 그러니 당신 자신을 제한하지 마라. 스스로를 특정한 목표들, 바라는 미래의 자세한 그림들, 지금 하고 있는 일의 정확한 결과 같은 것으로 제한하지 마라. 열린 결말로 남겨두자. 당신이 할 일은 단 하나, 바로 지금 이 순간에 스스로를 온전히 표현하는 것이다. 두려움 없이 이 순간을 사는 것이다. 지금 순간 속에서 자신의 즐거움과 확장된 자아를 찾는 것이다.

이제, 어떻게 그렇게 할 수 있는지 알아보자.


## 자신을 사랑하는 건 전체를 사랑하는 것

자신을 사랑하라고 사람들에게 말할 때 나는 언제나 눈에 보이지 않는 그 80퍼센트를 언급할 필요를 느끼는데, 대부분의 사람들이 빙산의 일각, 즉 눈에 보이는 자아만을 알고 사랑하기 때문이다. "왜 그러세요? 저 마사지도 받는다고요." 내 전체 메시지를 이해하지 못한 사람들은 가끔 이런 식으로 말한다. "머리도 자주 자르고, 염색도 한다고요. 피부 관리도 받고요. 난 나를 잘 돌봐주고 있어요. 그런데 왜 내 삶이 아직도 잘 안 풀리고, 왜 내가 날 사랑한다고 느껴지지 않죠?" 그러면 난 그들에게 설명해 준다. "당신이 스스로를 사랑한다고 느껴지지 않는 건 당신의 80퍼센트를 무시하고 있기 때문이에요. 나머지 20퍼센트만 사랑하고 있으니까요."

스스로를 완전하게 사랑하는 첫 단계는 당신에게 다른 80퍼센트가 있다는 사실, 그리고 당신이 실은 육감의 존재라는 사실을 알아차리는 것이다. 그런 다음 그 80퍼센트에 귀 기울여보는 것이다. 그 부분이 당신의 목적을 알고 있기 때문이다. 그 부분이 바로 당신이 사랑하고, 받아들이고, 알고, 신뢰해야 할 부분이다. 그리고 그렇게 할 때 당신의 비육체적인 부분과 육체적인 부분이 통합된다.

지금 당장은 비육체적인 부분과 육체적인 부분이 분리된 별개의 것으로 느껴질 수 있다. 당신은 수면 아래에 뭐가 있는지 보지 못하고 자신이 그저 바다에 떠다니는 한 조각의 빙산에 지나지 않는다고 느낄 수도 있다. 바로 그래서 어찌해야 할지 모르겠고, 외롭고, 고립되어 있다고 느끼는 것이다. 그 한 조각 빙산밖에 보이지 않으니 말이다. 그러나 세상의 나머지 부분과 다른 빙산들, 물, 땅, 그 밖의 요소 등등 수면 아래에서 다른 모든 것들과 연결되어 있는 전체의 그 장대함을 볼 수 있다면, 그리하여 자신이 훨씬 큰 존재라는 것을 알게 된다면, 당신은 자신의 그 부분과 연결될 수 있다. 그 연결 방법은 수련 프로그램에 가기, 영성 팟캐스트 듣기, 악기 연주하기, 맛있는 음식 만들기, 그림 그리기 등 당신의 깊은 내면과 연결되도록 해주는 것이면 무엇이든 될 수 있다.

어디에 있든 나는 하루 종일 내 빙산의 나머지 부분과 이야기한다. 밤에 잠들기 전에 침대에 누워 있을 때도 그 부분과 접속한다. 그 부분, 즉 당신의 영혼을 사랑하고, 받아들이고, 알고, 신뢰하면—그 부분에게 말을 걸어서 "그래, 나에게는 훨씬 더 큰 부분이 있지. 그래, 그 부분이 나를 늘 인도해 주려고 하고 있어. 그래, 그 부분은 내 소명과 내가 여기 있는 이유를 알아. 그것은 미래의 나에게 어떤 일이 다가올지 알고, 내 미래의 자아를 보여주려고 하지"라고 하면서 그 부분을 알아봐 주고 아껴주면—그 부분 역시 당신에게 말을 건다. 그럴 때 당신은 더 이상 어쩔 줄 모르고 헤매지 않게 될 것이다. 그런 일은 정말로 일어난다. 그게 나에게 일어난 일이고, 임사체험에서 내가 겪은 일이다. 그것은 나에게 빙산 전체를 보게 해주었다. 당신도 빙산 전체를 보게 되기를 바란다. 그저 연결되어 보라. 그토록 간단하다.

만일 당신에게 아이들이 있고, 그 아이들이 자기가 실제로 얼마나 장대한 존재인지를 기억해 내길 바란다면, 아이들에게 자신의 느낌과 직관을 신뢰하도록 북돋아주고, 눈에 보이지 않는 그 80퍼센트를 포함해 자신들의 전체 자아와 연결되도록 가르쳐라. 질문을 하고 무슨 답이 돌아오는지 귀 기울이다 보면 그 80퍼센트에 연결될 수 있다는 걸 아이들에게 알려주라. 이런저런 상황들이 생길 때 어떤 '느낌'이 드는지 물어서 아이들이 머리에서 나와 가슴으로 옮겨갈 수 있도록 하라.

가슴은 우리의 80퍼센트와 더 잘 조율되어 있다. 예를 들어 당신의 아이들이 영화나 TV 프로그램을 보고 있거나 게임을 하고 있다면, 그들은 그게 자기의 생각에만 어떤 자극을 주는 것이 아니라 자기의 느낌에도 자극을 준다는 걸 알아야 한다. 아이에게 어떤 느낌이 드는지 물어보라. 어떤 TV 프로그램을 보거나 어떤 게임을 할 때 아이가 불안해하는가? 무서워하는가? 즐거워하는가? 학교에서 어떤 과목을 공부할 때 어떤 느낌이 드는지 물어보라. 그 과목에서 몇 점을 받았는지만 물을 게 아니라 그 과목을 공부할 때 어떤 느낌인지를 물어보라. 쉬는 시간에 학교 운동장에 있을 때, 혹은 친구의 생일 파티 같은 데 가서 친구들과 어울릴 때 어떤 느낌인지 물어보라. 불안해하는가? 두려워하는가? 아니면 뭔가 기대하면서 즐거워하는가? 당신 아이가 어떻게 느끼는지 아는 것은 아이의 그 80퍼센트에 연결되는 좋은 방법이며, 아이 역시 자신의 80퍼센트에 접근하도록 도와주는 좋은 출발점이다.

만일 아이가 학교에서 괴롭힘을 당하고 있다면, 괴롭힘을 당하고 있는 것은 빙산의 일각일 뿐임을 알고 자신의 전체 자아와 연결되는 방법을 알려줄 필요가 있다. 또한 폭력을 가하는 아이들도 그런 행동이 자신들의 그 빙산의 일각에서 나왔을 뿐임을 알아야 한다. 괴롭힘은 가해자 자신의 약함에서 비롯된다. 그 가해자는 폭력적인 자신의 일면보다 훨씬 큰 존재이지만 본인은 그것을 깨닫지 못하고 있다. 그들은 자신의 위대함을 보지 못하고 있다. 그래서 자신이 위대하다는 느낌을 맛보려고 다른 이들을 깎아내리는 것이다. 그것이 바로 가해자들의 폭력 행위 기저에 있는 것이다.

빙산 전체와 연결되어 있을 때 당신은 통합됨integration과 온전함wholeness을 경험한다. 지금까지 나는 자기 자신을 사랑하고 받아들이는 것이 중요하다고 말했는데, 이제는 당신이 한 발 뒤로 물러나 그보다 더 큰 그림을 보며 이렇게 말할 수 있으면 한다. "오, 세상에. 이제 알겠어. 나는 나 자신을 사랑하는 것에 집중할 필요가 없어. 실은 자아self라는 것조차 없으니까. 육체적 자아라는 건 없어. 나는 '전체the whole'를 사랑하는 데 집중하고 싶어." 이것이 자연스러운 수순이다. 당신은 자신이 영원한 자아의 일부, 즉 온 우주entire Universe에 연결된 빙산 전체임을 이제 이해한다. 거기에 모든 것에 대한 답이 들어 있다. 나의 경우에는 예컨대 조용하게 앉아 명상할 때, 자연 속을 거닐 때, 샤워를 할 때 더 큰 자아에 연결되며, 거기에서 답을 얻는다.

당신이 더 높은 자아에 귀 기울이기 시작하는 때가 바로 당신의 삶이 원래 펼쳐져야 하는 대로 펼쳐지는 순간이다. 바로 그때 당신은 정말로 자신의 목소리를 듣기 시작하고, 이곳에서 하고자 한 바로 그 일을 한다. 그것은 다른 이들이 원하는 모습이 되거나 지배적인 패러다임에 맞추는 삶이 아니다. 나는 혹독한 대가를 치르고 이 앎을 실천에 옮기는 법을 배웠다.

나는 그 무엇을 준대도 이제껏 내 삶이 펼쳐진 방식을 바꾸지 않을 것이다. 2011년 웨인 다이어 박사를 만난 이후로 펼쳐진 모든 일들을 말이다. 나는 전 세계를 다니며 아주 많은 이들을 만났고, 내 이야기를 열렬한 청중들에게 들려줄 기회를 얻었으며, 그들이 자신의 질병을 다르게 바라보며 두려움을 덜어내도록 도와줄 수 있었다. 그리고 무엇보다 중요한 것은 나와 비슷한 일을 하는 다른 강연자나 교사, 나아가 당신 같은 멋진 사람들과 연결될 수 있었다. 나와 같은 엠패스들과도 관계를 형성할 수 있었다. 내가 지금 믿는 것을 믿지 않았거나 내가 지금껏 하고 있듯이 내 가슴을 따르지 않았더라면, 그 가운데 어느 것 하나 일어나지 않았을 것이다. 정말이지 그런 일은 일어나지 않았을 것이다.

　한번 생각해 보라. 만일 당신이 가슴의 소리를 따르고, 당신이 될 수 있는 것이면 무엇이든 되도록 두려움 없이 스스로를 허용한다면, 당신 앞에 무엇이 놓여 있을까?

# 당당히 자기 자신이 되기 위한 명상

두려움 없이 살아가기 시작할 때 당신은 아마 한동안은 매일 이 명상을 하고 싶어질 수 있다. 이 명상은 자기 사랑과 평화가 가득한 당신의 본모습 속으로 확장해 들어갈 수 있는 공간을 열어준다. 그 공간이 바로 당신이 스스로를 세상에 드러내고, 자신이 믿는 바를 당당히 밝히며, 우주에게 "자, 어서! 다음에 뭐가 놓여 있는지 보여줘"라고 말하기 가장 좋은 장소이다.

하루하루를 살아가면서

나는 내가 아무런 판단 없이 나 자신이 되도록 허용한다.

비난하지 않고 내 생각들을 흘려보낸다.

매순간 나 자신을 기꺼이 받아들인다.

두려울 땐 그런 생각을 억누르지 않고

그 두려움이 사라질 때까지 나를 사랑스럽게 안아주며 다독인다.

나는 나에게 내가 될 수 있는 공간을 준다.

당신의 진실을 말하라.
완전히 다른 존재 방식에 문을 열어라.
우리 지구의 치유와 존속에 필요한
변화를 시작하자.

# · 감사의 말 ·

저에게는 '이 감사의 말'이 빼놓을 수 없는 중요한 부분입니다. 다양한 방식으로 제 여정에서 없어서는 안 될 일부가 되어준 사람들, 이 책이 세상에 나올 수 있게 직간접적으로 도움을 준 모두에게 감사를 표현할 수 있는 곳이니까요.

우선 이 세상에서 둘도 없는 제 에이전트 스테파니 테이드Stephanie Tade에게 고마움을 전하고 싶습니다. 그녀는 가히 최고의 에이전트입니다. 비자 때문에 불안한 상황에 처한 저를 구해주었고, 사이먼 앤 슈스터 출판사와의 계약도 멋지게 성사시켜 주었으며, 더 이상 바랄 수 없을 만큼 훌륭한 편집자까지 붙여주었지요! 고마워요, 스테파니. 당신은 최고예요!

편집자 이야기가 나와서 말인데, 이 책은 편집자 켈리 말론Kelly Malone의 놀라운 도움이 없었다면 세상에 나올 수 없었을 겁니다! 엠패스인 켈리는 제가 원한 것들을 전부 이해하고 공감해 주었습니다. 그녀는 정말이지 제 마음속에 들어갔다 나온 듯 종이 위로 저의 창조성이 흘러나오도록 해주었어요! 켈리, 정말 뭐라고 감사를 표해야 할지 모르겠어요. 이 너무나도 중요한 책에 하늘이 당신을 제 편집자로 맺어준 것에 정말 깊이 감사합니다. 당신을 내 편에 둔 덕분에 이 한 권의 책을 완성시키기가 한결 수월했어요!

제 책을 사이먼 앤 슈스터에 연결해 준 아름다운 제나 무지카 Zhena Muzyka에게도 감사를 전하고 싶습니다. 제나, 당신은 사람을 이어주는 데 정말로 재능 있고 아량이 큰 영혼이며, 진짜 유니콘이에요! 제 삶에 나타나 친구가 되어줘서 고마워요.

제가 이 원고를 쓰기 시작하도록 많은 도움을 준 데브라 올리비에 Debra Olivier에게도 깊은 감사를 전합니다! 당신에게 정말로 많이 배웠고, 이 책의 틀을 잡게 도와줘서 깊이 감사하고 있어요. 그것을 토대로 이 책이 자라나고 풍성해져서 지금 이렇게 열매를 맺었습니다.

사이먼 앤 슈스터의 멋진 편집자들, 대니엘라 웩슬러Daniella Wexler와 로언 레Loan Le에게도 고마움을 전합니다. 이 책이 모습을 갖추고 세상에 나오도록 헌신적으로 인내심 있게 열심히 일해주었고, 이 작업이 저에게 얼마나 중요한지를 알아봐 줬죠. 이 책이 완성되는 마지막 순간까지 함께 해줘서 고마워요!

모든 게 맞물려 돌아갈 수 있도록 뒤에서 나를 지원해 주고, 요구되는 것의 몇 배 이상으로 일해주는 멋진 우리 팀에도 고마움을 전합니다. 특히 로즈Roz와 밀레나Milena에게요.

끝으로, 사랑하는 남편 대니에게 감사를 전합니다. 이 세상을, 이 시공간 현실을, 이 실존을 당신과 함께할 수 있어서 기뻐요. 내 삶에서 당신을 만나고 영원히 사랑할 수 있는 나는 참 복받은 사람입니다. 당신은 내가 하는 모든 일의 이유이고 내 날개를 받쳐주는 바람이에요.

또한 지구상의 모든 엠패스들에게, 특히 저와 저의 경험에서 본인 모습을 보았다고 편지로 혹은 말로 전해준 분들에게 더욱 큰 고마움을 전합니다. 이 책의 영감이 되어줘서 감사해요. 아울러 지금 이 책을 손에 들고 있는 독자 여러분 모두에게도 감사를 전합니다. 여러분 모두가 보내준 성원, 편지, 그리고 아낌없이 보내준 사랑에 정말로 감사드립니다. 여러분이 없었다면 전 지금 하고 있는 일을 하지 못했을 거예요.

# ·주·

## 들어가며

1. Christiane Northrup, MD, "8 Ways to Turn Your Empathy into a Super Power," accessed March 21, 2018, https://www.drnorthrup.com/8-ways-to-turn-your-empathy-into-a-super-power/.

## 1. 당신은 엠패스입니까?

1. Elaine N. Aron, PhD, *The Highly Sensitive Person: How to Thrive When the World Overwhelms You* (Toronto: Citadel Press, 2013), Kindle edition, loc. 561. (《타인보다 더 민감한 사람》, 웅진지식하우스, 2017)

2. Judith Orloff, MD, *The Empath's Survival Guide: Life Strategies for Sensitive People* (Boulder, CO: Sounds True, 2017), Kindle edition, loc. 59. (《나는 초민감자입니다》, 라이팅하우스, 2019)

## 3. 엠패스가 더 건강하게 사는 법

1. Dr. Joe Dispenza, *You Are the Placebo: Making Your Mind Matter* (Carlsbad, CA: Hay House, 2014), Kindle edition, loc. 1166. 47. (《당신이 플라시보다》, 샨티, 2016)

2. Judith Orloff, MD, *The Empath's Survival Guide*, loc. 104.

3. Ibid., loc 108.

4. Matt Kahn, *Everything Here Is to Help You: A Loving Guide to Your Soul's Evolution* (Carlsbad: Hay House, 2018), Kindle edition, loc. 77.

5. William Butler Yeats, *The Winding Stair and Other Poems: A Facsimile Edition* (New York: Scribner, 2011), 81.

## 4. 건강한 에고 키우기

1. Anita Moorjani, *What If This Is Heaven? How Our Cultural Myths Prevent Us from Experiencing Heaven on Earth* (Carlsbad, CA: Hay House, 2016), Kindle edition, 174. (《나로 살아가는 기쁨》, 샨티, 2017)

2. Gabor Maté, MD, *When the Body Says No: Exploring the Stress-Disease Connection* (Hoboken, NJ: Wiley, 2011) Kindle edition, loc. 307. (《몸이 아니라고 말할 때》, 김영사, 2015)

3. Harriet Brown, "The Boom and Bust Ego: The Less You Think about Your Own Self-Esteem, the Healthier You'll Be," *Psychology Today*, January 1, 2012, https://www.psychologytoday.com/us/articles/201201/the-boom-and-bust-ego.

4. Brian Johnson, "Three Perspectives on Addiction," *Journal of the American Psychiatric Organization*, June 1, 1999, https://journals.sagepub.com/doi/pdf/10.1177/00030651990470031301.

5. Edith Eva Eger, PhD, *The Choice: Embrace the Possible* (New York: Scribner, 2017), Kindle edition, 116. (《마음 감옥에서 탈출했습니다: 죽음의 수용소에서도 내면의 빛을 보는 법에 대하여》, 위즈덤하우스, 2021)

## 6. 생명 에너지자 고갈될 때

1. Judith Orloff, MD, *The Empath's Survival Guide*, loc. 2509.

2. Bruce H. Lipton, PhD, "Mind, Growth, and Matter," June 7, 2012, https://www.brucelipton.com/resource/interview/mind-growth-and-matter.

3. Esther Hicks, Abraham Hicks (workshop, October 2, 2004, Boston, Massachusetts), https://www.abraham-hickslawofattraction.com/2004102-boston-

ma-mp3-complete-workshop-recording.html.

4. Albert Einstein, *Einstein on Cosmic Religion and Other Opinions and Aphorisms* (Mineola, NY: Dover Publications, 2012), Kindle edition, loc. 356.

5. Kelly Noonan Gores, *Heal: Discover Your Unlimited Potential and Awaken the Powerful Healer Within* (New York: Atria Books, 2019), 4. (《치유: 최고의 힐 러는 내 안에 있다》, 샨티, 2020)

6. Bruce H. Lipton, PhD, *The Biology of Belief* (Carlsbad, CA: Hay House, 2015), 10th Anniversary Edition, 118, Kindle edition, loc. 2119. (《당신의 주인은 DNA가 아니다》, 두레, 2014)

7. Dr. Joe Dispenza, *You Are the Placebo*, 131.

## 8. 죄책감 없이 풍요를 받아들이기

1. "Better Quality of Work Life Is Worth a $7,600 Pay Cut to Millennials," April 7, 2016, Fidelity, https://www.fidelity.com/about-fidelity/individual-investing/better-quality-of-work-life-is-worth-pay-cut-for-millennials.

2. Tiziana Barghini, "Inequality," *Global Finance*, January 1, 2019, https://www.gfmag.com/magazine/january-2019/inequality.

3. Wayne Dyer, *The Power of Intention: Learning to Co-create Your World Your Way* (Carlsbad, CA: Hay House, 2006), Kindle edition, loc. 2932.

## 9. 싫을 땐 싫다고 말하기

1. Benjamin P. Chapman et al., "Emotion Suppression and Mortality Risk Over a 12-Year Follow-up," *Journal of Psychosomatic Research*, 75, no. 4 (October 2013): 381~385, https://www.ncbi.nlm.nih.gov/pmc/articles/PMC3939772/.

## 10. 성별 규범 깨뜨리기

1. Emma Newburger, "Closing the Gap: A New Study Shows that Women

Earn Half of What Men Earn," *CNBC Make It*, November 28, 2018, https://www.cnbc.com/2018/11/28/study-for-every-dollar-a-man-earns-a-woman-earns-49-cents.html.

2. "Global Gender Gap Report 2018," World Economic Forum, https://reports.weforum.org/global-gender-gap-report-2018/key-findings/.

## 11. 두려움 없이 살기

1. Masaru Emoto, *The Hidden Messages in Water* (New York: Atria Books, 2011), Kindle edition, loc. 127–149. (《물은 답을 알고 있다》, 더난출판, 2008)

2. Weizmann Institute of Science, "Quantum Theory Demonstrated: Observation Affects Reality," *ScienceDaily*, February 27, 1998, https://www.sciencedaily.com/releases/1998/02/980227055013.htm.

샨티의 뿌리회원이 되어
'몸과 마음과 영혼의 평화를 위한 책'을 만들고 나누는 데
함께해 주신 분들께 깊이 감사드립니다.

## 개인

이슬, 이원태, 최은숙, 노을이, 김인식, 은비, 여랑, 윤석희, 하성주, 김명중, 산나무, 일부, 박은미, 정진용, 최미희, 최종규, 박태웅, 송숙희, 황안나, 최경실, 유재원, 홍윤경, 서화범, 이주영, 오수익, 문경보, 여희숙, 조성환, 김영란, 풀꽃, 백수영, 황지숙, 박재신, 염진섭, 이현주, 이재길, 이춘복, 장완, 한명숙, 이세훈, 이종기, 현재연, 문소영, 유귀자, 윤홍용, 김종휘, 보리, 문수경, 전장호, 이진, 최애영, 김진회, 백예인, 이강선, 박진규, 이욱현, 최훈동, 이상운, 김진선, 심재한, 안필현, 육성철, 신용우, 곽지희, 전수영, 기숙희, 김명철, 장미경, 정정희, 변승식, 주중식, 이삼기, 홍성관, 이동현, 김혜영, 김진이, 추경희, 해다운, 서곤, 강서진, 이조완, 조영희, 이다겸, 이미경, 김우, 조금자, 김승한, 주승동, 김옥남, 다사, 이영희, 이기주, 오선희, 김아름, 명혜진, 장애리, 신우정, 제갈윤혜, 최정순, 문선희

## 단체/기업

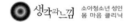

이메일로 이름과 전화번호, 주소를 보내주시면 샨티의 신간과 각종 행사 안내를 이메일로 받아보실 수 있습니다.

전화 : 02-3143-6360  팩스 : 02-6455-6367
이메일 : shantibooks@naver.com